图书在版编目（CIP）数据

用花开的心情去远方 / 邹安超著. -- 北京 ： 现代出版社，
2017.6

ISBN 978-7-5143-6263-3

Ⅰ. ①用… Ⅱ. ①邹… Ⅲ. ①散文集－中国－当代
Ⅳ. ①I267

中国版本图书馆CIP数据核字(2017)第154703号

用花开的心情去远方

作　　者	邹安超
责任编辑	李　鹏
出版发行	现代出版社
地　　址	北京市安定门外安华里504号
邮政编码	100011
电　　话	010-64267325　010-64245264（兼传真）
网　　址	www.1980xd.com
电子邮箱	xiandai@vip.sina.com
印　　刷	北京一鑫印务有限责任公司
开　　本	710×1000　1/16
印　　张	14
版　　次	2017年6月第1版　2022年7月第2次印刷
书　　号	ISBN 978-7-5143-6263-3
定　　价	45.00元

用花开的心情
去远方

邹安超 著

 中国出版集团

现代出版社

情满山川意盈灵（序）

孟德明

关于游记，我曾为武汉作家何蔚的文章写过一篇评论《游记该往何处写》，实在是流露着我对于游记写作的一份困惑，也试图通过何蔚的"新感觉游记"寻得一些当下读者较为认可的方法。

中国幅员广阔，山川奇景众多，总在引领人们向往外面的世界，即使古代交通不便，依然激发着他们的踏勘欲望，长途跋涉、不辞艰辛，就为留下些足迹。更受到文人的青睐，激发出他们的诗情笔意，纷纷付诸文字，或摹景色之美，或抒胸中情怀，或感喟人生启悟。由此，就出现了谢灵运、郦道元、李白、徐霞客等旅行家兼诗文大家，成为一世高标，也以此标识着我国游记文学的根深文脉。

文脉可续不可断，可新不可守。这里，我们不得不发出感叹，当人类的开掘技术足以先进时，许多的奇峰在我们这一代被开发未必是件好事。我们应该给后代预留些山水空间，因为现代科技正以惊人的速度给人文传承造成强烈的冲撞。不能否认，从前游记的盛行，除了这种文体的文学意义，也有旅游的功能在的。现在，还有几个人会通过一篇游记去了解一处景物呢？只要网上一搜索，大量的图片就让人知道个八九不离十，即使那些偏僻的景区到旅游旺季都是人头攒动，什么火焰山、珠穆朗玛、喀纳斯湖，都没有了神秘感。而以前人们靠脚力行走得到的风景毕竟有限，对于他乡景致的了解就要靠阅读得到。当然，游记不是景点的说明书，它更侧重文学意义。风景所蕴含的人文精神，更是一笔宝贵财富，那庄子想象中的昆仑、李白笔下的瀛洲、卢仝向往的蓬莱，抒发的是一种由己知大胆探索未知的情怀。

其实，古代那些游记中的泛泛之作早已被淹没，我们今天读到的佳作都是沙里澄金的遗存，也被称为了名篇，各有所长。若说以景言志，当属王安石和范仲淹。王安石《游褒禅山记》表达了"世之奇伟、瑰怪，非常之观，常在于险远，而人之所罕至焉，故非有志者不能至也"的感慨；范仲淹《岳阳楼记》体现了"先天下之忧而忧，后天下之乐而乐"的人生志向。以山川言志，是一着险棋，除了名家高手，不是谁都可以落子的，闹不好就流于空泛。平心而论，这些年的阅读，我对于游记写作产生了些许"抗体"，我看到那些时间地点、加上一堆形容词的套路式写作一点都兴奋不起来，我断定这是平庸的写者。

可喜的是，在今天游记写作空间不大的前提下，依然涌现出一些有志者，秉持着久远的传承，常常以新的姿态，营造出让我们眼睛一亮的艺术境界。作家何蔚的"新感觉"靠着那股通透的诗性取胜，气韵十足，所以我为他点赞。在读了作家邹安超的游记后，她文字中流露的执着的古典情怀，又能让我眼睛一亮，我的警觉的阅读还是被她的笔墨打动了。这也是在她的新书《用花开的心情去远方》出版之际，我愿意写些感想的缘由。

我们的内心都有两个家园：一个是生活家园，是一个人生长生活的地方，那是根基，是寄托，长大后会有种"乡愁"的滋味；一个是向往家园，即他乡风景，总是引领我们的好奇心，愿意作短暂的客居，每每试图走近，让单一的生活得以滋补。

读邹安超的游记，我很留意每篇文章的开头，聪颖的她没有按照传统的"移步换形"的手法交代她游走的时间与景色，她似乎是有意回避，她深知，这些仅仅是她自己关心的，往往对于读者的阅读启悟不大。她一般不会告诉你，是遇上了雨还是赶上了风这些偶然的天气因素；是没赶上车还是刚吃了早饭这些游玩琐事。在她看来，不能代表一个地方的风度与气质的材料一定要舍弃。她善于在开头就给全文定下基调，展示我们所说的"文眼"。要知道，这样的行文体式说来容易，实施起来却不易。我以为她也是在有意为自己的写作设置"障碍"，增加作品陌生感，因为它会限制素材的运用，意味着必须重新梳理素材，很多好玩却"无意义"的要被去掉。而这也正是她文章的成功之处。试举几例："水蹑就了周庄。否则，就遗失水乡的称谓了"（《水韵周庄》）；"静。很静。这样的感觉从感官传达到神经"（《盛夏，木格措的静》）；"夜的西湖，让人迷离"（《西湖的魅》）；"最先抵达是水声。寻着声音，几步就靠近水边，才发现面前是一挂水瀑"（《双龙桥的水》）。寥寥数笔，就为全文确定了基调与走向。读她的散文，首先感受到的是美质，如一件瓷器那样的美质，它玲珑、温润而又浑然一体。全文便在一种基调下平稳运行，不用担心她会出现行文结构或者语言上的闪失，她会沿着自己独有的感悟前行，架构一篇文章。

说到散文，就必须说说语言。我读一些人的文章，就常会读出那种语言的漂浮感，热闹在外，内里却很空乏。试想，这样的文字怎么能够走远？汪曾祺对于语言有很好的见识，他说："语言的后面都有文化的积淀，一个作家的语言表现了作家的全部文化素养。"那么，邹安超又有着怎样的语言运行模式呢？纵观她的文章，她传承着中国传统文化的基因，以情融景，以言化境，深得古代诗文的熏染。透过一篇篇作品，我们能看到一个身着锦绣、轻摇罗扇、小家碧玉的女子在沉醉于山水景色，而此时她又恰好也走进了这幅画卷。所以说，邹安超的散文极具画面感，她喜欢使用浓墨描画，把江南的湖光山色尽情地收进画稿。她的词语既是古诗词的化用，又融入了当下生活化的语言，我们能读到她运用长短句的节奏感。通篇来看，她所运用的手法并不是急于跟风，也不使用外来的那些变形夸张之类的技巧。她始终沉着地表现着她眼里的景物世界。我们看："这幅丹青，不用浓墨重彩，只须轻轻地点几笔，用工笔画的架构，把远处的农舍，近处的田埂，一弯正在绽放的油菜花和几簇胡豆花，再摆上那一横一竖的桥面，一方一圆的桥洞，寥寥几笔，取个与陈逸飞《故乡的回忆》同名同姓的画名"（《南充：青山湖之上》）；"春天，生机之时，也是自然界中经受过寒冬摧残的生命原色萌动之时，然后才有小草泛着铮亮颜色的绿，也才有嫩绿青翠吐露着清新气息的滋养和新陈代谢的更迭"（《绿色恩典》）。她的笔端有一种韵律，我以为更像是宋词的化用，让人阅读时很快就会在长长短短的句子里找到共鸣。

游记是座富矿，却是在当今条件下难以开采的富矿。邹安超以典雅之美、曼妙之笔，执着于她的山水行走中。相信她瞄准自己的书写风格，在凝练与张力上做足文章，一定还会有更好的美学展现。

（孟德明："新荷花淀写作"领军人，河北省廊坊散文学会会长，冰心散文奖获得者）

目 录 CONTENTS

第一辑 水之灵

　　人都爱水，水生灵也生性，水能滋养万物，也能赋予文学的滋养，故而，水对于世间的恩泽无时不在。几乎所有从事写作的人，都会在文字中有对于水的展现。因为，水能赋予人们美学的感知。现代城市人，每天穿行于大街小巷，生活方式单一，对于大自然有着无限向往。水是柔性的，也是阳刚的，更是难于用语言表现的。孔子说"智者乐水，仁者乐山"，老子也说过水，"上善若水，水善利万物而不争"。孔子还从水流中感受到时光飞逝，"逝者如斯夫，不舍昼夜"。可见，圣人也那么喜爱着水，何况凡夫俗子乎？

盛夏,木格措的静

静。很静。

这样的感觉从感官传达到神经。

于是,当环保巴士喘着粗气翻越而至,木格措幽雅秀丽的面容呈现眼前。

这里,尽管有3700米的高海拔,但山高,空气稀薄,令人缺氧的窘困荡然无存,没有苍凉与肃杀,也没有植被稀少的憋闷。山间处处映衬着茂密深厚的森林屏障,嫩嫩柔柔、千姿百态的花和草肆意绽放,水意浓郁地流淌,氤氲在被绿翠拥抱的高山湖泊四围,夹带着树木花草特有的淡淡芳香,轻拂面颊,舒适,浸透。浓郁的藏民俗风情缥缈在柔滑的水韵气息之中,清凉,静谧,圣洁,瞬间消融掉山外带来的燥热暑气,让人无可名状地有了安宁。

深蓝深蓝的湖水,稳稳帖帖,如一块厚实的宝石镶嵌在群山之间,晶透宜人——木格措,俗世中的"野人海",便是我们向往的了。

哦,温润的蓝,圣洁净美的蓝,明澈,灵动,就这样走进思想,走进人的灵魂深处。

一会儿,风轻轻拂过,水纹牵连而起。许,是风轻的缘故,这一刻,湖面,仅仅掠起微颤的波痕,毫无边际地招人的眼球,慢慢地滑向远处,高处。最后,终也不忍离弃地调转，目光，投向湖中，依旧是连绵不断的波痕，依然是幽深静脉的蓝，在灿烂的阳光照耀下，跳动出粼粼的珠光。突然，有了惊喜的发现，面前，无疑就是无数金丝相嵌而成的巨型藏毯，莫名，竟有了在这张毯上劲舞的冲动。

想飞，也想跃，直扑向那海子中的厚实之处。思绪活跃之时，联想也丰富起来。

无端地，想起"野人海"的由来，内心有些好奇，也感喟当中的神秘。遥远的传说不知从哪时起，原本那英俊剽悍、能骑善射的藏族小伙扎西和如花似玉、温柔善良的卓玛姑娘是怎样地无畏权贵，怎样历经艰险，怎样翻过一山又一山，跨过一弯又一弯，蹚过一河又一河，逃至这幽深纯美与世隔绝的跑马山？森林，花草，蓝天，白云，海子，让梦境在眼前铺展，是现实，拟或梦幻？"信"与"不信"都不重要，重要的是彼此心灵相通都那么坚定地喜欢。静寂，蓝色，纯净，将他们的脚步留下；博大，高远，与天相接的深厚迷失他们的眼，爱从此挣脱掉头人的束缚，无所顾忌地在山间结了缘。"日出而猎，日落而息"是扎西追求生活之源；"护家，育儿，爱女，拥有"是卓玛今生之祈盼，幸福生活从此在深山丛林中延续开。天长日久，日月辗转，俊男俏女被山的气息消磨掉芳容和俊朗，穿树皮披兽衣，围猎的生活，粗淡的日子，于是，某一日，当外界人知晓之时——"野人"？！再加有这幽蓝的湖水相伴，又参天古木，鸟鸣不断，游鱼浅弋，草甸茵茵，山花繁开，与世无争，桃源仙境，湖就被命名成"野人海"。

是静，留住了扎西和卓玛逃逸的脚步，阻隔断头人追逐的邪念；是净，抚养着扎西与卓玛大山之子的情怀；是蓝，让他们彼此拥有了明天。

跑马山，孕育着扎西和卓玛；野人海，见证着他们的爱；跑马山上溜溜的蓝天白云哟传唱着他们纯真的爱恋，有"好事"之人，便冠之"中国的爱情海"。

既然是爱情海，水，就是彼此相连的纽带。静，是浪漫，温情给予的情怀。

阳光，沙滩，草甸，与海相伴，不期而至地相约旁观。

时值正午，阳光毫无遮挡地洒下。白云飘荡，天高云淡，眼前跳动着太阳的晶莹亮光，紫外线超负荷地播撒。四下是一片广阔无垠的晴朗，几分热浪聚拢而来，有了微薄的燥、热之感，但，目光触及前方一大片湛蓝幽深的湖面之时，水镜般的清澈让心立刻有了宁静。放眼，四周裹挟着浓翠碧绿的树林，如毡如毯的茵茵草场，还有轻轻飞扬的苇丛，摇曳着橙黄粉红的色谱，带着微微游离的湿气默默地散发，缓缓地，悠然地漫过人的眼帘，也漫过了平坦拟或突兀的山岗，又是那样不可名状的湛蓝。此刻，蓝从眼前，从深处，从湖面，从与天相接的高处，浓浓地将人包围。

很怀疑，是女娲将蓝天白云驱逐而来，还是将幽蓝的天际沉降于海？让水那么清澈与秀丽。蓝，又蓝得那么地深；绿，又绿得那么显脂气与嫩滑；翠，又觉出当中的幽蓝。据查，这静静的海水，来自远处的女娲雪山。我不知道当年女娲娘娘造好了人类，巡游天界之后，为何会将其精气和心血沉积于贡嘎山脉某一峰间，雪水，是娘娘的精血，一路的输送与注入，经黄金沙滩的过滤与选择，纯净无瑕，再生生不息地倾入与更换，海子的水，才永远那么地精湛与深蓝。终让，一个横卧高山之巅的湖泊，在盛夏炽热阳光映射下，静，便显得更加突出和纯美。

沙滩，有了阳光的直射，静默，橙黄，泛着激情的星光，细细密密，疏疏浅浅，水波逐流后，忽高忽矮，斑痕迹迹，脚一踏上，松松软软，缠缠绵绵，有如女子柔滑的肌肤与胸襟，女娲峰上的雪水，经此漫流而来。"黄金海岸"，一个有着与大海媲美的名字，承载着海子清纯与静美的重任，一路的污渍，滩，用绵柔的怀抱，拥抱而至，只留下不染纤尘的净水欢畅而去。休憩的人们，来到这里，追逐，嬉戏，释放出动感的情怀。于是，沙滩，忍受着被践踏的屈辱，阻挡着海水被抚被辱的尊贵，以一种大爱无私的宽慰，表达出孪生兄妹的赤诚之情，不离不弃，相依相伴又相随的品性，何尝不是人世间情与爱的彰显。

坐过了游艇，茵茵的草甸飘然而至。柔软，温润，敦厚，斑斓，茂密的草丛间，各种生命依附而生。于是，草甸腐熟的有机质，是供养生命新的起点。昆虫，菌类，以及别的惺惺相惜的各类草本植物，纷繁杂陈，或高或矮，或粗或细，不分属种，花的世界，草的王国，康定城里的康巴汉子和溜溜的姑娘时隐时现，这是自然界的仙境，游人欢悦的天堂。人与自然彼此融和，和睦相处，构造成一个和美的世界。

欣赏够草甸的壮美和辽阔，小憩于草间，眺望着海岸边上汉白玉镶嵌的莲花大师和释迦牟尼圣像，心，超然地宁静，不觉然地想要悟悟禅理和佛的境界。看看周围相拥的树，盛开的花，试试把心事向远处的雪山述说，将愁绪付诸于蓝天，将恩怨情仇抛之深蓝的海，深深地亲吻着这里美好的一切，深切地觉出木格措真的很好——她是能仁、能儒、能忍、能善、能寂的大美之地。

于是，醉卧花海，让蔚蓝的水，平抚浮躁的心，掬一朵白云在手，与蓝天来次不期然的邂逅，让静从全身上下浸透，再敞开心扉，彻底地与木格措交膝谈着心。

这样的静，很适合谈一场恋爱。

九寨，纯美的水世界

"九寨归来不看水。"去过之后，这样的认识一直占据着思想。

孔子说："智者乐水，仁者乐山"，对于九寨的水，不光是仁者和智者，任何人都喜爱至极，因了水纯美的品性。

晨后，伴着太阳的徐徐升起，挤进九寨的深山峡谷。尽管一时显得有些喧扰，但很快便被山水的韵致消磨得静默寂然，随即褪却凡尘世界的浮躁与奢华，心随之淡泊舒展。

悠然地行走，默默地追随，山，水，树，草，一直澎湃着心房。一切，沉浸于水脉氤氲的气息中，有了灵秀与清爽的外感，周身尤觉清新素雅、滑柔舒坦。

随原始森林的肃穆静寂，再来仰视山谷更觉幽深高远了许多。如果是仁者，立即就会浮现"仁者乐山"的曼妙。当一缕缕霞光穿透高大树木的鳞隙把斑斓的射线投向树丛的流水，霎时便有了水清且漫，净化透心之感。尽管有水流的声息，有瀑布的飞溅，可融入这幽境的世界，声响便减弱到最低分贝，演绎成素手拨琴弦般的低沉、温婉，叩击着人的情怀。舒畅、清爽、惬意？恐怕最想脱口而出的还是"圣洁"。其实，很想尽情地抒写，但却无从落笔，此时，只会觉得，人在这般天地间，就是渺小与俗世，剩下的只是束手无策。

水，纯净得不染纤尘。因水，美就无限延展，多元且神奇。

沿日则沟从上而下地徜徉，那么未到珍珠滩之前，水以温柔敦厚的姿势展现。我要说的是清泉，这是九寨水美最初的表现形式，也是被埋没的英雄。

当人在沟中沿水流方向漫游之时，在平且缓的地势，与之相伴的就是——泉。清澈又散漫，流动又舒缓，慢慢悠悠地漾着，即使被忽视，也沉稳矜持地保留着她们的优雅。清泉，没有飞瀑的气势，没有海子的美幻，并不那么引人注目。但，她们不在乎，依旧以自我的形式泛滥，散布于九寨沟的各个低洼之处，树下，草丛，沟壑。以悠然似清纱，细腻如碧绸的风姿绰约滑过人们身旁，一波一波，一垄一垄，一缕一缕，绕过树丛，漫过水草，没过沉石的阻挠，蓄势，积聚，然后汇合到一起，相依相伴，不愠不火，以平和清静心态织成布纺成缎，一显清透无瑕的品性，勇往直前又不缺失亲近与柔和。

当清泉流至悬崖峭壁之时，便舍去平和清静的姿态，铺天盖地飞泻而下，便有了——瀑。

从日则沟的最高处，穿过原始重林，汇入芳草海和天鹅海的怀抱，便被抚慰，被柔化，被澄澈。涉过灌丛，或沉寂，或微漾，随后一路踏歌而去。在珍珠滩，水美开始了她新的征程，像涉过台阶式地沿沟谷走向奔腾而下。此时之势，雄浑，粗犷，刚烈，曼妙，斑斓，绵柔。用其形，其性，将珍珠滩、熊猫海、落日朗、树正几大瀑布群演绎得精妙绝伦，这些飞瀑连缀一体，如流动的链条将九寨的水从飞天链接而来，形成一个多彩多姿的水世界。瀑，因走势的高低，悬崖的大小而呈现不同的心性，但无论以哪种形式的瀑布飞泻，都是水肆意在放纵自己，要么飞动如蛟龙，要么倾泻如帘幔，要么柔软如丝帛，要么清雅如素萝，总淋漓展示着灵动的韵致。

九寨是水的世界，也是瀑布的王国。

最惹眼还数那日则沟的珍珠滩瀑布。水流从40余米高，200余米宽的钙华滩上播撒而下，雄浑，大气，壮观，猛烈，远观好似白幔斜挂于天际，晶而发亮地招人双眼。近视，也如丝帛倾覆于山崖，一丝丝针脚，一缕缕丝线，都清晰可辨，时而有细密如星的水珠飞溅而至，随即又倏地被体内的热气蒸腾而逝。曰"珍珠"，也缘由她的奇妙绝伦。原来，流水绕过滩上的松树和杉树等乔木，来到这片广阔的巨大扇形钙华滩，清澈的水流漫在浅黄色的滩上，经过滩上数以万计的圆形洞坑，急速的流水冲进又立即反弹而出形成万千飞舞的水珠，满滩铺展。她们编成排，联成串，散发开，有如天女散花似地分出层次和大小，大的如皮球，小的如弹子，满滩滚动。个个晶莹剔透，灵气跃动，在阳光的反射下，折射得色彩斑斓，形如一颗颗珍珠，于是，纯美的形象也就如此传颂开。

等到水流飞够，睡沉之后，再慢悠悠地淌，慢悠悠地滑，再静静地绕过丛林，迈过沼泽，踏尽绵柔的水草，又沉寂起来养精蓄锐，梳理着沟壑中清静与优雅的神韵。

一切又等待着厚积薄发。人们说：沉静是为了更好地表达。

的确，人顺沟下，美，也就体现得更加精彩与目不暇接。

海子，是九寨水美最奇丽的展现形式，为九寨的精华所在。

九寨的海子，并非真正意义上的"海"，而是蓄积起来的湖泊。在树正群海、日则及则查洼三条"Y"字形沟谷中，被巧妙地布下108个奇特的海子，其大小，高低不一。其奇，以清、碧、翠、绿、蓝、明丽著称；其色，无一例外以斑斓万千彰显。这些沉静的湖泊，因名而灵动，因色而艳丽，因甘洌而透彻。于是，长年深居于此的藏家儿女，他们依山而栖，傍水而息，对自然，对生灵有了一份卓尔不绝的依恋，面对一个个静默的湖泊，因为喜爱，便赋予其动物的灵性，于是就有了"熊猫海"、"犀牛海"、"老虎海"、"卧龙海"……之称谓；还是因为喜爱，又依其形其状其性，给予了"芦苇海"、"芳草海"、"树正群海"等之冠名。这些海子的得名，取其自然，缘由天成，表达出藏家儿女世世代代于自然于生灵的依恋与感恩情怀，似若显得随意，实则蕴涵着精深的渊源。

如若追根溯本，也不得不谈到藏族民俗文化的博大宽泛。传说在远古时代，达戈为给情人沃诺色姆表达爱意，就送给一面宝镜，沃诺竟不慎失手把宝镜摔成108块，这些碎块散落人间，便慢慢演化成108个被称为"翠海"的彩色湖泊。传说依然美好，但以今天我们理性的判断，神话传说无非是旷古时代人们美丽的遐想，给"海子"蒙上的一层神秘面纱。究其真正原因，九寨人将湖泊命为"海"，也缘于藏民族的一种信仰与膜拜。他们向往大海，却长年生长于大山深处，无数人终其老也未走出大山到过外面的世界，思想与灵魂都禁锢于深山峡谷之中。于是，向往着有大海那般广博胸怀是他们终极的追求，"海"被视为"图腾"般受着极高的敬仰。这些虽说看似很小，与"海"还有着千差万别的湖泊，便被称作了"海"。一个"海"字的表达，藏家儿女的情怀彰显无遗，由此可看出他们美好思想与智慧展现。不信，再看"五花海""火花海""长海"等的命名，无不是藏民族面对美景内心诗情画意的真切呼唤。

所有的海子，都积攒着深厚的翠和绿，因绿而嫩滑，因翠而静谧，因静谧而纯美。远眺，似一方方明镜，一段段碧绸，一块块翠玉，一双双水灵灵、明晰澄净的碧眼，镶嵌于峡谷峻岭之间。净和静，由远至近地漫延，让你莫名地就忘记忧愁和争端，人慢慢地安宁和沉静，心随之放下，松散，超然，一切随水的平静而安定，而淡泊，而忘却。这份静，这份美，如女儿的温柔情怀，如母亲的敦厚博大，如天地般精深高远，很想一下拥揽，可又不忍让俗世污秽的肉身玷污她的美，只能那么怔怔地，无所思无所虑远远地瞭望起来。

有人说："海子的静，是一种没有热情没有温度，只可远观不可亲近的冷艳之美，看久了，便有了一种虽无亵渎但却有着疲劳的美感。"而我认为，海子的静，凝视得越久，越易深入到骨髓，越易沉寂到心灵，越易净化到思想境界的干净之美，慢慢地，你就有了纯和净的感慨。不知不觉，就会产生要零距离去亲近的想法。但是，靠近她，此时又猛然发现：海子的色彩更加万千斑斓起来，间或一带浅黄，一袭纯白，一排深蓝，一圈天蓝，一块星光斑点似的宝石蓝。蓝又蓝得那么深，那么远，那么彻底；白又白得那么纯那么真那么无暇，有如藏家儿女手心里奉出的一袭哈达……总能直抵人们内心深处那"善"与"美"的情怀，不同海子总能融进不同的色彩，总泛着斑斓澄明的珠光，以一种灵性之美将人清透。近俯，隔"海"相望，通透见底，明亮清澈，水在这里还原了她本来的面容，无形也无色，有望眼欲穿的澄澈与纯粹。水草，苔藓，湖石，游鱼，明晰可辨。哦，原来的斑斓色彩均是千万年沉积于海底的各式精灵所现。

转身，立于岸高处，回头再观海子，风平浪静，水光山色，一汪汪碧波，一潭潭宝蓝，静若处子，嫩滑的肌肤，芳华诱人，似有掐指欲破，亲之若辱，竟是那般地惹人溺爱。

也许还沉浸于众多海子的奇思妙想，火花海便挑逗起你激情的情愫。夕阳西下，灵动的浪花翩翩起舞，闪动着离合的神光，肆意地让人追逐，稍有不慎，神光迷失，欲去追逐，它又游戏似的跳至眼前。目光移回，神光再次消逝，就在你不知所措，无暇顾及之时，抬眼一望，满海子的波光四起，犹如火花飞溅一湖，然后又慢慢地散发开，一眨眼，又消失殆尽。追逐又不能，欲罢又不舍，正犹豫不决，进退两难之时，被水的清澈洗染，便一发不可收地沉静起来。

一切都超凡脱俗，"静"和"净"、"纯"和"美"表现得很彻底很完全，生怕稍不留神，让凡尘染尽的俗身弄浊她的娇身，更怕满身带来的尘嚣掉进这恬静的世界，就让她清纯吧，这种清纯清透、甘冽，点缀到人的心灵。想伸手去触摸，但又不忍去伸手，还是让曼妙如水银泻地般肆意播撒，散漫于九寨的每个角落，融进这水世界，侵蚀每个细胞，将人置于一个真空的净美世界。

片刻之后，抬眼，远处转动的经轮、飘舞的经幡触目而来，仿佛传来他们静

默而忠贞的祷告，很想去探秘藏民族与自然和谐共生的思想与情怀。于是，踏过浅架的浮桥，直奔那神奇而虔诚的世界。

凡尘俗世，喧嚣世界，一切都远去，自然和纯朴，永恒和虔诚，均因水而生，因水而净，因净而纤尘尽无。

不知不觉，脑子中浮现出海子中那悠然畅游的鱼影来。水洗净了它们的铠甲，唯剩下一身赤裸和真诚，经过千万年的修炼，来个与"水至清便无鱼"作个彻底的了断，只留下清静与纯粹的真身给世人看。

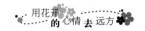

双龙桥的水

最先抵达是水声。

寻着声音，几步就靠近水边，才发现面前是一挂水瀑。

这瀑，谈不上宏大，也没有绰约丰姿，最多只算一道人工瀑，有着依葫芦画瓢的固有姿势。但不论天然之水，还是人工引来的水，是水，就有灵性，是水，钟灵毓秀的美就会荡漾出来。

水，自然界生命与灵性的伟大事物。从一滴甘露，到烟雨朦胧，从溪河蜿蜒到江河奔腾，从盆碗的方圆到塘堰的宽阔，水，总是随人们的喜好变换着自己的姿容，以海纳百川、有容乃大的胸襟和气魄，给予人们精神与生命的给养。同时，水依恋着自己生存的环境，又有着不同的心性和内涵。

到过九寨沟的仙境，看过那里的众多海子，海子的水，有种直达骨髓的清澈，澄心澄肺，仿佛把五脏六腑的杂质都清透出来；也到过江南无数的水乡，那里的水有铺天盖地的烂漫，总慢慢地漾，慢慢地交汇，慢慢地滋润，把整个江南的天空和大地给滋养得温润柔美，像刚出水的娇美人那样可爱；也到过黄果树瀑布，她宏大宽广，张扬劲十足，有阳刚与豪迈的气场，显现出十分骄人的魄力，以飞扬，以狂放，以奔腾的舞姿穿越而去……也许，水之美，也正因于此，没有固有的舞美，也没有特定的姿势。她既有"泉眼无声溪细流"之轻柔，又有"江河无涛水自漾"之韧性，更有"飞流直下三千尺，疑是银河落九天"之壮阔，她既可汇集溪流为滔滔江河，也可化雨露飞雪润泽大地，总演绎出自己所独具的灵性，或许说这就是水的一种大爱大美表现之所在。总之，水是地域的代言，环境的监测者，她总能恰到好处地体现各地的风土人情及美丽景致来。

双龙桥的水，虽谈不上有个性十足的品性，但却给人一种灵性十足的范儿。有了这挂水，两山夹一谷，便有了乡野的灵，村庄的秀，还把这里的一砖一瓦都沾染出灵性来。

水是万物之魂，也是万物生存的根本。自古，人们崇尚水的性情就无法更改，依山而建，傍水而居，这些都充分说明人对于水的依赖和喜爱。

从小，我居住的村庄就是傍水的。故乡的人一刻也离不开家门前的小河。那是一条小溪河，无名无姓，河面不宽也不广，但常年四季的水却慢慢地流着，由此，我们对这母亲般的小河也甚为偏爱。四月八看涨水，夏天的嬉戏，春秋的捕鱼，大媳妇小媳妇的打闹，故乡人，似乎都离不开这小河作陪。只有她，才知晓故乡人的喜怒哀乐。由此，对于故乡的人和远行的游子，无论身在哪里，家门前的小河都成了我们灵魂的皈依。

从第一眼看到这挂水瀑，犹如条件反射，脑海立即浮现出家门前的小河。故乡的小河之上横亘着一条河堤，河堤高度与这挂瀑的高度相差无几，长度也似乎相当。每到丰水期，河堤上也会布下这样一挂瀑，从左到右，从右到左，我们无数次目光与之邂逅，无数次地看着她的美，内心的感激总无法表达。于是，作为玩童的我们，就有了几多乐趣和几多开心。通常我们会打着赤脚，甩掉套在外面打着补丁的棉衫，挽起裤脚，拿着赶鱼的赶筒，像一条条小泥鳅一样，穿行在瀑布落下的礁石间。时而，被礁石上的青苔滑到，也无所畏惧，依旧会穿梭往来于瀑下；时而，由于气温的低下，玩完水，我们也有感冒发烧之时，但"死猪不怕开水烫"的劣根性，在感冒稍好，高烧即退之后又会寻到这里。

自然，同样的一挂水瀑，让远离城市的人们有了依恋的缘由，让离家的游子有了恋家的乡愁。由于依恋，自然就有了留宿的念头。

当晚，我们决定入住水瀑前的酒店。

酒店按乡村风貌所建，一砖一瓦，一草一木与乡村农舍相差无几。如果不注意，感觉就是这里的村舍民居。实则也如此，这本就为一农民新村集中居住地。一百多户农民按统一规划统一风貌建筑而成，随性中透出别致，别致中突显几分自然，无论是基础设施，还是环境改造，都有了自然之法则。酒店写好，内心顿有几分兴奋，一则能感受水韵之气而高兴，二则能枕水而眠有些自鸣得意。

入夜，乡村暮色四合，村庄也显得安宁和沉静，置入乡野的酒店也静默起来，农家的窗户透出晕黄的灯光，劳累一天的农人正待熄灯就寝。此时，双龙桥外小河旁，一排排仿古路灯在红得亮堂的灯罩里，发散出迷人的光晕，朦朦胧胧又神神秘秘。入住酒店的各路旅人，如蛰伏的动物，倾巢而出，来到河边的坝子，在袅袅炊烟引诱下，脸颊绯红，性感十足，要么来点咖啡，要么喝点红酒，要么三五几个围在一起品着功夫茶。依各自身份地位的不同，消费习惯和爱好的差异，消遣着夜晚的时光回味着嘴里的烤肉香。啤酒，白酒，红酒瓶子摆满一地，服务小生穿行其间，间或摆着八竿子打不着的龙门阵，夜也在这样的消磨中浸着几分滋润，几分迷离，疲惫和劳累的身心也慢慢得到放松，慢慢得到释放。

等到，各自把该说的话，该喝的酒水都喝完殆尽，夜也静谧得毫无声息。旅人各自回到古色古香的下榻之处，推开房门，如家的温馨迎面扑来，五星级农家酒店的陈设，舒适，安逸，能把每个人追求品质，崇尚精致生活的虚荣充分满足。打量一番卧室，浅浅一笑，仰面倒下，很快匀称的呼吸随夜的悠长而悄悄融合，悄悄统一，身心也悄悄在睡眠中汲取着养分，等待新一轮的厚积薄发。

几声鸟啾，划破晨曦的封锁，让高密度的负氧离子无处可躲，把正在酣睡的我们撩醒，胳膊伸出，精神倍显，立马翻身下床。

寻着鸟鸣声，站立窗前，对面山间的几缕炊烟被微风指引，慢慢悠悠地飘拂至眼前，一下有了云山雾绕的缥缈；再看面前的小河，水草悠然，河鱼摇摆着凤尾，似偷听着客人的窃窃私语；而村庄里的农家，那些仍在从事着农耕劳动的农人，趁着太阳升起之前，正忙着给种植的有机蔬菜施着农家肥，忙着给租赁的土地翻犁下耙，等待下一轮果蔬的起苗栽插。他们躬耕的身影，早已把入住农家酒店的客人目光锁定，"感受农家生活，体验农耕文明"这样的理念一下从脑门窜出。哦，真想不到，自己也成了一回时尚的弄潮儿。

农人们在田间地头时隐时现的身影，将我们视野舒展和开阔。放眼一望，画廊般的特色果蔬园将目光牵向尽头，才想起这里地处川西北的充国，这里有着令世人耳目一新的响亮名头：中国有机生态循环第一村——四川西充双龙桥最美乡村。于是，侧耳细听，先前那水声又再次侵入耳帘，"哗哗，啦啦"，不响，也不闷，不大也不算小，进入耳廓，刚好像一曲和谐美妙的曲调，舒心润肺。一下，有了乡村野趣的曼妙，有了返璞归真的惬意，也有了自然与纯粹的澄澈，人处乡间，浮华与燥气也悄悄离散。很想采一身素装，与此地的农人相伴于此，让这些不染纤尘的尤物跟随至左右。如此地想：心里像喝上一罐甘醇的米酒，舒坦，醉人！

原来，双龙桥的水，有吐故纳新、韬光养晦之精髓，使这里的山，这里的人，这里的生活方式如新陈代谢一般，清纯和干净。

润泽绍兴

一

　　一阵浸润肌肤的水脉气息迎面扑来，纵横交错的河道将绍兴广袤的天地切分开，犹如叶脉似地露出丝带状的靛蓝，将透着幽静的水面托出又遮掩，把江南特有的舒缓婉约气息暴露于眼前。

　　顿时，有了润浸的丝帛柔滑之感。这感觉从面部，从肌肤的纹理，顺体循环走向一直向内渗透，达五脏六腑，就那么妙不可言地，把人的思想牵扯着，折磨着人的躯体，叫人欲罢不能。

　　不一会，天空飘散起柔柔雨丝，丰沛水源与丝绒般细雨，将人拥入水韵世界，一切都静默着，痴痴地任雨抚慰，肆意地任空气中流动出恬静与悠然的气息。

　　水，是具灵性的什物。

　　虽是初冬时节，可处处还是花的海洋、树的世界，她们盎然着，极力抛开尘土的侵扰，努力地舒展着，接受着雨丝的滋养尽显妖娆与妩媚。花和树用周身储着的墨绿，葱郁、清亮着人的双眸，小巷、河流、石桥、台门、寺塔、石刻、府第、殿宇，透着深刻的古韵在雨里轻述，传递出水墨山水的韵致。顷刻间，绍兴的大街小巷，水运码头，石拱桥下，绿荫丛中，灰白瓦间便有了宁静，有了安详，有了行云流水般的舒畅。

二

万物都明白，有水，才有生机和活力。上天，说来，也是极不公平的，对哪里施以甘露，对哪里薄以细雨，对哪里惩以沙化……全因她的兴起。许，绍兴是龙王爷的娇女，水，便是她陪伴来的嫁衣。水，一到绍兴，便舍去波澜壮阔的刚直秉性，被大小河道与湖泊抚慰得烟波浩渺，绵柔清透，满含诗意地躺于湖中，休憩在沟渠，慢慢悠悠地荡漾，慢慢悠悠地浸润，慢慢悠悠地滋养，任数不尽的乌篷船游来又游去，让无数的绍兴儿女抚育再抚育，把奔腾、咆哮、豪迈的气节忘得一干二净，唯留下丰腴与静美。

她，不张扬，不凶猛，不宽阔，不湍急。但，她舒缓，她和畅，她秀美，她淳厚，她沉静，她润泽……

8000多平方公里的疆土，400多万的儿女，被几十条河流与湖泊润泽着，贵为"镇为泽国"的水乡宝地，使其"咫尺往来，皆可舟楫"。

踏进水墨洗染的街巷，踩着光滑的青石板，听着吴侬软语的轻漫，与撑着油纸伞的江南女子肩擦过肩，彳亍，徜徉，流连。

水墨气息散漫开，回荡在每一角落每一阶沿，持久且舒缓。成排的树木掩映之下，河汊或横街过，或穿墙入，或依街行，或沿山走，让街巷与水流总那么贴切而自然地融合在一起，有着"城在水中立，水在城中行"和谐柔美之感。驻足，看间或从哪家房前屋后延伸的几级台阶，顺势而下就摆在了河道面前；看闲适安逸的屋主人蹲在石阶上惬意地浣洗衣物；看哪家的乌篷船带着湿湿的水渍歇息在码头，一种自然、本真生存状态，让喧嚣的世人清楚明白：水，梳理着这里小桥、流水、人家的生活。

不知不觉，一条窄窄的街道，在青石板的牵引下，一溜粉墙黛瓦，一扇挨一扇的竹丝台门，一个接一个的游人踩过那高高的门槛。一块宽大的匾额，"鲁迅祖居"几个大字招引着眼球，毫不犹豫地跟随游人的脚步，跨进朱漆大门里，《故乡》的风物，百草园，三味书屋，高大的皂荚树……在这里一一呈现，故土的风情，家乡的味道，有着朔本追根的体现。一条小河绕过朱漆大门向前，蜿蜿蜒蜒地流过所有的墙基和屋檐，三三两两的乌篷船走了又回来，绵柔温情的水释放出靛蓝，仿佛整个绍兴的魂魄都被她承载。

绍兴就这样停泊着，被水娇柔地拥戴起来，放眼一望，都会触及她的世界。水，让这里繁荣，也让这里声名远播起来。

三

初闻绍兴，源于儿时所学的课本和所读的小人书，也源于对"巾帼英雄"秋瑾的崇拜以及对鲁迅先生的敬仰，这样的感觉置于幼时及少年时代的思想里，尽管肤浅，但却至此对绍兴多了几分向往。

随着学习的深入，课程从简单的算术和语文进入到历史和地理的范畴，于绍兴，便有了更多更精深的内容。

而亲临其境，感同身受于绍兴的怀抱，才真正体会出绍兴就如一本古朴厚实的历史教科书摆在了面前，于她，真得细细地慢慢地品鉴。

水生灵且滋才。从古至今，绍兴就一直被宠爱着，因此历史冠以"鱼米之乡"、"人杰地灵"、"名人荟萃"等诸多美誉。治水英雄大禹，越王勾践，书圣王羲之，爱国诗人陆游，巾帼英雄秋瑾，学界泰斗蔡元培，文学巨匠鲁迅，一代伟人周恩来……不胜枚举的英才，引世人景仰。水养育了他们，滋生着他们的豪情与壮志，更增长着他们的智慧与才能。有水便有波澜，便有了风平浪静下的一股股洪流，那喜若圣水恨若黑水的洪流由此助推着英雄的成长与读书人的才情迸发，谁说绍兴杰出人士的成功与绍兴的水就无关呢？

水，流淌出绍兴大小的河道与湖泊，引来数不尽的乌篷船和道不尽的水乡情结，激发出鲁迅先生无数脍炙人口的光辉篇章，有了让我们接触鲁迅认识鲁迅文化的幸福时刻。《社戏》中的万年戏台及如画的仙境，《故乡》中的乡情、乡韵，《孔乙己》中的长衫子和茴香豆，《从百草园到三味书屋》的百草园、三味书屋，以及《彷徨》《呐喊》等一篇篇一部部不朽的文学作品，无不向世人展示了绍兴水乡的独特生活场景和水乡风貌。从而让事隔半个多世纪的人们能踩着水乡的节拍进入一代文学巨匠的生活，让我们认识了百草园和三味书屋中儿时鲁迅的成长与勤奋向上，也有了踏进咸丰酒店和乡间社戏、走进并喜欢乌篷船下朴实无华生活的向往。

因了水，也就有了魏晋名士列坐于曲水两侧，把酒置觞于流水，吟诗作赋寄清流的盛会，也有了《兰亭集序》，让我们感受着"天下第一行书"的从容与行云流水般的气韵，也就认识并了解了书圣王羲之及王氏家族书法艺术的传承与发展史，也让我们知道了绍兴一年一度的书法圣事和其深远的影响力，感受着书法艺术给人们带来的强劲魅力。

因了她的古越文化，我们认识了更深更璀璨的古越历史，了解了一个个凄美而真实的历史传说与典故，清晰了那个卧薪尝胆甘受胯下之辱的勾践，是他将此地繁荣且昌盛成就了一段时期我国东部政治文化的中心。我们仍可将历史的篇章翻至 4000 年前的夏朝，因水，这里泛滥成灾，民不聊生，是民族英雄大禹，两度躬临绍兴，用智慧和心血，还来绍兴平安的疆土，从此，遗留下光辉的禹陵胜迹……

慢慢翻阅，慢慢品味，无数历史人物与历史篇章慢慢浮现，就如绍兴的大小河流，潺潺地流，潺潺地注入血脉与生机，潺潺悠悠地将绍兴的人文丰富和润泽。

四

水带来绍兴的社会发展与繁荣的经济文化，从而让世人认识、了解并热爱起绍兴来。

过往的都将远去，留下的弥足珍贵，是绍兴深厚灿烂的文化及特有的风土人情继续传承和滋养着这里。于是，发展至今，绍兴有了水乡，桥乡，酒乡，书法之乡，名士之乡的气魄与魅力。

"悠悠鉴湖水，浓浓古越情"，一座生存了 2500 年的文化名城，为世人树立着一座"没有围墙的博物馆"。一草一木，一水一桥，一砖一瓦，都将绍兴的历史书写，向世人展示出她无比珍贵与深厚的底蕴。

历史远去，未来广阔，烙着绍兴印迹的民俗文化、自然风貌及古越历史，今天的绍兴人将其封存打包再宣扬，挖掘出了绍兴更精深的文化内涵，让孔乙己、咸亨酒店、茴香豆、百草园、三味书屋、沈园等一批历史人与物再现于世人，加上更多的历史与典藏，将其传承和发扬，从而，有了绍兴今天一年一度的"黄酒节"、"书法节"、"乌篷船风情节"等展现绍兴文化及精气神的文化品牌，推动着绍兴向前，以此让绍兴展翅腾飞得更高更远，这无疑是绍兴人，依赖着绍兴广博而醇厚的水乡文化，把宁静又安详的生活打造再升华的典范之作。

了解过绍兴丰富，博大，润泽的光辉历程之后，唤来一只乌篷船，缓缓开桨于河道，慢慢悠悠地徜徉，来个与黑瓦粉墙亲密地接触。看着造型多样的古朴石桥，穿梭于不同河道之间，回味着陆游"千金无须买画图，听我长歌歌鉴湖"的诗句，任船儿悠然自得地荡来又荡去，让水墨气息浸透全身之后，嗅着不知从哪家作坊逸出的"女儿红"酒香，沉浸于水乡的绰约风情里，真有"人在景中，舟在画里"的美妙之感。

烟雨草海

雨一直细密地下着，世间水淋淋一片。

此间，是立秋前的时日，红土高原的雨比平坝来得温婉细腻，绵绵柔柔，朦朦胧胧地把这里的土地慢慢浸透，慢慢滋养。无数的裸子植物，被子植物……它们不分属种地在乌蒙山区的各个角落扎了根，高高低低，疏密相间地茁壮成长，释放出绿意盎然的润湿，人们便尽享被翠和绿包裹起来的安逸和宁静。

于是，逶迤的山峦掩映在密密雨丝之中，给人水墨山水的朦胧美感。

这样的景致，与江南烟雨一样，像现代朦胧诗那般"不即不离，捉摸不行"的隐约婉转，如诗，也如画。

细雨中，在黔西北威宁的任一地方，总会让每一个到访者心生一丝欲望，无论是在石门坎的行走，还是中水遗址的停顿，或者去彝族向天坟叩拜，又或是在民族风情浓郁的大街上徜徉，彳亍，厚重与古老并存，空灵与纯粹相伴，以此，才让这与世隔绝的净美之地有了韵味悠长，有了水意浸润心田的曼妙，有了寻幽消夏纳凉的惬意与轻快。

汽车顺一条窄窄的街道穿行，下车后又顺窄窄的巷子走向景区大门。青石板铺陈的街面，木板夹杂砖瓦的穿斗屋衬托出江南灰白黛瓦的淡墨气息，古镇的风味，水脉的镜像，时光的回转，都浮现脑海。

雨丝轻柔地飘，飘至脸上，又悄无声息地滴落于地，想用手掌挡挡，又觉不妥，便撑开花雨伞，立即想起江南的丁香姑娘，她是否如然地在雨中行走，又是否如我一样坦然地朝向前方的终点？如果，把戴望舒的《雨巷》比作是一阙江南烟雨凄美的唐诗或是宋词，那么今天的我们，行进在同样被烟雨打湿的窄窄巷道，既无彷徨，也无愁怨，怀揣的是盎然的期许，这样的意象，或许应是一首现代朦胧诗的代表。如果，这会儿，有舒婷在就好了，她是不是会写出美得让人惊诧的语句来，可我，只能任雨飘拂着，除此，也表达不出什么。

天空如一台硕大的织雨机，不断纺出轻柔的雨丝，如丝帛般悠扬地触摸到街面青石上，又被石板的强硬阻挠，几分缠绵，几分剥离，湿，便铺展开来，此时的威宁，那水墨镜像，更有风姿和绰约了。

踩着被湿抚慰过的青石板，《雨巷》中的诗情画意更加浓郁地浮至心间，前方的草海，能给我怎样的惊艳？盯着被雨丝轻吻过的双脚，一步一步迈向有高原三大湖泊之称的"草海"。此名，便给人无限的欣慰和想象。有"草"，有"海"，既显生命力又具博大宽广之地，落于高原之上，草与海是怎样的相融相嵌？

轻飘飘的雨，拂在伞布上，等候许久凝结成水滴，挂在伞沿悬而不掉，轻轻一抖，便"濑濑"地洒落一地。一下有"行人撑伞雨中过／半斜半掩微笑着／风吹雨珠落一地／地面未干又一批"的美妙。云贵高原的八月，风不轻也不硬。雨柔风淡，花香情浓，又伴有湿湿的水脉气息，世界空灵而干净。

紧趋几步，有高原特色和民族风情的"草海风景区"大门被细雨裹挟着，肃穆，静寂，厚重，大气，把高原的民族元素，彝、苗、回多个民族的况味暴露出来。哦，贵州这个多民族相聚的省份，确实是一个极具风情的美妙之地呢，想起那些歌舞，那些赛事节日，那些神秘又古老的民俗，复又兴奋起来。各种手工艺品，民族服装，杂耍，撩花了人眼。有几条民族风味的大摆裙吸引着目光，几步上前，试探地问起老板的价钱，老板出的价与心里想象的价差太大，转身便走，心里却有些欠欠地不舍得。夫看出我的心思，那么多裙子了还买？便一下切断依恋的情怀。

忽闪地，眼前冒出一片花海。花儿，是自然的娇子，也是草海的宠儿。金灿灿，黄澄澄，一垄接着一垄，一排接着一排，没了节制漫无边际在天地铺展开，延伸到天边那翠绿碧蓝的苇丛里，便有了黄与绿的交织，绿与翠的穿插，自然的随性，原野的气息，尤其在一条宽阔的木质伐道引领下，东弯西拐，拐过一个堰尾又一个堰尾的沼泽，万寿菊便笑眯眯地在眼前了。水与苇丛，花与金黄，雨丝与花折伞；穿梭的人流，往来的船只；吆喝声，划桨声，船尾拍打水体的沉闷声，码头情愫一下把水乡的风情激发出来。穿着各式民族服装的彝、苗、回族达人们，他们穿红戴绿，吹箫拿笛地或唱或跳，或歌或舞的欢畅，更点缀出草海烟雨朦胧卓越的妩媚来。

跳上木船，"船行烟波上，人在画中游"的画面，就随着竹篙的一杆一杆撑出而缓缓舒展。水乡船舶的慢悠悠，摇晃晃，被惊扰的水鸟倏地扑腾飞跃，正在休憩的鱼儿突然被打扰，苇丛深处，郊野横生的水墨画感随船娘深一下浅一下流出浪漫的动感。长长的竹篙，在空中停顿片刻，向不见底的水中插去，挑逗起水底污秽的泥垢，但敌不过清澈湖水的洗荡，只冒出浅灰的一带浊浑，又慢慢被宽阔的湖水包容和接纳，再释放出清亮透明的波浪。再有密集的苇丛，伐开的船道，望不着边的苇草，疑是走进烟波浩淼的江南水乡，真想放开嗓门吼几嗓。

迷藏似的伐行，让我们得意地东张西望，此时的心境，个个如童话仙境中的隐士，有隔离时空和浮华世界的超脱之感。

同行的男士，把尖锐的目光盯向苇丛中躲闪的鱼儿，搔首弄姿做着准备舍身扑鱼的姿势。可茂密的水草和齐头高的苇丛，给鱼儿们一个安身立命隐遁潜逃的遮蔽之势。看似憨态可掬的鱼们，闪眼功夫，便身影全无，留下男士们唉声叹气的自责和怒骂。这样的景象周而复始，于是，更多的是给美眉们留下的笑谈。

几番下来，欢笑渐行渐止。天空的雨丝毫没有停歇的念头，两旁笔直的苇草向后退却，草海的宽广与深邃，静谧与迷蒙，将人的愁绪慢慢拂去，轻松和淡然悄悄从心底升起，淹没了世间所有的喧嚣与仇怨，人有些发呆起来，一切又恢复草海本来的平静，除此，就是悄悄飘拂的雨和幽深靛蓝的湖水，还有湿漉漉的空气。

船向草海腹地行进，水深在不断加强，苇丛在慢慢稀疏慢慢消失，伴之而来是更宽广更浩淼更幽蓝的湖面，在薄雾般的雨丝映衬下，更加静谧和安详。而我们的小木船，却越来越渺小，越来越轻盈，似飘落水面的一片叶子，随波逐荡。大家一致要求船娘停歇下来，于是船儿悠闲、自在地泊在水面，清清爽爽，了无牵挂。

一切都随意起来，正是这份随性，突然间心底冒出一种感受：随遇而安！

感谢高原的雨，感谢澄明的湖水，让自己的心归于宁静，找到一块栖息的净土。

看着平静的湖面，波澜壮阔地连接着地平线，高远深透，尽管有雨丝袅袅娜娜而入，但水的浩淼，使其微不足道，击荡不起丝毫的波澜。远远一望，仍旧平静，仍旧安详，只有水丝的牵牵绊绊使水面空蒙，更增加草海的烟波浩淼和神秘美感。此时，沉于船下水深处的水草清晰地映入眼帘，这是草海珍藏的珍宝，迫于视角的短兵相接，草海不得不羞答答地把它们呈现出来。隔水相望，水草们精神抖擞地昂着头，直直地向水面延展，尽管它们终身也无法将头探出水面，但依旧坚持不懈地向上，再向上。它们是马来眼子菜、菹草、苦草等水藻，最多的应该是苦草，这些水中娇子，在光照不足，通气不畅的水体里，它们是怎样完成生命里程的新旧更迭，吐故纳新呐？又是怎样的忍辱负重，甘于奉献的呢？它们既要吸收水中污秽，还要默默地充当湖泊各种生物的"造氧机"角色，为水体中的生灵提供出生长所必需的生命能量——溶氧。

这是自然的神奇，万物的福祉。有了它们，草海才永远地干净和清凌凌，世界才永远地和谐平安。

同样被埋水体中的还有那些不知名姓的魂灵。无法想象，清道光二十七年，在两百多年前，这里会是一个村寨星罗棋布人烟稠密的盆地，要不是连续的霪雨绵绵，引发山洪暴发，四周的山体滚石和泥沙飞流而致堵塞，猛兽般的洪水将他们的魂体摧残和掩埋，从而时过境迁地，这里有了浩瀚的水体——堰塞湖"草海"。当我们赞美自然界的"鬼斧神工"和"翻江倒海"的地壳运动时，称其为神奇和伟大，可美景之下，又掩埋着多少的痛苦与涅槃？

此时，心中有了敬仰与赞美，对自然，对人类。为表达畅游草海爽朗的心境，同行中有歌唱爱好者，他们哼唱起"洪湖水，浪打浪"的曲子，歌声清脆纯美，引发湖中同游者的应和，你一句，他一句，不见船只，只闻歌声，很快草海便成歌唱的大赛场。尽管无人指挥，无人领唱，却有着多声部的韵律和美感，与草海周围的一切天然契合。此情此景，湖，便成和谐之声的参与者，船和船上的人，便是和谐号中的畅游者。

在歌声伴奏下，船如梭子似的滑过湖中茂密水草，这会儿，本在默默奉献的水草们，被强大的水压惊扰，也勇敢地摇曳着柔媚的腰身，密集而井然地招手抑或挥手。

有了轻快的心境，再看周围环绕的山脉，黛墨的森林屏嶂，绿绿翠翠地将草海紧紧拥抱，她碧蓝如玉，温润清澈，如一颗明珠，安宁地被抚慰着，被高原宠爱着，由此，才有她风情万种的面容。

于是，我明白了"草海"之含意：湖之水草，他们如虔诚忠贞的守护神，默默地充当着水中英雄，湖泊的庇护神，给山增加着情韵，给水增添着秀色，如生活在这里的各族儿女，千百年守护着这块用多少生命换来的净美之地一样，他们之间的爱恋，如大海般博大和宽广，如海水般深情和浓厚，生生不息，不离不弃。

水韵周庄

周庄，五千年的文明史，九百年的繁荣史，是水写成的。

——题记

水蹴就了周庄。否则，就遗失水乡的称谓了。

未到周庄之前，合着古今中外名家名作中的意趣情韵，努力地想象着她的容貌。尤其是看了画家吴冠中先生题写的：“周庄集中国水乡之美。”后，更有到周庄一睹芳容的强烈愿望。直至到了跟前，猛然发现周庄比先前脑海中肆意描绘的还要美。

古语说：水兴民，兴城，兴邦。周庄正是因水而兴的，可见，水在周庄的功劳与强劲魅力。

不知从哪天起，水源富足的澄湖，白蚬江，淀山湖和南湖受地球引力作用，毫不迟疑地将自己的水溢向四处，于是有了水脉的延伸与扩展，就有了南北市河，后港河，油车漾河，中市河的缓缓流淌，几个旧友不知是依恋还是重情，就那么悠悠然地流，又悠悠然地环绕再悠悠然地纵横交错，直至在周庄这一地理位置上握手拽拳成“井”字形水道，互为一体，你中有我，我中有你，恋得难分难

舍，尔后有了依水而居的人家，有了依水而筑的街巷，有了依街而兴的市镇，有了生存于900多年古朴、明静的"小桥，流水，人家"。

因了这，周庄就有了"江南第一水乡"的美誉。

水无疑是周庄的灵魂所在，水让周庄灵秀又典雅、清纯且幽静，让周庄的灰、白建筑露出生机来。于是，周庄四围顺着流水痕迹雕琢的河道，便蜿蜒、伸展、分列、散布开去，伴随它的源远悠长，美也兀自花开般地被世人认知、熟识并热爱起来。

基于水的温情，水将周庄亲密地环绕拥揽，使其成为"镇为泽国，四面环水"，"咫尺往来，皆须舟楫"的格局。

有水就定便有桥，水隔一方，桥连一脉。

周庄人的生活因桥的筑建而兴盛而丰盈。

在"井"字形水道上，完好无损地保存着元、明、清不同年代建造的石梁桥和石拱桥14座。它们都牵牵绊绊地立于小河之上、街巷之间。

桥，把河道拨开的两岸人家连接起来，如挂在腰间的环扣与纽带，点缀着周庄"小桥、流水、人家"的韵致。或古朴，或典雅，或石梁，或石拱，如一道道彩虹，飞架于河道，也如一把把久经沧桑的铁锁，锁住两岸人家。有了桥便有了路，有了路便有了经络，因路成市，因市而盛，桥也如一位乡间艺人演绎出多姿多彩的无穷的魅力。

走进周庄，最抢眼便是一湾湾绿水，一座座石桥，一幢幢宅院，好似三维动画装点着这里的水乡情韵。

站立双桥，陈逸飞《故乡的回忆》就在眼前，画家的游子情怀此时已演化成你的思绪，这是令人魂牵梦萦的地方，是令人滋长情怀的场地。此时，你便是那游子，而眼前便是生你养你牵挂你的故土亲娘；而你则是那画中人桥上景！

人在画中坐，情在心间生。

看前后河道清冽的河水平静地流淌，看河岸游人炽烈往来以及悠然喝茶人的闲适安然，任河风吹拂、河水悠悠，任柳叶媚眼、柳枝招展，任小船游荡、绿影婆娑，这些均不管，可质朴、清悠之情已荡漾心间。这是宁静的故土，这是恬淡的心境，这是喧嚣闹世人们热烈追逐的童话世界，但这些又仿若隔世，而此时自己又不得不纯纯粹粹完完全全退回到那个素朴本真的年代，直叹：桃源仙景何处觅，此情此景在眼前。

难怪自古流传"吴树依依吴水流，吴中舟楫好夷游"。

宁谧的周庄，"往来皆舟楫"。水阻隔着尘世的喧闹，将浮华退净，唯露出眼底的灰瓦白房、河道叉巷，凸显一直的素朴与清纯。

不知不觉，跳上一只乌篷船，摆渡于河道之间。观两岸风景，感受往来船只的繁荣。船橹悠悠，船娘的歌谣随风飘散，带着浓烈江南曲调的唱音和着花布衫，将乡野和自然挑逗起来，这里就是一个返璞归真的世界。从一户户庄户人家的门前码头穿行过，观沈厅的富丽堂皇，看间或从哪家房檐下、窗棂间伸出一根晾衣竿，犹自横亘于小河之上，再勾搭在另一间房屋的瓦檐，穿挂着五颜六色的衣衫，这才是水乡纯真的风情呢。再向前，出人意料地横摆着一条细长的小河，跨步向前、驳岸围拥、绿树掩映，垂柳依依地轻拂脸庞，再梭子似地穿屋而过，一下就有"轿从前门进，船从家中过"的曼妙。

这时，你会情不自禁地想起书云："坐着乌篷船，摇一柄蒲扇，在水声里闲坐。看水天一色，看临水人家，看小巷里丁香似的江南女子撑着油纸伞，走近，又走远。"这便是水乡的绰约风情哩！

悠游芙蓉江

　　盛夏，酷暑难耐，深山，绿水，是人们避暑纳凉理想的逃离之地。

　　神奇而净美、素有七分山两分地一分水之称的渝东南"武隆"，吸引着我们。

　　汽车沿着蜿蜒曲折的山路穿行，来到翠竹环抱、绿林掩映的芙蓉山山腰。俯瞰芙蓉江，宛如一条玉带静静地躺在大峡谷，静美、清凉、碧翠。峡谷中朦胧的云雾，半遮半掩地拌动着氤氲，几许真实，几许梦幻。在江边那茂密的原始森林中，分不清哪儿是水，哪儿是岸，更道不出是山染碧了水，还是水浸翠了山。

　　坐上缆车，顺江而下，体会一番人在空中行的惬意之后，伴着游轮清笛前行。

　　沿着一江醇水，江、滩、溪、瀑各类水景姿色万千，悠游之梦就在一条飘逸的翠绿绸链间荡漾开来。

　　同行的老人孩子靠窗而依，活泼的年轻人则寻找有利地势玩牌观景，每人脸上都洋溢出逸人的笑容，与这静美的芙蓉江相映成辉。矗立甲板，馨风扫面，幻想着能潜入水中，洗去一身凡尘及燥热。

　　游轮在玉带中滑行，欣赏着芙蓉江的峡谷，陡直威严；展望两岸原始植被，观泉水瀑布高挂飞流，令人惊叹峡谷显出的"秀"美来；遥望着芙蓉江的山峰，奇特伟岸，或群重酷似伟人，或单立如笋直入云峰，叫人思绪万千……

看左前峰，不是传说中"龟兔赛跑"的历史再现吗？昂首挺胸的神龟，正一步步逼近赛跑终点线，而麻痹又骄傲的玉兔却躺在那睡着大觉呢。

再看右前方，一处峭壁拔江而起，灰白的峭壁石缝中绿树错落有致地把其分隔开，形成无数的层次，难道不是神秘雄伟的"布达拉"？

正在沉思"布达拉宫"的雄伟与壮丽，此时，传来导游的声音："请看看左前峰，谁能最先找出仙女来，谁就是今天的幸运之神。"大家目光齐聚前峰，寻找着、想象着，谁也不想错过机会。一同事最先发现，在等待导游揭谜之后，我还在想：不明白那山尖上的独立石块到底像不像俯瞰芙蓉江的仙女呢？但又一想，不管仙子也好，石块也罢，大自然赋予人类的只是三分的形似，加上自己那七分的想象才能构成一幅美丽的图画呀！

就这样在导游半引半诱之下，想象着、嬉笑着，气氛祥和欢乐，来不及细看美丽的江水，来不及细品两岸醉人的景致，脑子里总充满幻想与梦境，船舱中充满着笑声与欢呼声。这时船停泊了，导游说下船行十几分钟去看美景。

"功夫不负有心人"，来到"百汉滩"，被眼前的壮阔场面震撼，惊叹大自然的雄奇与沧桑，仿佛穿过时空的隧道，触摸到原始生命的脉搏，看到几百万年前那场雄奇的地壳运动，把本就静美无比的山脉与江河震颤地翻天覆地，把一块块或尖或圆或方的石头，重重地抛向江岸与水中，形成绝世的江峡、峰岩、滩溪、瀑潭，融自然风光于山、水、洞、林、泉、峡于一体，集雄、奇、险、秀、幽、绝、净于一身，述说着历史的变迁。看着洁净的滩石，无比喜爱这样的不染纤尘，寻一临水处，慢慢地躺下，感受背心传来的透心凉，更加忘却城市的燥热与不安，聆听耳旁传来的隆隆巨响，眼见着浪高声大的滔滔江水，一下把人带入千军万马征战沙场的壮阔场面，而自己就是那手持兵械，奋力拼杀的将率。

正在这时，有人说：前面 100 米处有"天然浴场"。我立即起身，邀约三两同行人，继续前往。天然浴场呈现，这是与前面雄奇滩涂迥然不同的人间仙境：平静的江面，犹如清澈微蓝的碧玉，在微风牵动下，似柔软的茵绿绸缎缓缓向下游滑去，滑去……真想一下跳入江中，来过狗刨式的游泳，畅快淋漓地游啊洗啊，洗去一身的尘埃与烦忧。尽管都那样地想着，终究是无人下水，都不愿破坏这一江的圣水。可我不甘心，飞快地扔掉脚上两只羁绊，跳至岸边，拾掇着又圆又薄的石块，玩起儿时的"砍飘飘"来，看着石块在江面畅快地蹦着跳着，心里默数着次数，别提有多畅快。加入的人越来越多，大家肆无忌惮地嬉笑着，奔跑着，投掷着，一切，仿佛又回到那个童真的年代。

喧闹之后，原路返回，回望悠悠的芙蓉山，静谧的芙蓉江，心中默念着何时再来领略你的美丽呢？

深秋，魂寄江南

江南好，风景旧曾谙。

日出江花红胜火，春来江水绿如蓝。

能不忆江南？

——唐·白居易

深秋，走进江南。水做的江南，灰白瓦写出的江南就那么永远地印在脑海，牵绊着人的思想，游离于小桥流水人家的情怀里。

山水江南，烟雨江南，人文江南，诗意江南，她的韵致摄住每一个到此游览的灵魂，带着它四处飘散。

在这个深秋时节，我的魂被深深吸引。便明白：江南，永远烙在了心灵，烙成了一片记忆的风景。

于是，无论我回归何地，总时时处处想起江南的美好。

西子，温馨秀美。来到这里，少女的情怀绽露得热烈奔放。秋韵四溢，菊桂飘香，花港观鱼，苏堤漫步，断桥踟蹰，湖里泛舟，总感受到有一双多情的眼在注目。她似含情的少女，激情四溢，又似端庄贤淑的少妇温婉地伫立在那里，让人溺爱和牵制。

而我的魂，又怎能罢手于她？自古文人墨客，风流才俊，谁个能逃西子那清澈明媚的双眼，谁能罢手西子冰清玉洁秀美净透的肌体，那绝世佳句正浓情蜜情地唱响："水光潋滟晴方好，山色空蒙雨亦奇。欲把西湖比西子，淡妆浓抹总相宜。"

夕阳西下，看滚圆的鸡蛋红落山前，在若即若离一刹那，折射出万道霞光，似金针般地散向湖里，挑起波动的水面，碰出跳动的珠光，锃亮晶莹满湖跳荡。似大珠小珠落玉盘，也如西子纤柔细手拨动出的美妙弦音，和着湖畔幽静的浓荫，让人觉出世外桃源般美好。这样的曼妙将秋的清凉击得粉碎，驱散着萧瑟和苍凉，没有了"一叶报秋凉"的浅寡与感伤，却有了"百树桂花扑鼻香，千盆丽菊尽含芳"的韵致。夕阳退隐，夜色垂垂，朦朦胧胧的迷幻让湖陷入短暂的静谧，一切都那么安然与悠长。西湖静悄悄，林荫道悠长悠长，不甘寂寞的湖水轻轻地荡漾，招惹起晚风轻轻柔柔地乱跑，与苏堤摩擦着发出微微声响，正如西子默默梳洗时轻快愉悦的心房在激情跳荡。

夜，好静默。西子，好柔美。

仰望雷峰塔，那里有我耳熟能详的白娘子与许仙的千古传唱。夜幕中，丝帛般的雾气氤氲着山间的气息，雷峰塔显得迷离而梦幻，有了几分肃穆般的清静。我想此时，白娘子是在静修，还是在思念心上的人儿？或许几千年过去，她也该得道成仙，或许许仙早就成了她忘却凡尘的一位过客。这种静默，有阻止人前行的欲望。"还是不打扰白娘子的修行吧"，我并不想再向前。

似乎有很多的选择，思索着自己的行程，却不知道该往哪里。自己是不是应该冷静地思考，学一学老子，坐一坐太湖边？

太湖边上坐，桂花的香气弥漫，与广博的水韵气息融合，飘致面前，人也神清气爽起来，有个声音在回荡：要去水乡。

江南的水乡多如织网，任一处都是"咫尺往来，皆须舟楫"。是绍兴，抑或乌镇？是南浔，还是角直？……哪里才最真最美？有个声音在回答："天下水乡数周庄。"

乘着一艘敞亮的乌篷船，随船娘悠然的划桨声驶进淀湖的汉巷，水乡便在两旁芦花的飞扬中时隐时现。众多的水道，时时相交，人们往来生存于水间。水，便如血脉的滋养，源源不断。

周庄终于在眼前，星罗棋布的小桥人家，这是魂牵梦萦的地方。

水梳理的周庄，依水而生，依水而兴。有人曰："周庄五千年的文明史，九百年的繁荣史，是水写成的。"踏至这里，无论从哪个角度来欣赏，周庄都散发着古朴，淡定与安详的气息。嗅着这样的气息，走进不同的街巷，感受着水乡人家的生活。船娘轻漫地摇着乌篷船，往来不停地接送旅人；小吃店老板热情地招呼着客人，做着永远也做不完的生意；茶坊的喝茶人悠闲地端起茶碗，慢慢地呷着浓淡相宜的各种茶汤，间或谈些文人墨客涉猎的学问；河道里浣衣的姑娘，抡着轻巧的棒槌敲打着衣物；万山猪蹄火爆的蒸卤及出售场面……都标明古镇水乡有着生生不息的生命和能量。

临水而生的吊脚楼和穿斗房，悠长狭窄的街巷，平整光滑的青石板，斑驳陆离的门楣与窗棂，灰白相间的老屋，古老拙朴的石桥，恬淡惬意的人家都在述说：这里是美丽的水乡。

走进一古朴的院落，生活情愫清晰地印记着这里曾经有过的历史与久远。阶沿上的石台，门槛儿下的青石板，天井里的枯井都记载着岁月的过往，记叙着水乡的兴旺与沧桑。

或许，世间事，总在那么不经意。最早落户古镇的人家，他们是否明白，多年以后，这里会成为追忆他们生活轨迹的历史场馆。无论当初他们是有意或者无意落户水乡，在如今看来，都成了一个英明又果断的决定了，这样的决定影响广远，不只是周庄，还包括整个江南，它镌刻着赤子们的思乡情怀。或许，逐水而居的思想并非他所想，只是源由生存的素朴追求与愿望。总之，无论如何，因了水，他来了，之后一群人来了，再之后无数的人来了，从而有了街巷，船舶，石桥和小镇。慢慢地，这里有了一幅画，两幅画，进而有成千上万幅画作。没有刻意的勾勒和堆砌，那么自然，那么清新，伴随勃勃而出的船只，最终将水乡勾画成一幅巨大的水墨画。

这就是江南的古老，质朴与素雅。

既来水乡，哪有不去感受船舶的飘荡。停靠双桥码头上，叫住一只乌篷船，选一老者作艄公。听艄翁拨艄时随意的吼叫，乌篷船如脱缰的骏马，"嗖"地划出河道码头，然后调试速度，慢慢悠悠地前进。看艄公与岸上人家亲热地招呼，来几句家长里短的嗑唠，静听着船上唱娘吴侬软语的轻唱。独坐一旁，看似不留意，实则正细细品着小桥流水的情意，偷窥着丁香似的姑娘穿梭街巷时那份悠然和随意。此时的意境，多么让人心驰神往：江南随处流淌着诗行。

在"三毛茶馆"邻旁，找一柳林岸边，择一竹椅落座，要来一碗盖茶。摇一柄老蒲扇，闻着溽耳香茗，晃晃悠悠地摇着躺椅，悠悠然地闭眼又合眼，从夹缝里瞄来来往往的乌篷船，江南的风景如雾如烟在眼前。惬意，淡然，悠哉又乐哉。

真想就此居住在水乡。

……

江南，迷人的景致数也数不完。每一处，都如一位温婉的女子，撑着油纸伞，用柔情牵引着魂灵，追逐不赢，若即若离，四处飘散。而我，唯任她走近，又走远。

停在"逸飞之家"门前，目光与思绪集结于《故乡的回忆》油画间——小桥流水人家，我确定：这就是心灵的家园。

即刻，便有了主意，将魂寄予江南。让质朴，清新，诗意，别致，淡雅的江南永远存活在记忆间。

由此，我的魂灵便有了家。

梦江南，小桥流水。

忆江南，安详的家。

巴南：沿一品河向前

这是一条峡谷中的河流，她是燕尾山的血脉。

不知几时，这条河不受任何旨意由东向西，坚定不移地流过一代又一代。当我们穿过茂密的丛林站立河岸时，看着眼尽头拐角向北的河水，不明白好端端的东西流向为何一下有了一个大拐弯？陪同的当地小伙说，因为那里有长江。

原来，溪河也有她的依恋。

其实，世间万物都有依恋，如，河流依恋着山脉，翠竹依恋着河流，河岸依恋着礁石，人类依恋着河水……没有依恋，便没有情怀。在这条河流经的区域，这样的依恋从古至今都发生着。

从地球的造山运动过后，有了燕尾山，随后有了山的血脉，而后有了这条河。河里的水，是世间的见证者，也是参与者，她随着时代一直向前，潺潺悠悠坦坦荡荡地流过夏商与西周，流过秦汉与南北，流呀流，总是不断地向前流，流到明清时，依山傍水，逐水而居的先民探测到这里，他们迁徒、停留、落户、开枝散叶，便有了烟火与人家，进而有了街景。

这样的街景存在了三百年，三百年的历史是河水慢慢滋养出来的。

河是"一品河"，街是"一品街"，那时还称"一品场"。一品河与一品街并排，她们都由东向西依山而行。

我对河流的依恋，与生俱来，刚到一品街，看见这条河，就无法抑制地喜爱。次日清晨，邀约三五好友，沿一品河漫行。也许是河水的广泛，看见建有各式的水上运动项目，游泳、漂流、冲浪、汽艇、划船、竹筏等，还有各种打着亲水名目的酒店饭桩，生机勃勃，热闹非凡。大街上，还可看见河水似镶嵌在两行翠竹链中的硕大翡翠，清透温润，在重力和地心引力下慢慢向下游蠕动。当时一下就有了认可，这条河，太像故乡的小河，小河与我们的村庄，也是这样并排前行的，河两岸郁郁葱葱的兹竹，也是陪伴着河水一路向前，村庄里的人，都说小河是故乡的母亲河。

一品河也是这样的母亲河。她的任务，也是抚育。

道家说：上善若水。意思就是"水，滋润万物，顽强坚韧，百折不挠，团结一心；但水，却深厚持重，能滴水穿石，会永远向前，能汇成江海"。

那么一品街60平方公里的土地上，这条河行走出8公里的路程，并一路带来甘霖雨露，因她的来到，这里山清水秀，植被茂密，生物种群多样，63.9%的森林覆盖率，为生活在这里的2.3万人口营造出密林幽境，仿若绿野仙踪。国家森林公园、著有"华清第二汤"美誉的桥口坝温泉、原始又野趣的天然溶洞等自然及地质奇观也依恋着这里，把一品的山川地貌打扮得透迤多姿又旖旎迷人，一品人手持"最佳生态宜居名镇"的名片，唱着欢快喜庆的情歌憧憬着美好未来。由此，有优越的地理条件和美丽风光，一品儿女秉承"上善若水"的精神，发扬母亲的优秀品质，成长得风雅又豪迈，多情又多才，英勇又顽强。

清道光年间，那个时代正受"女子无才便是德"封建思想的束缚，一位熟知天文地理，擅长兵家知识和医理的女中豪杰何氏夫人，后被咸丰帝诏封为"一品诰命夫人"的清代大才女，是如何修炼出温婉与秀美，达理又博学的智慧女子？当走到一品河岸的"吊嘴儿"，民间称颂为"石龙过江"，这个三面环水，汲取着天地灵气精华之地，有史载正是何氏之妻原籍所在。

曾经到过无数江南水乡，绍兴、周庄、乌镇、南浔……她们"咫尺往来，皆须舟楫"，也是因为水的润泽，哺育出众多优秀的儿女。勾践，王羲之，陆游，秋瑾，蔡元培，鲁迅，矛盾，周恩来……都得益于水，水之灵，锻造出他们的精神与才情。同样，在一品土地上成长起来的除何氏一品夫人，还有近代学富五车的重庆大学创始人沈懋德，文学家沈起予；足智多谋，英勇善战和极具指挥才能的豫、鄂、赣军区政委、战斗英雄陈家齐。就是在和平岁月里，一品儿女的英勇与坚韧仍然从未缺乏，川藏运输线上十大英雄李显文，汶川地震救灾英雄陈

洪亮等。

儿女们很优秀，作为母亲，一品河却不张不扬，始终保持深厚持重的品性勇往直前。

我们一行像是追忆，又像探寻，更似求证。

撇开等级公路，找寻一条小路，取捷径下到河床。这里落差很大，水流更像山涧溪流，没有惊涛骇浪、汹涌澎湃的壮阔景象，也没有平缓地带宽大水面蠕动的优雅，倒有几分原野的旷达与从容坦荡。

但同时，这也是一个震撼人心的场面，让人感受到沧海桑田和洪荒之力的伟大变迁。宽广的河岸，大面积河床裸露着，灰白的礁石一块紧挨一块，密密麻麻地铺满整个河谷。每块礁石都被河水冲刷得光滑圆润，显得饱满紧致，好似硕大的鹅卵石；远望而去，又似众多的馒头和小山丘，大小不一，姿态万千，无疑又是一处原始天然的地质奇观。也不知这些礁石年龄几何，又来自哪个山脉哪个峡谷？它们原本应该是与山体和岩崖紧紧依偎一体，是水用她们坚忍不拔的意志力去碰撞、瓦解、斩裂、分割，形成棱角分明的石块，随后又被水不断地搬运和打磨，才来到燕尾山的地界、一品河的怀里。而此时的水，躲过礁石的阻挠，从一条条狭窄密布的缝隙中婉转穿越，清凌凌，白亮亮，如丝绸般飘逸而出，偶与水中轻薄的石块相撞，发出"咕咚、咕咚"的声响，像鼓槌敲击鼓面发出的悦耳旋律，让人一下想起"泉水叮咚，泉水叮咚"那美妙歌谣，哪里还有"水滴穿石"的刚强与坚韧？

这是一条美丽的河流！

友人们早是喜爱至极，有些依恋般地停下脚步，不再向前，瞧准一个恰当的位置，静静地坐于河岸石阶上发着呆，偶或看看清澈见底的河水，如何绕过眼前的礁石，如何与泛着青苔的小石块亲吻，如何消失在拐弯处那几棵高大的麻柳树前……

突然有人说，河里有没有鱼？

仿佛醍醐灌顶的一句名言，一下点醒呆坐的我们。

宽大的河床，潺潺的流水，面包似的礁石，河中央生长不知多少年的古麻柳树以及两岸高耸的山脉，还有周围层峦叠嶂的翠绿，这明明就是桃源仙景，为何不来点亲水的乐趣？

最先下到河岸的是郑师弟，这个被张华老师赞誉为对生活充满旺盛活力的中年男子，才华横溢，稳重老成。我们还在岸上，就听见他带着自贡口音的川话在河中叫喊：好安逸，好安逸，太安逸了。于是，我们经不住诱惑也加入嬉水的行列，像小时候那样躬下身翻着石头，摸摸石缝，巴不得一下能从这些隐秘的地方窜出鱼虾螃蟹来，甚至还有了打水仗的冲动。在水面前，哪怕是一群知性优雅的文人雅士，也会丢掉一切违背人类初心的艰辛和烦忧还原和归位，让人保持着纯粹与澄澈的快乐童心。

的确，人们对水的依恋，是从骨子里冒出来的，我想不仅仅是因为生命起源于水那么简单，更重要在于，密林幽境，青山绿水，鸟语花香，风调雨顺，五谷丰登……哪一种人间美境，能离得了水！

故，最先落户一品场的先民，依恋着一品河的哺育，依赖着燕尾山的富庶，遵循着亘古不变的定律，享受着"靠山吃山，靠水吃水"的古训，他们对这里的喜爱，正如今天的人们崇尚自然的原生态与秀美一样，在此，伐木开荒，围猎捕捞，开始刀耕火种，桑麻渔田的日子，从此，人类的文明与时代的进步紧紧跟随他们的步伐，慢慢浸润这里，改变这里。从而使这里越来越美，越来越令人向往，直至繁荣，昌盛。

古语曰：水兴民，兴城，兴邦。

正如一品河的水是由无数的山涧溪流汇聚所成，才有她的丰沛与润泽，哺育和依恋。

望着河水向北那个大拐角，一下觉出万物之间都有因果循环。河水也如一品场的人们一样，保持初心，回归母亲长江的怀抱。为着这一朴素的愿望，一品河不知流了多少年，坚持，坚定，永远向前。

有了一品之行，从此，我深深记得：重庆巴南燕尾山下，有条一品河，河流横穿东西而后由南向北，拐角流进了长江……

为了你，这池水已沉寂百年

水，静静地，清澈透亮，满含期待，像被注入脉脉的深情，温润，和煦。这样的静默在盛夏之时，便演绎成望穿秋水般的急迫。

七月，一个被阳光和暑气炙烤得滚烫的季节，柏油路跳动着白光晃得人睁不开眼，空气中流动着燥热的情愫，道路两旁高大乔木的宽阔叶子，也耷拉着脑袋等候雨水的临幸。而在山间峡谷里，树木却伸出巴掌大的叶面，精神抖擞地把储蓄的绿和湿润肆意释放，让人感知到清凉，感受到惬意。靛蓝的湖水泛着波纹，潺潺地摇曳，将空气中流动的炙热彻底击散。

为躲避酷热，越发地想寻一处凉爽之地，渴望一种放逐。因了这，小南海——这颗镶嵌在渝东南深山中的明珠便成首选。

带着憧憬与喜悦踏入。此时的阳光自天宇倾泻，在峰峦中、在枝条间、在清波上、在房檐下活泼泼地洒落，闪动着金光，弹奏着音符，晃动出一幅美丽的阳光山水图。激情的人们从四面八方，三三两两，成群结队，从峡谷外的柏油路不断地涌进涌出。自驾的，骑行的，驴友的，用各种进入的方式堆积在峡谷的各个角落。尽管喧嚣，但山的高耸，树的茂密，叶的青翠，水的幽蓝，把这些嘈杂和无序梳理和阻挡，还来青山绿水的和美和欢畅。

湖堤上，成排的人群张开双臂，向着湖面，以"面朝大海，春暖花开"般的心情在朝圣也似膜拜，他们的呼声不时从嘴里迸发出来，惊叹，赞美，呼叫。湖水的静美和山的秀丽，将每个人的面容打扮得妩媚动人兴奋无常。在自然面前，人是多么渺小和俗不可耐，喜爱与厌恶，总在一念之间，因此，便有了逃离和背叛，而自然则不同，它只会选择坚守和相伴。

不信，看看小南海这里的奇石林立，溪水萦回，秀峰环列，远古的地震断裂层招手含着笑。试想，这样的人间仙景，并非天地本来造就的模样，该是经历过怎样的生灵涂炭和翻天覆地才换而得来？此时，风轻轻从耳旁穿越，带来湖水拍击岸崖清澈的击打声，似呜咽，也似述说，在脑际回旋：亲爱的朋友们，你们可知道小南海为什么如此美丽吗？其实在百多年前，这里没有水也没有清澈的湖泊，可以说这里也是一个蛮荒之地噢。在 1856 年，一场 6.8 级的大地震，将四周山峰中的大、小垮岩、断石绝壁迅速推移，在谷口堆积，用排山倒海之势把山谷填埋。无数的生命，无数的空难一个接着一个地来，我们选择了忍受，也哭干了眼睑，这湖水便是泪水积攒而来。为等候大家的光临，我们忘却了痛苦，坚持坚守，不断地美化自己，创造自己，修饰自己，最终才把这里打扮得如此旖旎迷人哦。那声音继而成呻吟：我已沉寂上百年。

百年的沉淀，百年的期待，这便是小南海的胸怀。

极目远眺，四面秀山，青翠欲滴。微风游弋，小南海越发地清亮与柔媚。湖心波光轻漾，涤荡着明净的水纹潺潺悠悠地拂来荡去，清亮的天宇浅蓝着纯净，几缕丝帛样的浮云轻盈而惬意地追逐着，真是一个干净而清凉的世外桃源。

很多人早已按捺不住躁动的心，簇拥着跳上游船，争先恐后，全然没有了君子的谦谦风度，女子的款款柔情，都想极早领略这水的妩媚和深情。游船发出有节奏的"笛笛"声，荡漾在如镜的湖面，镜面经受不住船头那锐利的划拨，早早扬起高高的浪峰向后退却。之后，船尾像一只无形的巨手，把如绸的湖面扯褶成均匀的绸带，努力地向两旁抛散，好似空中散花般美妙。游人靠窗而依，目光丝毫不放过岸上水中的一景一物，耳畔聆听着导游的娓娓讲述。清风拂面，清悠透凉直沁肺腑，脸上洋溢出欢欣的微笑，都在把身心融入这美妙的湖光山色之中。

不久前后两船相遇，克制不住内心激动的游人兴奋地跳上船甲，毫不掩饰地对唱起山歌。两导游被感染，亮起甜润的歌喉，在各自船友欢呼呐喊声中，来了一场湖中土家山歌大比拼。歌声悠扬，漫过湖水，飘逸上岸，飘进土家山寨吊脚楼，侵扰着楼内枕木房梁的清休，木楼内多情的阿哥，被迫匆忙探出头来应和："这山没得那山高嘞／那山有棵好花椒嘛／心想吃棵花椒仔嘞／个子没得树树高

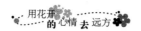

哟。"岂知两导游是土生土长的土家妹子，此时一听吊脚楼外响起山歌，瞬间把角色来了一个大转变，由之前的对手，一下成了同谋，两两联手，哪甘示弱，对唱起："这山没得那山高哟／不用上树摘花椒嘞／没得花椒将钱买哟／没得水吃请人挑嘞。"……对歌声此起彼伏，激烈欢畅，船也即将靠近吊脚楼下，鸡鸣狗吠应声而起，激烈地迎来送往着远方客人，此时山水田园风光呈现面前。

很快船绕过土家山寨的吊脚楼，驶向对面朝阳寺，船未靠岸，寺内参禅祷告之声从湖面缥缈过来，静心静神，有清新美妙之快感；再绕过情人岛，古松蔽日般的包容着土家儿女的窃窃私语，让游人无法探测土家儿女谈情说爱的感人场面；跨牛背岛，欲将那低头拭水的水牛拉回秀丽的山脉，重啃那青翠欲滴的嫩草……

正欣赏着美景，感受着惬意，船突然掉转，湖中心已至，这里水面宽阔至一公里以上，深度达百米以上，据导游说，这是小南海精华之点。百年前那场大地震，让本生长在高山峡谷中的高大乔木们，瞬间被石块和泥沙推倒至深谷，又经上百年洗涤、沉寂和等待，终成价值连城的水中"沉积木"。此时，感知到有来人的大量沉积木们，晃悠着清丽的身影，总想探出被埋多年的头颅，娓娓地告诉世人：她们被埋的艰辛与悠远。她们还想告诉世人：这也是自然馈赠她们的精彩，让她们由衷地感受到了涅槃。想想，正因她们沉寂了百年，才蹴就了这颗"深山的明珠"，才妩媚了她们纯美的娇颜。

船沿原路返回，那个声音一直在萦绕：为了你，这池水已沉寂了百年！

是的，小南海，这颗藏在深山中的明珠，总以柔美的姿态，以清丽脱俗的雅致面容迎接你的到来。

第二辑 夜之魅

夜的深沉，深邃而沉寂；夜的寂静，安宁而幸福；夜的繁华，喧嚣而迷蒙；夜的纯洁，清澈而甘洌。

夜色如水，静静地倾诉它对风的思念；夜色迷离，悄悄地躺在黑幕浪漫的怀抱；夜色多情，潺潺地听爱的絮语；夜色如酒，慢慢地把爱人的心沉醉……

夜·上海

夜一点点沉降，由最初的浅灰变成深灰，再变成墨汁般的纯黑，喧嚷，浮躁被婉约，温情取代。忙碌一天的人们吃好喝好再收拾停当，便融入夜的黑中，相聚黄浦江畔。

三三两两的人们，从四方八面走出，他们相携相依，或踌躇或前行，各自消遣着夜晚的清闲。

而此时的黄浦江两岸，夜色迷离，炫出诱人的光彩。

如果说，白天的上海滩如一位久经沧桑，内敛深厚的老人，而夜晚的上海滩却似一位多情的少女，脉脉含情地注视着夜幕下的人们。少女摇曳着腰身，以挑逗和引诱的媚态踏着青春圆舞曲的节拍，袅袅娜娜地来。她优雅高贵地，她浪漫婀娜地，她散发出动感的活力与光彩地，妩媚尽显。

随时间推移，夜，更深更厚，有些凝重，少女绽放的活力更加肆无忌惮。各式路灯，霓虹灯，草皮灯，楼道灯，各种高度的楼房的装饰灯，世贸大厦，东方明珠塔等，各种灯光，此起彼伏争相亮相，城市空间有了幽黑中的光亮和红橙黄绿靛蓝紫的色谱。色相的真实与丰富，把路人脸谱的轮廓清晰地照亮，各自借着夜色的迷离，情侣幽会，亲朋团聚，游人踌躇，观景拍照，洋场喧嚣，都想把各自的情怀畅快表达。许这样，上海的夜才有东方巴黎的美感，也是外地游客及上海人茶余饭后谈论及向往的乐园。

来到黄浦江畔，不为别的，也为寻梦而来。

虽生于西南，但上海这"远东巴黎"的名号早已飘浮脑海，在未登上游轮那一刻，散漫的氛围已经将人置于二十世纪二三十年代。上海，这"十里洋场"之所在，温馨、浪漫和那些消逝的哀怨和无奈而今是否依然？

看黄浦江的水依旧奔腾，江岸的高楼依旧鳞次栉比，在夜色的辉映下，显出朦胧灰黑的轮廓，从几米、几十米，或者几百米的空中辐射出五颜六色的光亮，那些星光斑斓的晕黄挑逗起江面拉长汽笛的游轮的声响，一种如吸食销魂剂应运而生的迷恋与梦幻乍然而起。

有些追忆吧，我想应该是。

登上游轮，怀旧情愫浓郁的萨克斯曲《夜上海》，听得人沉醉痴迷，一下有旧时大上海繁华迷人的洋场歌海。沉醉的夜幕下，那里有风花雪夜，那里有明争暗斗，那里有仇苦恩怨，多少人沉溺，多少人在此销魂……满地肆意流淌的依旧是旧时的光阴，满地散发的依旧是情爱魅惑，空气中有了"烟雨朦胧"，有了"爱恨情仇"，有了诸多痴男怨女，有了更多的痛苦与哀怨，繁华改变不了他们的命运，金钱给予不了他们幸福。萨克斯曲在流淌，没有歌词，没有歌唱的声音，但空气中分明流动出"金嗓子"周璇细嫩、甜美的曲音，此时，经麦克风传送而来，娇媚动人。还有她俊秀美丽容颜仍旧那般若隐若现……既招人魂魄又让人愁怨，既让人向往又使人无奈。船越是驶向前，那曲调越是深入灵魂深处无法释怀，"夜上海，夜上海，你是个不夜城，华灯起，车声响，歌舞升平……"荡气回肠又忧伤顿起。

沉迷片刻，思绪片刻，才知，那随流水而去的诸多哀愁与忧伤，此时已不复存在。如今的大上海，是繁华的大上海，是中国的大上海，是华夏经济和人才济济的大上海，而此时的夜，除了曼妙，就是释放满心欢喜与喜悦的情怀。

连空气，也充满着烂漫。

而今的夜上海，祥和安宁，沉醉迷人。

江，仍是那么地宽广，水，仍旧奔腾着向前，只是江边的风景斗转星移地增添和消失了不少。夜也依旧地星光灿烂，黄浦江也波涛汹涌，夜巴黎的名号依旧如新地响彻，只是夜幕下的人心情有了翻天覆地的变迁，没有了哀、愁、伤和怨，没有了无奈。高昂与惬意在船舱中流淌，富足与幸福装扮出朵朵花儿般美丽的笑脸，五彩缤纷的装扮，黑白黄交相掺杂的肤色，五大洲不同的语言，一时伴

着欢呼声，汽鸣声，影像设备的"咔嚓"声和江水潺潺的涤荡声将夜的沉静打碎。

夜有些不知所措地，迷蒙片刻后，干脆肆意地纵容着，宽容地摊开手，温情地绽出笑靥，任五大洲四大洋的人们在她的怀抱撒欢。

游轮此前彼后，兴奋的人们一拨接着一拨，或坐龙舟，或坐恐龙船，或乘前进号……船的式样五花八门，名称花样翻新，灯光异彩纷呈，悠悠扬扬地进，又悠悠扬扬地荡出江面，缓缓地向前，又缓缓地靠岸，一切都显得那么悠然又随意，人们抛却了君子的谦谦风范，舍去了淑女的温婉，争先恐后地上，再争先恐后地下。目标只为一个：尽情地领略夜上海！

夜幕下的上海风光美如画。

彼岸上的东方明珠，披满周身的银光与珠宝，在灯饰的照耀下，透亮晶莹，犹如一串从天而降的明珠，散落于浦东的玉盘之上，顷刻间柔情之美四处溢散，夜也滋滋地等候，吸纳着如数的珠宝簌簌地落入，引无数膜拜者纷至沓来。

乘上电梯，来到观光球。极目远眺，夜上海迷幻般的景致在眼前。无论是远处的高楼，还是近处的建筑均矮小得可爱，蜿蜒的黄浦江上，巨轮如梭，连绵入海。两条巨龙，腾飞于黄浦江上，一幅二龙戏珠的巨幅画面映入眼帘。巨大的球体在五彩灯光的辉映下，群星争辉，更加地光彩夺目，更显晶莹剔透。此时，与对岸浦西外滩的建筑群交相辉映，外滩的风景在夜幕掩映下露出亦真亦朦胧的外壳，似有几分形似也有几分神似，朦朦胧胧，诗意满怀，但无论是何种建筑格局，都闪现出熠熠的光芒，感受出一种刚劲、雄健、雍容、华贵的气势。还有那些倒影：哥特式的尖顶、古希腊式的穹隆、巴洛克式的廊柱、西班牙式的阳台，在水波荡漾中一下破碎，又瞬间完整，合着宽广的黄浦江，摆布于硕大的天地间，这便是大气，豪迈，繁华富足的现代化大上海。

夜上海，上海的夜，让《渔光曲》和《夜来香》的音符伴随那些悲欢离合、回肠荡气的情爱，随流水的走向，消逝于夜的安详。当明日太阳升起的那一刻，上海，褪去少女的轻漫，繁荣和富足又重新回归在黄浦江两岸。

西湖的魅

夜的西湖，让人迷离。

按理，这湖也不叫"西湖"，只缘于对她的情怀，我们才冠以"西湖"的美誉。这湖与杭州的西湖，二者不能作比，只能说各有韵致，但相同点就是，两者都很美。尤其是夜晚的静美，着实勾人魂魄。

曾几次到达杭州，也到了西湖，感叹于她那明媚的眸子和深邃的人文，文人墨客，从古至今地咏叹，又增加着她更加诱人的气质，尤其是东坡先生的"水光潋滟晴方好／山色空蒙雨亦奇／欲把西湖比西子／浓妆淡抹总相宜"一出，更是燃起人们无限的想象与欲望，是妩媚？还是清雅脱俗？总之，尽情地发挥着自己的想象去吧。

西湖之美，自古难言，而今，吾亦是。

小时，没出过远门，未到过杭州西湖，也不知晓西湖有多美，对水最深刻的认识就是家门前那条小河，缘由对水的喜爱，许多欢快与趣事就围绕着小河生长。每每看着优优雅雅的流水，幸运家乡有这水脉的滋养，才有了米鱼之乡的收成和快乐。可自始至终有个问题在心间盘桓：这河水从哪里来？像十万个为什么，缠着大人问个没完，于是大人没好气地答：水是从西湖那边流过来的。西湖

又在哪里？山那边。西湖的水又是从哪里来的？从巴岳山上流下来的嘛。巴岳山里怎么会有那么多水流出来呢？难道是生产水的地方吗？……如此没完没了，问题不断，畅想也不断，对西湖的向往也就悄悄地滋长。直到有一天，大人带着我、妹妹及两哥哥走亲戚，亲戚家恰好就在巴岳山下龙水湖畔。到得亲戚家，站在院坝前，终于看见人生中所见过的最大水面，激动和兴奋，简直无法述怀，忍不住又问出十万个为什么来，于是，大人只告诉——这就是"西湖"。感受着西湖宏大水域的氤氲，沐浴着秀美的风景，自豪之情荡漾着，就觉得家乡的这一汪碧水，是天下最美的山水了，自然而然更喜爱得不行，于是，根深蒂固置于脑海的西湖，就是这巴岳山下的龙水湖了。

那时，从老家到这湖有20里路程，有了第一次的交集，总冒出去西湖玩的想法来。但由于交通不便，所有路程只能靠双脚丈量，每每到达之时，日头已升得老高，剩下的游玩时间压根不多，如果想贪玩沿湖边多走一些路程，回程就得摸黑受累，由此，只好沿着湖边走一走，看看清新的湖水，望望周边原生态的农家院落，偶尔哥哥们还会在湖里游下泳，然后就折返，对夜晚的韵味，根本无从体会。所以脑海中对西湖的感受，就是白天那清新和不施粉黛的淡雅，仅此而已，就觉得西湖美得不行，总散发着质朴的馨香。

而今，时代变迁，湖在沉淀，我也在成长，由一位没出过远门未见过世面的黄毛丫头摇身变成一位城里人，眼界宽了，见识多了，无论九寨沟的仙境，还是冰山雪莲的清透，天南地北，苍茫抑或辽阔，隽秀还是温婉，饱览尽了祖国山河的景象，但，我对这湖的依恋却越来越强烈，有种深入骨髓之感，时不时地，总想亲近到她的身旁，感受她肢体间散发出的清新和幽香，当然，对夜晚的魅惑，

也有了透彻之感。

　　到夏天，一家人吃完晚饭，我、夫拟或是儿子，都会主动提议到西湖散步的想法来。每每这时，夫就会乐颠颠地启动车子，载着我和儿子，一家人兴致勃勃地来到湖边，看着夜西湖的宁静，还有偶尔送入眼帘里的透彻和神秘，这时才深切地感受出她除了清秀端庄质朴以外，又多了深厚和坚韧的品质，尤其是那种幽静中透出的温情。

　　西湖的夜很静。这种静，从天际肆意泼散着墨汁之后就开始，湖周围的花草树木也如夜的来临，瞬息沉入夜的幕帷，安宁得不行，静也在全身漫朔，此时，夫总说：好安宁的画面，如果我来描摹西湖，便是写这里的夜了。可如此温馨的感觉，想说却总是无从下笔，我也几次想提笔写写这里的夜，但总是以激情开始，败兴落笔，根本描绘不出她的美好来。通常，趁夜来到她的身旁，一家三口，偶尔谈起天南地北的闲话，或者说些家庭里的趣事和畅想，也不去理会此时夜晚的宁静，可这样的感觉却一直跟随，在心间萦绕，无论是我还是夫以及正在上学的儿子，在我们心里，都在默默地感受着这样的幸福，感谢着夜西湖的美好。走着，走着，话语也渐渐稀少，最后压根没有声息，却步调一致，默默地向前，哪里像平时个个口若悬河的良好状态，似乎都想把身心和思绪付诸于这里。

　　的确，这静，清透了人的骨质，褪却着人心的浮华，给人幸福和安宁。

　　沿着游船码头，桃花林，鹊桥，野塘清荷，围着湖边转上一个圈……把夜西湖景象饱览个够。最后我们无一例外都喜欢站在鹊桥之上，而这里也是处于湖区的最高据点，有如黄金分割点，在这里看周围任一处景色都是一幅水墨山水。脚下的湖水总朦胧着诗情画意，宽阔且深邃，一些似有似无的景象都沉入这片湖水之中。岸边层次分明的矮层建筑，彰显着各自个性点缀于天地之间，与蒙蒙夜色融为一体，那么地融洽与一致。湖中的小岛，渔船，岸边柳，依稀可辨；湖畔的农家，时隐时现地冒出一股炊烟，瞬间被微风稀散和树木遮挡。看着，嘴角划过一丝微笑，心却在描摹：如果，恰好有个牧童，缓缓从远处走来，懒散地驱赶着一头耕牛往家的方向游走，一定是更加地返璞和归真；如果，刚好有艘舢板船慢慢悠悠地荡于湖上，船上站一渔人，头戴毡帽，手抓渔网正在捕鱼，那么"牧童晚归"和"渔人晚捕"那种惬意会霎时浓烈在心间。

可，终究没看到脑海里畅想的画面出现，倒是目光向上眺起，触及横亘于对面的巴岳山上，她像极了一位得体的睡美人，幽深静远，迷蒙又清晰的胴体让人浮想联翩，婀娜的身姿，淡定又清秀，安然而静脉。迷幻的双眼，似睨似眺，一会儿把脂滑的躯体送入眼帘，一会儿把清澈的眼神轻轻抬起，宁静祥和，人有些无法抗拒地想去亲吻，但又不忍亵渎那般圣洁，只能这般眺着。看着巴岳山的静美，莫名地想起传说中天神夜英凡的境遇来，如果不是他布局世间山川太过劳累，一时失误把本该南北走向的山脉凝固成东西走向，何来如今的巴岳山脉？甚至有些感谢他当初的失误，不然这东西横向的山脉，何以为今天的西湖充当着天然屏障？何以提供出饱满的汁液？俗语说得好嘛，山高水长，所以才有源源不断的流水注入西湖，且清澈和纯粹。猛然，脑子里又冒出一个念头：夜西湖，就是王母娘娘遗落人间的一个硕大无比的玉盘啊——永远那么清脆和无瑕。

如此比拟，脑海中杭州西湖的景象又浮现出来，是的，她有着无数吸引人的名胜，也引来世人无数的赞誉和倾慕，最终认为，她不过是一位被人捧在手心养尊处优的高贵美女，少了地气和质朴气息，而家乡的西湖，则是一位生长在乡野，自顾自成长，出落得自然，圆润，清秀淡雅，不施粉黛的村姑，真诚不娇柔，总让人情不自禁想亲近。正在这样想着，眼前不远处，飘然荡出一只小木船，在水天一色的倩影映衬下，水面溅起一团团雾霭，暧昧又果断，许是那躲在水下亲吻的鸳鸯被惊扰，仓皇出逃所致，不知不觉"船行烟波上，人在画中游"的感受悄然升起。此时，站立鹊桥之上会瞬时感觉之前的"静"摇身一变，有了典雅与清秀，自然又野趣的风采，更有万物与我合一的曼妙与轻快，眼前的湖就是一幅水墨山水的祥瑞图。

这样的祥瑞，慢慢将人包围和融化，释放出祥和与幸福的光芒，人便醉入其间不可自拔。

最是夜色销魂时

当天际由灰白变灰蒙再至幽黑时，雁荡山便静谧开来，幽灵般的夜色随即将整个山脉罩入神秘又深邃的意念之中。

此时踏着桔黄昏浊的晕光向灵峰深处行进，"好奇"终在脑中盘旋。

都说"灵峰日景耐看，夜景销魂"，于是，对这样雾霭深深的夜色，便有了感激，更增添了无数美妙的幻想⋯⋯

灵峰景区夜景销魂早已随郭老的诗句而蜚声中外。"灵峰有奇石，入夜化为鹰。势欲凌空去，苍茫万里征。"这样的构想随脚步踏上沿山铺展的青石板儿那一刻便产生了。

人总是奇怪的动物，无论如何，在未能亲自感受到所谓的好景致前，都仅仅是停留于书本和民间的传说，却不能信服地去思想。

可事实偏偏如此，当你并没有抱太大希望时，美好的东西恰恰能出现。正如人们通常所感："希望不大时，却能满足十分的愿望。"灵峰胜景就是在自己将信将疑犹疑不绝时出现的，实在有些躲闪不及，便由将信将疑至惊奇再到折服，那样地妙趣横生，那样地妙不可言，那样地美轮美奂。也许，再美的语言也无法表达出这样的景致，却努力着要来描绘。

当，一幅幅似有似无，似真似假，似像非像的画面就那样展现于头顶之上，巍然地立于山间，峡谷，峭壁之中。此时，唯只能打开想象的翅膀，将思维不断延伸再延伸，挖掘再挖掘，把它们比拟成情侣，夫妻，雄鹰，牧童，婆婆，老公公，仙女……不管如何比拟，夜幕下的峰峦总诗意着人的思绪，给人以幻境，总朦胧得贴切与深邃，将人的魂魄勾起再悬挂起来，扣人心弦，若即若离。山与峰总依恋着又变幻开，若情侣便展现得温馨和甜蜜，若雄鹰便展露得雄性而阳刚，若牧童便演绎得俏皮又可爱，若婆婆便透视着安详与追忆……不管怎样，峰总被大自然和灵动的思想雕琢得栩栩如生幻化美妙，让人信服和思想。

若不信，请看灵峰左边的侧峰，不正如一位妙龄女子，修长的身材，匀称的体态，微颤的身躯，柔柔袅袅略显娇柔地伏贴于男友胸前，再伸出纤柔的双手，有些撒娇般勾住男友的脖颈，幸福地享受着爱人间的亲昵。此时，不管他们是在述说着爱恋也罢，还是倾诉相思也好，总之让人感受到柔情与蜜意。当然，这样的画面公然出现于天际，又被永恒定格，让世人觉着有几分羞涩，但被幸福和温暖着的女子却不管不顾，依旧那么坚持，让世人躲避不及，窥视也不是，只能坚持地睁大双眼，看个究竟与明白，完了还觉得意犹未尽，兴致盎然。毕竟情侣的深情牵扯着人们的心境，是否如各自当年情景再现？正所谓"一处风景便是一片心景"，谁愿意放过这释放情怀的绝佳时机呢。尽管有好事之人，认为他们拥得那么紧，难道不觉出有丝丝的害臊？至少应显露出淡淡羞赧，但我却认为那是虚伪的掩饰，其实从他们内心而言，依旧地还是不愿错过这动人画面。于是对这般的热恋景致，只有祝福与祈愿占据着心灵，都有些欣喜若狂地喜爱至极。

谁知，这样的场面仍被窥视着，叔叔家放牧的小侄子恰恰这时从外匆匆而回，一边哼着牧歌，一边蹦蹦跳跳，在转过山角的那一刻，小家伙看到这曼妙的一瞬，于是，便悄无声息地躲隐一旁，继续着他的窥探。可，无独有偶，正担心孙子的婆婆，踮着小脚，歪歪斜斜地颤抖出山岗，刚露头颅，又撞见这羞涩的一幕，便有些不好意思地赶紧别过头……可那俏皮的小侄子才不管这些，看，他还有些不管不顾地，扮着鬼脸，猫身向前几步，隐至小叔身后，嬉皮笑脸地，不怀好意地看着他们亲热，不时还吹着口哨，有几分助兴似的捂嘴偷笑。而婆婆在侧转头颅的一瞬，追忆与思念瞬间溢满心怀，以至被岁月风蚀的双鬓微颤着，露出稀疏斑驳的发鬓和娇小玲珑的小发髻，默默地咀嚼起那些绵长的情怀。所谓"心有灵犀一点通"、"有缘千里来相会"，于是，远在大洋彼岸的老公公此时正风尘仆仆地赶回，来不及修饰与装扮，来不及酝酿情绪与思想，在见到婆婆的那一瞬间，急切地扔掉手中行李，紧紧地与婆婆相拥在一起。这一刻，不管民族与身份，不管种族与信仰，唯有至纯至美的爱恋。

山间的情谊，世间的爱。

峰峦的形态，思想的变迁。

人们的思维与峰峦在变幻莫测的那一刻，总融合得贴切与完美，便有了人们常说的"三分形象，七分想象"的美学理念。

就这样，当山脉与峰峦辗转千辙，加思想的灵动，再加思维的创造与发挥，山与峰就有了无限的生命力与无穷魅力，峰也变得意深境远起来……

如果还不信，那么再看夜色朦胧中的合掌峰，若移步换形的位置不同，它们也姿态万千起来。如果站在灵峰饭店西南角仰望，恰如一对丰满的乳房，便想"双乳峰"的称谓是再贴切不过了；往前再移几步，双乳峰变成了一位身着旗袍的苗条少女，只见她面容忧郁，凝思远望，"相思女"就呈眼前；再走到灵峰饭店屋檐前站在荧光线内反身仰望，相思女又变成了一只敛翅高踞的雄鹰；再往前站到花坛东侧仰望，出现在眼前的便是前面那对紧紧偎依的情侣，这一景象是雁荡山夜景经典曲目所在，于是"情侣峰"的得名由此传播开。

迷人的灵峰雾夜，似一幅巨大的水墨山水，就这般地演绎得美妙绝伦，让人不觉地就有"夜色悠悠，灵峰万千，山峦迷人，情深意长"的称赞。不管如何，灵峰，在夜色的打扮下总是如此地诗情画意，难怪人们总把灵峰夜景称为雁山一绝胜呢。

"牛眠灵峰静，夫妻（情侣）月下恋，牧童偷偷看，婆婆羞转脸。"时空流逝，人去人来，多少人世间的海誓山盟都将随之而消亡，唯山间的情依旧如新地焕发出恒定不变的魅力来。

走出景区，夜依旧静谧，一切都掩饰于夜的深邃与博大之中，有种温情与幸福在空中弥漫，让人深深悟出：坚持与守望，等待与真诚，这就是灵峰也是自然给予人们的启迪和祈愿吧。

夜幕下的周庄

当周庄从喧嚣到零碎的杂乱再到静谧之时，夜也悄悄来临。

夜下的周庄，被墨黑的汁液慢慢浸透，轮廓便不再那么清晰，那么明了，有些迷蒙而妖娆。

相比而言，更喜欢夜周庄一筹，宁静中透着几分忙碌，素朴中又带几分妩媚。便认为，这就是周庄迷人的风采。

也许这种说不清道不明的迷蒙，正是夜刻意给周庄描摹的一幅水墨韵染。

当时针指向 17 时，天际终是按捺不住急切的心情，把灰黑的墨汁大把大把地从天空泼洒出来，在周庄的任一地方，无一幸免他的宠爱，包括犄角旮旯。喧扰和繁华也随之放慢脚步，渐行渐远地停了下来。熙攘的人群，琳琅满目的商品，商贩的叫卖都隐匿于周庄那些陈年房舍与里弄，敞开迎接游人的只是流逝了 900 年的小桥流水和灰白相间的穿斗屋和青石板铺陈的街巷。

与夜幕同时登台亮相的，就是那些发出晕黄灯光的各式夜灯，它们倚着不同的仿古灯罩，变幻出不同的光影，也热情地向路人展示着各自的风骚。

此时的周庄，光影斑驳，透出诱惑人心的古韵，偶尔也流动着一些斑斓的色彩。晃动的水波，游行的夜船，依稀的人影，在流水的潺潺声里，悠然，随性。

微风轻拂下的柳枝，摇曳着河道分明的古镇情韵。树影下闲适的几把竹椅，当街摆着，或沿河而置，或依岸而放，有时还不甘寂寞地拥着一张简陋的八仙桌，桌上不规则的几个盖碗，茶水或满或溢间热气慢悠悠向上蒸腾，旁坐悠然喝茶人，聊些不相干的闲话，或许，如此这般消磨，一天的紧张和劳累才能慢慢散发。

间或旁边走来的三两游人，驻足或抬头，均表露出各自的新奇，传来品头论足与古镇有关的谈论。这些零散的游人，时隐时现，一会儿穿行于茶社，一会儿打探着小巷的奥秘，对周庄的一切，都充满好奇，似有在探寻宝藏的神秘。深厚与简约，古典与现代几乎都在一瞬间跳跃出来，招摇人们的视线，让人迷恋其中不知道该向何方。

夜下的周庄，河道依旧是永不落幕的主角。

交叉纵横的河道里，在夜色呼应下，一只只小船慢慢摇出了码头，穿着蜡染布衣的船娘在夜幕中，扭动着腰肢，晃荡着船橹，轻轻重重地哼着江南的昆曲，迎来送往地穿行。

慢慢地，众多的船只目标向着同一个地方，骤然间聚集在了一起，静静地停泊在光影斑驳的水纹之上。

水幕耸立起来了，一场盛大的夜宴即将开始。

盛宴的起始，便是人的故事，这样的故事存在了900年，一切，都是与水有关的话题。所以，故事的开演，是灯光、舞台布景、三维动漫等所组成的元素在"小桥、流水、人家"的夜幕中徐徐呈现和延展。

伴着悠悠荡荡的水声流出的，是澄湖、白蚬江、淀山湖、南湖，她们如母亲般把周庄拥戴，滋养着周庄的生灵与万物。又因水的丰沛和交集，流淌出南北市河、后港河、油车漾河、中市河，她们如亲姊妹一样，在周庄的小桥、流水、乌篷船的怀抱里，沉淀出吴侬软语的渔歌。于是，因水而生的周庄人，遵循着"靠水吃水"的古训，便演绎出以"渔歌、渔妇、渔灯、渔作"为魂魄的"水韵周庄"。因为渔，水乡人便有了丰硕的物质和财富，有了丰富的想象与创造，就有了源源不断的水乡及文化。进而因人的聚集，有了街景，有了故事的延续等。

盛宴有个很朴素很接地气的名字，就叫《四季周庄》。四季的不同，演绎出周庄人一年的生活情趣和喜怒哀乐。春天的油菜花开了，开在被河堤相隔的河流间；夏天开始捕鱼了，渔网挂在网格般的田埂上；秋天的稻穗熟了，收获的欢笑回荡在水声潺潺的陪伴里；冬天雪花来了，雪白的花儿慢慢坠落，仙境般的雪景铺在澄净而幽蓝的湖泊周围……那些打鱼人，织网人，摇船人，白天伴着太阳的升起，走向不同河道去追逐着自己的梦想，到了夜晚，无论白日的劳作如何辛苦

劳累，他们定会齐刷刷地奔向这里。或歌或舞，或伴或跳，把他们祖祖辈辈，生生不息的水乡生活表演得丰富又缭绕，美丽又多彩，这就是中国第一部呈现江南原生态文化的水乡实景演出。演出的方式，以特有的水乡表现手法，再现出中国第一水乡"周庄"的文化特质和迷人情韵。

"水韵周庄"在"渔人"的劳作中展现，把这个周庄独具特色的情愫最先表达，其次才有春的《雨巷》、夏的《采藕》、秋的《丰收》、冬的《过年》，一年四季，周而复始，周庄就在这样的更迭中走来了，走得从容，走得坦荡，走得豪迈，走得动人，走出了江南，走出了国界，走进了世界各种肤色人们的心里，走向了世界水乡文化的前沿。

我深爱的周庄，喜欢你夜幕下的迷人风采。

今夜，到巴岳山下约会去

　　随天际的合拢，夜幕渐次逼来，四下充满灰黑抑或灰蒙的雾气，在眼前的宽阔水面蒸腾和散发，把思绪牵扯又放下，人便不知缘由地沉醉起来。

　　静，像幽灵，在体内肆意游荡，随夜的黑越来越沉，越来越深，仿佛游走至各个神经元，压根就道不尽说不明这充斥全身的静会将人的思想引向何方，只是木讷又呆滞地享受着，有些贪婪有些期待……

　　何况，对面的巴岳山，沉迷于夜晚的黑，起伏绵延的峰峦，似雄性阳刚的胴体，他是否夜英凡转世灵童的再现，才能如此让人迷恋？脚下，饱满又充盈的水面，泛着粼粼珠光，平铺着向远处延展。水意浓郁地缠绵，躲藏在被绿拥抱的湖泊周围，纠缠在树木花草特有的淡淡香气里，轻轻地拂过面颊，惬意，舒适。

　　静，更深邃更丰盈起来，浓厚的山水田园风情滞留在柔滑的水脉气息里，宁谧，滋润，瞬间消融掉浮躁和虚华的贪念，让人瞬间得到安宁，不自觉地想起"春有百花秋有月，夏有凉风冬有雪。若无闲事挂心头，便是人间好时节"的佳句来。而此时人的心境，无疑是这样地享受。

　　草皮灯，广场灯，射灯星星点点地在各个角落和空中亮起，晕黄的星光向四处散射，把"风情女儿湾"的风貌勾勒得紧致而妩媚，天和地的情韵转换得精妙绝伦；湖泊中的 108 个小岛，在夜的笼罩下，静谧而幽深，如困牛，如爬龟，如游龙；有的突兀，有的坦荡；有的隐匿，有的张扬。山拥着水，水依着山，水墨山水的韵染就那么呈现。湖水在斑斓的灯光映射下，幽蓝幽蓝，像一块静默着的宝玉，晶亮宜人。

晚风轻轻拂过，湖面荡出轻纱般的薄雾，躲藏在幽静的黑夜面前，闪动出若隐若现的珠光，这会儿，极像托起天地之间的一块硕大玉盘。

随风，馥郁的花香悠然而来，50 万盆，4 万平方米的郁金香静默于湖光山色之间，她们展现着各自优美的姿容，以清秀，以典雅，以娇艳，以雍容，以沉稳，以内敛，以张扬……争奇斗艳，无论以哪种风格呈现世人的郁金香仙子，都似一个个明媚娇羞的少女，按捺住每一种忐忑的心境，等候于各自的闺房，等候每一个来此幽会的情郎。

而我，却在不经意间变成来此幽会的"情郎"，徜徉着，赞叹着，默默地嗅着空气中飘荡的馨香，感受着郁金仙子们一颦一笑中展示的妩媚与芳华，心醉和温暖，慢慢地滋长。无论红的似火，白的无瑕，蓝的如精灵，紫的似彩霞……一切都无法避讳地道出风情女儿湾的不同凡响来。

"风情女儿湾"，这个充满温情的名字灌入耳海，源于巴岳山下、龙水湖畔，这是我的故土我的家乡，我怎能不被你娇媚的容颜所迷恋。你是天之仙子，人间的精灵，龙水湖畔的娇媚新娘！

趁着夜晚，我轻轻地来，带着云淡风轻的惬意，带着万千宠爱的温情。沉醉于你的怀抱，无论你是小桥流水的素颜，还是荷香满塘，荷叶款款的深情，我都明白知晓于心底，只是无暇来更好地赞美你。我深切地知道：你是天人合一之下衍生的又一人造美女，尽管有脂粉的清香，有梳妆打扮下的淡淡痕迹，但你依旧有清新、典雅、高贵脱俗的气质，总阻挡不住人们蜂拥而至来爱你。

今夜，你迎来又一个激情时刻——中国约会之都·花样龙水湖国际郁金香节的绽放之夜，此时，四面八方的宾朋，络绎不绝地来拥抱你。

"风情小镇"、"风情女儿弯"、"约会之都"……都是人们赋予你的芳名。我不知道，在人们欣赏够你的风采，看够了你的容颜之后，还将给你取出什么样的名字来，不过有一点你要自信：山，水，城的"天地人居环境"，是人们给你营造的一个"绝版"小天地，你会迷到众生，更会迷到世界无数的情郎和佳丽。

"仁者乐山，智者乐水"，我既非仁者也非智者，仅为芸芸众生中一粒小尘埃，可我有依恋你的情怀，爱恋你的激情，在这个风轻轻吹拂的黑夜，带着一份虔诚，一份膜拜，静静地来爱慕你。

风情女儿湾——今夜，我来了，我们就此约会吧。

第三辑 绿之魂

　　新绿，翠绿，嫩绿，浅绿，深绿，青绿，葱绿，黄绿，暗绿，鲜绿，草绿，墨绿，水绿……一切的绿，让人感受到力量和生命气息。于是，绿茸茸，绿莹莹，绿油油，绿草如茵，绿林成荫，青山绿水，青枝绿叶，桃红柳绿，颜丹鬓绿，朱颜绿发，花红柳绿，苍翠欲滴，红愁绿惨……如此，便有了丰富多彩，美轮美奂的大千世界。

竹海闲坐

　　一家人吃过晚饭，就静静地坐于一隅，闲适，安然地摆起属于自家的龙门阵，天南地北，无拘无束，爽朗朗地笑，管他天下烦忧世间争斗。人在这样的环境，抛开生活，抛开世俗，就为一透明的人儿，赤裸裸地与自然交流，与天地畅谈。

　　待说话的声音渐小，阶沿下小溪"哗啦，哗啦"的流水声才顺风飘来，声音不大也不算小，这是山涧的溪流，是蜀南之地满山遍野的竹子流出的汁液汇聚而成的一股血脉，不缓不急，自顾自地往下流去，潺潺悠悠，潺潺悠悠地滋养着每一寸土地。间或听见溪水撞击河里石块传出"叭啦，哗啦……"声息，仿佛人体血液搏击心房的回流声。还有就是风滑过竹梢"呼啦，呼啦"的飘拂声，借着这样的风力，我想此时竹子肯定在努力地拔着节。否则，何以这般大的阵势，一浪高过一浪，一拔高过一拔，生生翠翠，一下子吸引着世人的目光，震荡着人们的心房呢？

　　绿是这里奢侈的着色，尤其是雨后的青翠，真诚而欲滴，更加迷人和深透。漫山遍野，一碧万顷，简直就是绿色的海洋。哦，原来，我们身处竹的世界，不是又一阵风拂过竹梢发出的"呼啦"声提醒，真有些忘乎所以。

　　空气凝滞，盘旋，轻柔地拂过我们小憩的露天坝子，香也伴随而停滞，而依附，而后钻入体内，达五脏六腑，清淡淡，润浸浸，如草的清新，似水的氤氲，我明白，这是竹叶青的味，也是竹海的味。闭目深吸一口，呼入的是空气，更是竹的韵味，流进心房，有些神清气爽，消融掉饭后倦怠和白天游带来的疲乏之苦，思绪也随之飘浮而遐想起来：眼前是汪洋大海，一碧如洗，一叶小舟，悠悠荡荡地航行于阵阵海风中，风湿漉漉地吹着，香湿淋淋地回旋着，温馨且惬意，人酣畅淋漓地沐浴着、快乐着，滚滚红尘的烦忧被洗涤、被隐褪、被融化着……

　　此时，正是竹海用海纳百川之势，敞开胸怀拥戴四面八方来此消夏避暑的客人之时，原本只为路过到此一游的我们，无意地充当着此间的弄潮儿。想来，自然之事原本就凑巧，或许，其为自然常常赋予人类的惊喜与馈赠所致。

　　素以幽，雅，静，妙，绝著称的"蜀南竹海"，在无思想准备的时候就掉入这绝妙境地，躲闪不及，那么就彻底地拥于心间，贪婪、奢侈地汲取着她的灵气与芳华，来个心神合一的顶礼膜拜吧。

　　这样地想，心也更加爽朗与明媚，仿佛三月的春风划荡。竹风从山涧吹来，把思绪和神志一并带入竹的世界。

　　世人都爱竹，也许，竹也深谙人的秉性，有些投其所好地在巴蜀肆意地生衍繁殖。而，蜀南，温润潮湿的物候特性，更是竹依恋的故乡，于是，巴蜀大地，川之南边，自导自演着竹的精彩华章。

　　7 万亩，58 个品种，不管是兹竹，楠竹，毛竹，苦竹，水竹，还是娇贵的稀有品种紫竹、罗汉竹、人面竹、鸳鸯竹……带着 58 颗朴实无华的心灵，像 58 个刚强、挺拔的卫士，在这里汇聚成一股不染沿华，努力向上，默默奉献的精神，似屏障，在川南这一隅，将长宁县和江安县交界处封闭得密不透隙，用血浓于水的生命力量，演化成清新和素雅，把外界燥热和浮华阻隔得决然和纯粹，才让我们享受着这天然氧吧的沐浴和滋养。

　　当春风轻轻地拂来，乍暖还寒的时节，在蜀南竹海的 27 条峻岭，500 多座峰峦中，尽管寂寞与凄凉，但 58 股柔弱而坚强的力量默默地滋长。此时，春风还未融尽残冬的余寒，她们就悄悄地萌发，不需阳光，不需呵护，更不需要张扬，以此时无声似有声的泰山压顶之气魄，压过风雪。有与梅花争宠独傲春的架势，在一场春雨过后，笋，破土而出，直指云天，伸长出嫩绿而灰蒙的竹干，似少女稚嫩的腰身在风中招展，清新四溢的体香，飘散于竹海每一处峻岭和山岗。那时时处处攀登的弯弯新绿，努力着那份坚强，生机盎然，蓬勃向上，面对世人，柔情而妩媚地笑，她们奋进的脚步，誓与节令赛着跑。世人说，"清明一

尺，谷雨一丈"，这分明是对竹笋青春活力和勃勃生机的写照。

盛夏，经过整个春天的拼搏，吸纳着暑气横生的热浪，以包容和兼并的心态融汇成生命能量。竹海里的58种竹子，她们都舒展着长臂，以谦谦君子之风范，有容乃大的气度，掀开汪洋般的青纱，婀娜多姿，翩翩起舞，雍容与雅致并显，清秀与淡泊并存，为前来消暑纳凉，旅游观光的客人展示出柔媚而娇羞的芳华。

暑尽寒来，百花凋零，万物枯竭，满目萧瑟与苍凉之时，这里，始终都聚集着58股精神力量，与天地抗争，与大地争鸣。竹叶，总是碧亮清透，葱郁而生机。海子，依旧绿汪汪。寒风，肆掠地生起，她们都招手含着笑，以咬定青山不松手的势阵，以"千花百草凋零尽，唯我留向雪里看"的坚韧，为人世间绽放出强大的生命力量。

年复一年，在长宁，在江安，无数的新竹破土发芽，无数的老竹潇洒辞别。季节更替，新老交

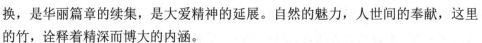

换，是华丽篇章的续集，是大爱精神的延展。自然的魅力，人世间的奉献，这里的竹，诠释着精深而博大的内涵。

人们常说：文人墨客，尤以爱竹。的确，从古至今，凡是有文人墨客的地方，都少不了对竹的咏赞，可见竹在雅士心中的分量。而今，身处竹海中央，被数不清的竹子吐出的芬芳包围之时，感动和颂扬之情油然而起。但有了板桥先生的千古名句"咬定青山不放松，立根原在破岩中。千磨万击还坚韧，任尔东西南北风"及"一节复一节，千枝攒万叶；我自不开花，免撩蜂与蝶"一出，甘当形秽，描摹之情就此作别，唯对竹虚怀若谷的品格，坚贞不屈的品性，甘于奉献与世无争的献身精神深表敬意。如此想着，目光融及四围山野中蓬勃旺盛的竹林里，其汪洋般的漫延态势，不正是对板桥先生的精妙回应吗？

东坡先生曾说："宁可食无肉，不可居无竹。"当初，对该句不明其深意，甚至想，老先生是不是因了文人的儒雅故弄玄虚才这般说。此时，当我们吹着竹风，想象着竹拔节，聆听竹海的涛声，目睹着竹液汇聚的血脉潺潺地流进各个山峦，各个农家，各处胜迹之时，才深知，竹给予人类的是甘甜的汁液，生命的芳

华。回想起白日里在各个景点看到的竹筒饭、竹叶粑、竹罾子、竹席子等各类竹工艺品，手编的、刀刻的、彩绘的，从人物、到花鸟虫鱼、飞禽走兽，大到竹屋，小到把玩的物件，应有尽有，竹子都能恰到好处地胜任。惊叹竹的用途已深入到人类的衣食住行，不管用作啥，都能恰如其分地演绎出神形相得益彰的韵味。竹乡人对竹的喜爱与依恋，让我深深明白：人与竹，天生的交集与融合。竹的品性，是文人雅士终生追崇的境地，也是人类不可缺少的内质。而"不可居无竹"，简单朴实的一句，就道尽了竹为人类提供着精神与心灵的慰藉，这又恰是人们所急需和不可缺失的品质。

"竹是一首无字的诗，竹是一曲奇妙的歌。"不知是谁如是说，放目长宁、江安之地，竹子精神在巴蜀之南光辉书写，其有漫延整个华夏之势。

又一阵风拂过，香气比晚饭前更加醇厚和馥郁，竹海气息在全身漫溯，夜的味越来越浓，周围也静谧得更加祥和。安静之时，也是思想困顿之时，很快，镜像也有些渐行渐远、如梦如幻。

依稀中，我成了蜀南之中一棵竹。

绿色恩典

"远观如森林，近赏似园林"，如此描述，你一定以为我要讲述的是一处公园？如果告诉你，这是一家医院的景观，信吗？

耳听为虚，眼见为实。这是普遍中国人都遵循的客观定律，有些不合常情的事从来只相信自己的那双眼。

对有常识的人来说，只要说起"森林"和"园林"两个名词，立即会让人联想到层峦叠嶂的树木，独具匠心的种植。那么有了这样的基本认识，森林和园林自然才形成。

可想，普通百姓都明白，要想称之为"森林"和"园林"，树自然不可少，那更少不了一种颜色——绿！

一直，自己是多么地喜爱"绿"，对它的象征意义总牢记于心——"自然，环保，和平，宁静，生命，希望"等一切充满积极向上的有意象无意象的都可用以称谓。随人们认识事物能力的增强，很多词语都可从内涵到外延来加大它们的容量，这就造就了汉语言文化的广博和精深，成就汉语言更加迷人的风采和魅力。同样，现今只要提到"绿色"一词，就不仅仅只限于植物种类方才使用了，可更加广博地引申来表达，譬如：绿色革命，绿色食品，绿色出行，绿色健康，绿色安全，绿色生态，绿色医德医风……

那么，对于一座新修建的医院，为何却花大力气来搞树木移植，花草绿化呢？许，这正是看中了"绿色"蕴藏的生命能量和向上定力吧。

对寄希望于医术的病人，那种与病魔作着斗争的辛苦是可想而知的，如若来到医院，还未就诊，首先映入眼帘的是一片一片生机勃勃的绿，滋心润肺，一种生命能量透出绿绽放而来，那种求生的希冀，战胜病魔的决心和斗志是不是瞬间就可荡漾出？此时，不得不说"绿"很勇敢地充当起一种激发生命潜能的催化剂作用。

绿，是生命的原色啊，谁人不喜，几个不爱？

春天，生机之时，也是自然界中经受过寒冬摧残的生命原色萌动之时，然后才有小草泛着铮亮颜色的绿，也才有嫩绿青翠吐露着清新气息的滋养和新陈代谢的更迭，才有了生生不息的"野火烧不尽，春风吹又生"四季往来重复不断的风景。

所以，绿，是春天的使者。也是力量与希望的使者。这恰是中国自古就传承的文化意义中所指向的生命力的象征之所在。

在西南，我们享受惯了青青原野的庇佑，不能感受到缺少绿色滋养的窒息窘境。记得，我第一次到新疆时，是坐着高速行驶的火车而去，路途中经历着绵延不绝的大戈壁，第一眼对它的认同是辽阔和苍茫，认为有旷达和宽广的美感，一时间兴奋异常，甚至临到晚上11时也舍不得合上双眼，仍要死死地盯着窗外看茫茫的戈壁。但当火车沿着这样的风景行进了两天两夜之后，窗外的风景依然是天苍苍，地茫茫，毫无生气的戈壁绵延着戈壁时，我的心，别提有多失落和沮丧，害怕自己此行的目的地石河子市也是如此的景象。那时的心境，真如悬着一个大吊桶，七上八下、忐忑不安地荒芜起来，有些后悔此行的决定。

但，结果却有些出人意料，当到达新疆的石河子市里，眼前一下冒出园林般的一座城来，一下从座位弹起，几乎有呐喊的冲动，并打破以往去外地不逛城（一直认为城市不过是水泥堆砌起来的森林）的先例，把石河子市来来回回逛了个遍，而且迫不及待地写了篇《石河子的绿》，把我对生命原色期盼的心情和感激尽情地表达了出来，那种激越真像一个快被渴死的路人突逢甘露那般贪婪和兴奋。

可想，绿，对世间生灵所给予的恩德与施舍是多么地难能可贵！

故，说"绿"是荡起生命的事物定是众口一词，无可厚非的了。

那么，今天提到的"远观如森林，近赏似园林"很自然和贴切就与生命本真的意义对接上了。

238 亩的地面，黄金地段，面积 40712.5 平方米，绿化率达 45.18%，当中不乏树龄上 100 年的金桂银桂、黄桷树、罗汉松、皂荚、海棠等古树名木。奇花异草，曲径通幽；四季添色，节令增香；有森林的屏障，有园林的布局。这些树木按一定层次高低分别栽种于医院的广场，中庭，停车场两侧，左右人行通道，隔离带等。

整个医院绿化以"寿比南山""福如东海""海棠莲溪""杏林春暖""寸草春晖"五大板块规划建设，融合着阴阳五行学说、意象传承、追寻目标与理念、感恩图报的儒、释、道三教合一的思想，同时也体现着自然与人类和谐共处的自然法则。

一条流水淙淙的小溪，掩映于鲜花与绿树中，从旁小径漫步，不见溪水流动，但闻水流潺潺的声响，细腻、温润，时隐时现的莲花俏丽地透出树木的缝隙绽放开来，便知此地又是一处绝妙的看处。在乍暖还寒时节，迎春花已凋谢，各种艳丽的花正待孕育，此时海棠独傲风霜。当徜徉在"海棠莲溪"边缘，看着雪白的飞絮缥缈而过，随溪水的缓缓流动，看各类浮水沉水植物的吐故纳新，释放着供养生灵的生命之灵气时，传说中"海棠本无香"的认识是否有些谬误？亦花亦树的海棠，树的清香气息也是香，幽幽的花蕊绽出滋润的气息何尝不是香？总之，是花，便为有香，那么海棠，在海棠香国的故土中，岂有不释香气之理？最让人惊喜的是这一条溪流，采用了仿野生自然生长的手法，有自然的灵性，有山野的随意，更有溪河湿地的润泽。生于山野的乱石，长于溪河奔流中的溪水植物，还有那象征着高洁品质的莲，以及那些水菖蒲、鸢尾、浮萍、美人蕉……这些不同种属的植物植于一个生态系统里，组成一个庞大而密集的瓦解富营养和有毒有害物质的过滤器，她们依据各自所能，拿出看家本事，通过吸收、吸附、富集、沉降、过滤、生化污染物等作用，似一个个"天然污水处理器"，再污秽的污水经过她们的娇身，也会倒在清雅秀美的石榴裙下，最后不得不以涓涓清流踏歌而去。我在《蕉美人，你怎能如此娇嫩》一文里曾经这样描述：我对污水厂门口那两个长方形池子尤其感激起来，因为那里生长着可亲可爱又可敬的美人蕉们，回望她们在寒风中婀娜的身影，高贵，坦荡，不管不顾自己出生的贫贱，出污泥而不染的高节品性从她们神采奕奕的外表展现而出，一个"蕉美人"的风貌脱胎换骨而成，于是，我就风雅地送她们一个"蕉美人"的雅号吧。那么今天呈现在面前的涓涓细流，正是利用了湿地处理污水的原理，将整个医院的医用废水，通过两侧排污管道聚拢而来，用这些水中"美人"的娇嫩身躯阻挡着污秽，还来清清流水和满眼碧翠和花香。

"慈母手中线，游子身上衣。临行密密缝，意恐迟迟归。谁言寸草心，报得三春晖。"三岁孩童时，我们便要吟诵这首诗词。全诗清新流畅，淳朴素淡的语言中，饱含着浓郁醇美的韵味，将母亲的伟大和那种春天般和煦的母爱尽情表达，而儿女的尽孝相比于母亲的付出来说微弱得极其渺小。但当一处园林景观取自"寸草春晖"时，则引申为对"医院尽仁术，施博爱"的一种极尽的褒奖和勉励，对每一位来此就诊的孩童，要像母亲对待孩子那样无私、无怨无悔，不求病者的多少感激，只求以"厚德载物，有容乃大"的精神实质来善待每一位病患。这便是门诊厅东侧至儿科一带的园林——"寸草春晖"，取尽了唐朝诗人孟郊《游子吟》中的精髓，用园林的"绿"来体现医院追求医德医风的崇高理想，也是医院追求公共服务文化发展一种内涵的发掘，更加体现着医院治病救人的"绿色"发展宗旨。

总之，医院的五大板块建设，用"绿"来穿针引线，以绿色发展为统领，以生态文明建设促进医院各方面持续、健康、飞跃地发展。

难怪，普希金也曾说："森林是我们严峻日子里的女友。"

如今，一座绿意盎然的医院耸立城市之中，正似一个青春帅气的阳光少年，踏上前程似锦的远大征程，而医院优美的环境建设，满地肆意播撒的绿正像一个青春萌动的情人辅以他甘霖和情爱，给予他生命、健康、活力和蓬勃向上的希望。

樟树林之恋

看见香樟树，就想起樟树林。

人生中第一次遇见樟树成林，便是上大学报到时。

二十世纪八十年代中期的一个九月一日，天气酷热，几经辗转坐了一天火车和汽车的我来到"西南农大"的神圣殿堂，当迎新车停靠在樟树林前，迷茫又困顿的我被眼前绿茵茵的一片树林唤醒，遒劲的枝，繁华的冠，密林幽境，有丛林的屏障，瞬间把周身的疲乏和风尘洗却，心也瞬间明媚。

扔掉随身带来的行李，急切地找张石凳坐下，让凉爽的风吹拂着湿漉漉的头发，让炽热的心慢慢沉静，感受着绿意盎然的惬意，欣赏起眼前秀丽的风景，自豪之情从心底翻腾：我一个跳出"农门"的农村丫头，能进入这世人羡慕的高等学府，是祖辈修来的福，上辈积攒的德，我一定不辜负这美妙的景致和幸福好时光，加倍努力，将来作一个对社会有用的人。

此时，看着周围三三两两的行人，挪动着步伐，或读或诵，他们极尽所能地享受着这里的清幽时光，脸上的神情，淡定从容，儒雅又知性，心想，这真是一个培养人才的宝地。入学手续办好，只要有空闲，我们三五几个同学便会邀约一起，漫步在校园的各个角落，走东边看西边，进大门出校门，更惊奇地发现校园

　　内的众多高大乔木，也是清一色的香樟树。仿佛，这样高大的树木把整个校园严严地遮蔽着，成了校园的庇佑，行道边，操场旁，宿舍楼，教学楼，实验楼，图书馆……所有的房前屋后，都密植着樟树。后来，慢慢才知，第一眼看见的树林，叫"樟树林"，樟树林又分左右两林，是农大校园的快乐天堂。林内小径，曲径通幽，石桌石凳，舒畅惬意，聚会，交流，看书，学习等个人抑或一切的活动安排，大多选择在樟树林。而樟树林后的池子，叫"荷花池"，池前的公园叫"中心花园"，为整个校园的中心地带，成为校园内老师和学生踏青，赏花，品荷的理想天地。从此，美妙的地名就如同美丽的景色，深深扎根于心里，并为自己即将在这森林式学校里学习和生活，感到无比地光荣。

　　就这样，樟树，成为我灵魂的皈依，心灵的寄托。而"樟树林"也根深蒂固置于脑海，哪怕是地处一片森林，也不能与我心中的樟树林媲美了。

　　考取大学的兴奋和拼凑学杂费的艰辛，如阴晴不定的天气在母亲脸上交错转移，家中光景，清贫见肘，额外的一切费用，都是对母亲汁液的榨取。身单力薄的母亲，日出而作，日落而息，仅家人的穿衣吃饭，就把母亲的鬓发霜染，连从

家到校的十几元路费支出，无疑也为天文数。深知家境贫寒的我，每月依赖着学校的生活补贴，从此，再也没有向家里伸过手。生活的困苦，激励着我更加努力地求学，在不影响学业的情况下，勤学苦读各类书籍，利用课余时间勤工俭学，从此，母亲挣脱掉牵引我的双手，我也成长为校园里品学兼优的好学子。

　　每当，在学习中，在生活里遇到困难，我都会走出宿舍大门，步行十几分钟来到校园里，过溜冰场，绕过高大的铁树，来到我心中这块伊甸园——樟树林，沿着林荫小道走一走，看看挺拔的樟树，嗅一嗅空气中掺杂着的水韵气息，望望周围的宿舍楼，偶尔还会去数一数哪幢哪栋教学楼，以此减轻心中的压力和排遣生活的困苦。等到夜色初起，心绪慢慢舒展，校园内的香樟味随夜风慢慢袭来，爽心润肺，所有的烦恼和忧愁，就此消散和忘却，在灯盏还未熄灭之时，又身轻如燕地往宿舍楼折返。那时，就觉得这樟树林美得不行，而我们优美的校园因有了这两片林子的映衬，一年四季总散发着质朴的馨香。

　　尤其是夏天，燥热一天的热气还未消退，樟树林里已是凉风悠扬，此时，静已伴随热浪的退却悄悄浮上树梢。从食堂吃完晚饭，来不及放下碗筷，就匆匆地步入樟树林，感受林中飞鸟的惊扰，触摸凉风逐夏的欢畅，望着一枝正在拔节的新绿嫩芽，深深地吸一口带着香气的空气，感觉人生是多么美妙。

　　而今，时代变迁，"西南农大"也融入"西南大学"的怀抱，母校不断壮大，像樟树林繁茂的枝丫，攀升着又更迭着，不断地吸引着祖国大地四面八方的学子簇拥来到。成千上万，一批又一批，他们怀揣梦想，接受着荷花池水的抚育，感受着樟树林的深厚和沉稳，成熟着各自的心智，由一个不谙世事的学子成长为祖国有用的人才。

　　转眼，樟树林30余载不见，思念随自己的眼界、学识、事业成就的增长日渐丰满，人生中，自从有了与樟树林第一次相见，就难以忘记那清秀端庄质朴的情怀，那幽静那温情，那透亮，那清凌凌，都深深地注入每个学子的心海。

　　因此，提及你——樟树林，总是心有所依地想念。

千年画卷东川描

引　子

"千年彩轿凌空荡，杜鹃含笑红土唱。"千百年来，东川人如是说。

逶迤陡峭，隆起的山脉横亘于云贵高原的一隅，像游离于大地间一顶红轿，悠悠荡荡地，装扮着高原的色彩，于是，仙境般的锦绣山脉，便有了人来人往。

这片红土，面积广阔，不管你来与不来，都在那犹自花开地灿烂着，用穿透世间的艳丽色彩，炫耀着世人的目光，直到将四面八方的人们招引来，也如藏在深闺中的一幅绝妙丹青，逐渐被世人所熟识。

清明节，云淡风轻，一行 25 人，带着自驾游的欢快与奔放一脚踏进这里，便一发不可收拾地喜爱至极。

地属乌蒙山区，海拔高度 2700 米，云贵高原的特性，这里一直不少，几千年自给自足的生活，赋予这片土地不一样的灵性与风光。

有土便有农人，有农人便有农耕制度。相比于发达地带，这里像与世隔绝的一片净土，独自创造着灿烂辉煌的农耕文明。

的确，就是这样一片古老的土地，自秦以来，一直默默传颂着古老的歌谣，高山，峡谷，红土，农人，孕育着多民族生活习俗。这里有茶文化的博大精深，是茶的故乡；有着深厚的彝家传统习俗，是彝家儿女发祥的源头；也是铜的故乡，有着铜储量惊人的骄傲。众多骄人风貌外加丰富多彩的民族风情，总令人遐想。

这里有个响亮的名字——东川，隶属彩云之南。

提及云南，人们自然会联想到"红土和高原"。的确，满眼的红土，无论你从哪个角度，哪个位置望去，眼里都是裹挟着诱人色彩的红土。层层叠叠，有梯田的气度，有山脉的延伸，有雄奇伟岸的壮美气势，有秀美清丽的衫衣，攀着山形蜿蜒而去，像一圈又一圈等高线，傍山而上，沿河而依。不同种属的庄稼，摇曳着橙黄粉绿的姿色，如在红色的锦帛上绣着精美的画图。绵延广博的山脉，展示出高原磅礴的气势和豪迈的情怀，大山的造就，大山的养育，当毛主席一句"乌蒙磅礴走泥丸"的诗词在乌蒙山区传唱时，这里就被揭开神秘的面纱。

打马坎，太阳升起的地方

入住山上农家院落，夜也沉得更加地深沉和静寂，没有躁人的汽车声响，没有喧嚣的叫卖。山间气候，把空气滋养得无比清新和美好，高含量的负氧离子，融合在深山峡谷和树木花草的气息里，随呼吸的匀称，不管睡或不睡，农家院落里的公鸡均充当着精妙的计时器，它们为远方的客人虔诚地起着报时器作用。那种殷勤和质朴，如这里生活的人们，一遍，两遍，三遍，直到非把人们叫醒不可。

天刚露出鱼肚白，六时已到，随着领队的一声"走喽！"响起，从一至三层楼房不同的房间传出急促的脚步声响。此时此点，沿山各个角落，不同的院落或是宾馆，林荫小道，树木花草丛里，均传出急促而坚定的脚步，且目标和方向都奔向一个地方——打马坎。

依稀的人影，在半山腰晃动，长枪短炮，夹杂着人们低沉的说话声，与强势的山风，一起在山间随意地流淌。

气温还很低，山间气候就是如此，本是"人间四月芳菲尽"的时节，却如冬的寒冷。待光线明朗时，看着各自穿得花里胡哨的游人，才知自然总是捉弄人类的高手。不然，同样的季节，同样的气候，人们穿得是那么地不同和精彩，羽绒服，短袖衫，单薄的裙子，精当的休闲服。甚至一改平时里穿着打扮的章法，像此地的红土地那样，异彩纷呈，短裙套长裙，裙子套滑雪衫，千奇百怪。不管哪种打扮，此时在人们的眼里和心中都不重要，只能你看看我，我看看你，心照不宣地浅笑，任时光在指尖溜走，一切都在静候太阳升起那一刻。

半小时后，大地的最东边，一团乌烧云在慢慢升腾，引领着天际那一片云彩瞬间绯红而热烈，许是光线反射的缘由，明明是白云，此时却似乌云一般，一层一层地拥挤着那片云霞，似有把其分裂和撕烂，创造出层次的递进和色彩的分级。天空是如此广阔，大地又是如此静默，伫立在半山腰上的各种肤色的人们，早已守候着自己架设的枪械，不失时机地抢抓着瞬间。待气息稍平匀，娇艳的朝阳，已从东边群山背后跳了出来，万缕红霞四溢，和山谷中缓缓升腾的晨霭交融，变幻着五光十色的光环，碰撞到脚下谷底的红土上，创造出万般风情的暧昧来。不一会，这团朝阳似一个宏大的火球，从峰顶处，直向云层钻去，那种穿云驾雾的本领，轻车熟路，稍不留神，又是一团火球，带着万道霞光，把大地映得光明万千。

这时，回转目光，看着身边乃至身后左右人们，脸膛通亮，天空一碧如洗，灿烂的阳光正从密密的树叶缝隙钻出来，形成一束束粗粗细细的光柱，把飘荡着轻纱般薄雾的林荫照得通亮。

最令人激动的时刻刚过，人们还沉浸于热烈而奔放的兴奋中，朝气蓬勃，意气风发，便是人们现在的心灵写照。可是，世代生活在这里的东川人，看着无数个太阳升起的时日，习惯了这样美好而平常的天日，他们披星戴月地劳作，伴着太阳描绘着自己的蓝图，在这片红土上精心培育耕种着自己的希望，与大地赛跑，与太阳赛跑，那又将是一种什么样的心境呢？不管如何，如今天来到打马坎看日出的所有人们，他们一定有着灿烂的情怀和奉献的精神，不然，这里怎会有霞光四射的景象等着你我来采撷呢？

乐谱凹，碑石下的期待

这里是一个居高临下的地方，向外一望，深邃的蓝天和凝滞的云团，将天和地阻隔开，心头便弥漫着古典边塞诗词的悲壮和苍凉。但除此，苍凉中透彻出的那股秀丽和隽美，又如捕获人心的猎手，把心弄出惊喜和激切的情怀来，凭借高原清澈明亮的穿透度，十里八乡仿佛尽收眼底，一种明澈，直逼人心怀，达到震撼人心的壮美和空旷。

在一块碑石下，坐着一位有着类似西北人的旷达和质朴的老人。古铜色的皮肤，布满了沟壑纵深的岁月痕迹，身着本色的羊袄背心，脚穿农家人常见的黄胶

鞋，口衔长长的旱烟袋，眼眶深陷，眼色混浊，看见谁，都浅浅地微笑。不打招呼，不呼姓名，只是一味地盯着路人，不管你理与不理，他的笑容都永远挂在脸上，那么真诚那么纯朴，迎来送往，像是期待，又像是欣赏，也更像是红土地上的一尊雕像。

老人的身后，是几个雕琢的大字——"乐谱凹"。碑石是一块花岗石，嵌于公路旁的一块空地上，看周边泥土的坚实程度，可以想象在此停留的游人一定不少。那么，这里无疑是一处看风景品山水的好留处。仔细观察碑石，它泛着灰白的面容，有着被风霜洗礼的印迹，有被游人抚摸过的欣慰，但无论从哪个角度观察它，都那么坚韧而硬朗。碑石上的"乐谱凹"三个字，笔力粗壮而苍劲，也许雕琢师傅在雕刻时真费了不少力气吧？为了更醒目，还用红色的颜料沿雕刻路线给涂抹了一层。雕琢是艰辛的，可辛苦过后迎来的成就快感又是幸福的，这正如生活于东川红土地上的各族儿女，尽管贫瘠的红土给予不了他们富足的生活，但他们征服自然改造自然的本领却令世人景仰。

每个人，嘻嘻哈哈，玩跳跑跃，在此照上一相，然后才三三两两，都要与老人合上一张。老人永远一如既往地充当着道具，以他为背景，以他为参照，都想摆出最美的姿势充分地把自己美好的一面展现在老人面前，展示在这块红土地面前。可红土依旧是红土，乐谱凹依旧是乐谱凹，她的本色就是"真"与"善"，也是红土地生存几千年的法宝。乐谱老人，无疑是东川红土地的形象代表，他给予人的是真诚与善良，期待又何尝不是呢？

锦绣园，土地上的绝妙丹青

沿蜿蜒曲折的山路爬行，至山腰平谷地带，山的倾斜度不算高，四下广阔，像环绕腰间的众多飘带，成束成束地飞扬。梯田的层次分明，穿行其间的土丘和山路，被高低不同的坡坎装点得层峦叠嶂。此时，东川便是那油布，那锦帛，那任由农人施展才华的宣纸。这里的一块田，一块地，如一根丝，一方帛，一根宣麻，一纺丝线。土块与土块，田地与田地，各自生长着不同品属的作物，土地上的植物，严格遵从着一年四季的生存法则，又各自遵守着自己的生命定律，冬土豆，夏青稞，你青菜，我水果。依据生长期的不同，又依据农人耕作的喜好，展现出不同色谱，白色的土豆花，黄澄澄的油菜花，青翠欲滴的蔬菜叶子……各种植物，都精妙地展示出它们勾人眼球的本领。像宣纸和丝帛上的一横一撇，如画师的点彩，如绣娘的晕针、切针、拉针、沙针等，各种技艺，各种针法交错使用，变化多端，或粗细相间，或虚实结合，或阴阳远近表现无遗。于是，这些传统技艺在锦绣园集中体现，便有了花鸟虫鱼等细腻的工笔，又有了气势磅礴的山水图景，如果，再细致地观察，指不定，一个模棱两可的人物形象也降临眼前。不管气候如何，季节更迭，山间的红土以及这里的土地，永远都忠实地充当着自然的道具，东川也便有了一幅幅精妙绝伦的丹青妙笔，无端地，被农人们弄出精深的农耕文明来。由此，东川的文明，包含着泥土的芬芳，它的生命力如红土上生长的作物，永远绽放和彰显出人类的智慧和伟大。

我，一个外乡人，便是为着探寻这样的精妙而来的。

多年从事的工作，让自己一踏进这里便感知着浓郁的土地气息和耕作的芳香。甚至有些武断地指着车窗外一棵棵是事而非的树木，说是某某树种，那匍匐于山间的低矮灌木指成是某某，想用此不懂装懂的急切心理，来表达自己那种欣喜和愉悦。对于东川，以及东川上的生灵，我从内心说，知之甚少，对他们的敬畏，我只能深入骨髓，尤其是生活在这里的世代农人，其精湛的耕种和坚韧的品性，我这个外乡人，永远不甚明白，也永远无法及第。

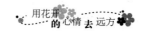

落霞沟，被月亮拥揽的小村庄

群山环抱间，中心地带的峡谷地缝里，突兀地隆起一平地，四下悬挂，只一狭长坡地逶迤而至，月牙弯形，如泊于掌心的明珠，站立四周峰峦向下鸟瞰，一宁静安详的小村庄点缀其中，矮小，疏密，敦实，像无数的火柴盒子紧贴于红土之上，给人敦厚坚实之感。

落霞沟，一个让人遐思的名字，眼前的落霞沟，一点也没辜负这个美名。与早上打马坎看日出一样，此时人们对她的期许又何尝不是呢？

太阳将近落山，万缕霞光从四面山峰射下，直抵红土的沙砾之上，依旧是层次分明的梯田和土块，随农人收获季节的来临，土地便裸露出原始本真的赤色胴体，表现出红黄粉绿的色系，加之有太阳撒下的赤橙染料，将田土熏染得赤红透亮，阳光与沙砾便交织出赤热的情愫，瞬间热情奔放而来。村庄里的小树，绿荫和粉白间的青瓦黛墙，红白相间，安静与热情，素朴与远古，似乎都在刹那间直窜脑门。

随太阳光线的逐渐西移，投射到落霞沟的光线越来越柔和奇丽，与山下村庄的红黄粉绿色系相碰撞，激发起更加丰富的遐想。梯田的坡度如流线般婀娜多姿，田埂像灵动的音符涓涓流淌着，收获后留下的黄色稻草、红色土地、正生长着的绿色农作物，使这里呈现出更加丰富的神奇色彩，形成一幅美丽的画卷。稍不留神，平静的画面，有了动感的质地，间或一农人，扶犁下耙耕作影像，随影像流动的耕牛，沟带状翻新又冒着地热的红土，传统的耕作画面让落霞沟融进旷远的情景，于是，回想起千百年来农人的生存法则：日出而作，日落而息。而今，在落霞沟这里，不仅看到平生最美丽的日落，也看到因落霞沟的农人创造出的最美丽的耕作画卷。

随日落渐渐退隐，峡谷峰峦间的梯田在余晖映照下，一坡一坡，一垄一垄地向上延伸，那梯田的曲线如柳叶缠腰，如丝帛相接，拼接成一幅幅我们为之痴狂的锦绣画卷。

一阵风吹来，暮色降临，落霞沟，慢慢沉入夜色的迷离中，不一会儿，影像渐行渐远，月亮却悄悄地爬上山间那棵老核桃树梢，山风的强劲将树枝摇曳得沙沙作响，摇摇晃晃间，我分明感知到东川如一顶艳丽的彩轿，落霞沟中这位待嫁新娘，正享受着出嫁前这份宁静和安详。

南充：青山湖之上

"咔嚓"一声，在青山湖，在鹊桥之上，一对美丽的倩影瞬间定格。

这对情侣，既非约会，也非游玩，他们身着盛装，幸福祥和。姑娘披着洁白的婚纱楚楚动人，长长的裙尾拖曳出袅娜的身影，小伙穿着乳白的西装帅气逼人，随摄影师的安排，缓缓步上桥面，看似不经意时，姑娘陡然回转，顿生百媚，那平和坦然的美丽容颜刹那荡漾在青山湖的空气里，把青山湖的坡坡坎坎也惹露出生机和活力来。

这是一张婚纱照。

当今情侣，结婚照，历来都倍加重视，欧美去选景，马尔代夫去看海，最不讲究的，也要去三亚，抑或各个名胜佳迹……

去年8月，夫载着我跟随朋友远山涉水去贵州威宁的草海，才知，如此僻静之地也躲不过寻幽避暑的人们，偶然听两男子的对话：重庆到威宁的专列每周五开，专为到此避暑的重庆人。话刚一落，一个说：也只有到这僻静的地方来看看了，离城市近的，哪个地方没被糟蹋哟？是啊，谁说不是的。记得我曾不止一次地对朋友说：到黄山，我不是用双脚走去的，而是被后面拥来的人群给推上去的。

我反复地说，啰唆又啰唆。不知是一种痛恨，还是一种解脱。

第一眼对青山湖的印象，平常不过如此，简直就是农村的风光嘛。那么，这对情侣，怎能如此地不讲究？

细品，才觉出青山湖的与众不同。且不说青山湖的水清澈如镜，光是看着那湖边一坡陡斜的草坪，原生态，自然，随性，就是一幅乡间素描的写意。草是乡间随处可见的野草，泥秋蒜，侧耳根，长得更多的是那种叶片圆圆的、小小的、极其温情得像无数眼睛的金钱草，它们匍匐于地，无怨无悔。于是，看着这草坪，就想邀三五亲朋，盘腿一坐，促膝谈下心，间或，如儿时那样打闹一场，翻几个滚，追逐着捉迷藏。或者捡拾着草坪上的小泥块，往湖里掷扔出去砍着飘飘，戏看薄薄的泥块在湖面一蹦一跳地跑远，心里默数着个数，就乐得不行，感觉童年时光依然，自己仍是那个天真无邪的小可爱。

其实，最想做的事还是画上一画：以鹊桥为中轴，把青山湖安于黄金分割之上，看着对面村舍的田园，描摹一幅丹青。这幅丹青，不用浓墨重彩，只须轻轻地点几笔，用工笔画的架构，把远处的农舍，近处的田埂，一弯正在绽放的油菜花和几簇胡豆花，再摆上那一横一竖的桥面，一方一圆的桥洞，寥寥几笔，取个与陈逸飞《故乡的回忆》同名同姓的画名。那么，独特的美便从画里走出来，这时你会不会自觉地浮现出周庄的双桥——中国最美的村庄，那江南"小桥流水人家"的田园风景就此呈现。

这不正是故乡的场景再现？

当游子的思乡情怀在回旋，你，会不会觉得自己是城市边缘的流浪者，不喜那雾霾深重的水泥森林，更喜山水田园的素面朝天；不喜那鲜花摆放，成方成圆的匠心独运，更喜田间地头，土沟背坎那随意绽放；不喜古树削枝跋山涉水的迁徙，更喜垂柳依依，土著土生的乡间小路……如此对比再三，幡然悟出，城市有了几分匠气和刻意，多了几分浮华和奢侈，少了一些自然和亲近。那么来到青山湖，自然之气迎面轻拂，几分舒适，几分亲切，还有润心润肺的湖风在身旁游离，一位自然鲜活的村姑仿若浮出，她天然而成，素朴安静，初看有几分羞涩，细详清澈宜人，不自觉就喜爱起来。

谁说离城市近的地方全被糟蹋？为之前的偏颇有些脸红。青山湖与南充，不过数公里之步，离嘉陵江之滨也是隔岸相述。

《绝版的周庄》如是诉说：你可以说不算太美，你是以自然朴实动人的。粗布的灰色上衣，白色的裙裾，缀以些许红色白色的小花及绿色的柳枝。清澈的流水柔成你的肌肤，双桥的钥匙恰到好处地挂在腰间，最紧要的还在于眼睛的窗子，仲春时节半开半闭，掩不住招人的妩媚。……

这正是青山湖之写意。

清秋静美 雅美荷香

金秋，雨柔，没有云淡风轻的惬意，却有烟雨朦胧的快感。

雅美佳，盐河村，这里没有盐的产出，没有河流的潺潺，更没有湖泊和沼泽的浸润，有的只是巴渝丘陵的风貌。

提着相机，打着雨伞，便是我来此地的所有装束。雨丝细密地飘散，周围静谧又安详，在阵阵荷香飘散的荷莲地，很想与一枝来自亿万年前的"荷"对视，装模作样地探寻一下"荷"来自远古的秘密。

我不是农人，也不是研究者，仅是一个喜凑热闹的爱莲人。

在荷塘主人陶德均的带领下，终于找到一块被称之为"太空荷"的田块，看着开得艳丽又清雅脱俗的花朵，我压根想象不出，它与植物"活化石"这样生硬的词语有甚关联，但想着这样的花中娇子却实实在在出现于眼前，思绪难免不飘飞起来。

亿万年前，"荷"也是被子植物中起源最早的植物之一，否则"活化石"的美誉不是空穴来风，人们视之为金贵的尤物。但对于荷主人陶德均来说，却献出毕生精力，冒天下之大不韪将这一人类尊崇的什物给予了改造，通过自然杂交，空间诱变育种，嫁接，接片等生物育种技术，让"荷"改头换面，创造出一些始于祖宗却有别于祖宗的荷莲新面孔。不然，何来今天看到的 2500 亩荷花？何以在金秋时节还能光鲜如艳地看到荷堂而皇之地出现于世人面前？何以创造出1600 多个水生花卉品种的水中王国呢？

"携手雅美佳，把花园搬到水上去"，这样的口号，岂是凭空喊出？

晋有寄情田间山水的渊明，今有献毕生精力于荷莲研究的德均。据说，他们本就与渊明同祖同宗，为渊明第 69 代娣孙，所不同的是渊明为文人墨客，山水诗人，终身追寻一种超然又安宁的雅致生活，而今之德均则为粗布农衣，常年与农事打着交道，享有"土专家"之尊封。

都说人类是伟大的，伟大之处在于创造和发明。"发明"，对今天雅美佳的陶翁来说，显得稀松平常了一些。

在亿万年前，表面看似纤柔的"荷"却能抵抗住地壳的运动，环境的颓变，自然的灾害，物种的灭亡而神奇地遗留下来，光是其内在潜藏的生命力就不得不为世人景仰，尤其近千百年来，不断又被后人赋予新的生命内涵，如"花中娇子"，"水中君子"、"十大名花"等美誉的册封，让我们对荷及莲又产生出一种伟大又崇高的认识。

自从有了社会，文明就不断得到发展，从先秦到后汉，从前唐到明清，人们在生产实践中通过对荷的栽培和运用，渐渐挖掘出荷更多更精深文化意义上的符号，对荷文化的推动和发展也起到推波助澜的作用。由神农到华佗，由《本草经》到《本草纲目》，无数医学实例印证荷莲的药用价值……再后来，有了观世音菩萨，有了莲花宝座，有了关于荷莲的诗词、绘画、雕塑、工艺；在饮食文化中，荷莲系列产品已成为人们养生保健的名吃佳肴，荷花茶、荷叶茶、荷叶面、荷花宴等应运而生；还有伴随人们生产生活场景再现的民间歌舞《采莲曲》等；现在荷靠它的风姿绰约又进入了私家园林，进了公园湿地，进了乡村旅游繁荣地，同样，在盐河村，荷也正如火如荼地演绎着它作为美丽乡村形象代言人的艳丽姿容。

伴随陶翁滔滔不绝的介绍，思想从亿万前年的荷莲游走到脚下的雅美佳。"近年培育出 50 多个新品种，有'媚态观音''宝珠观音''如意观音''普贤''水中月'等一系列，很多品种在全国评比及专业领域都获得大奖。比如这个，叫'山城灯海'，这个叫'大洒景'，是个名贵品种，花大色艳产量高；这个叫'国庆红'，获得过全国荷花新品种一等奖的，特点是一叶一花，发一片荷叶就开出一朵莲花，花盛期正好在国庆期间；还有这个就是上千年的古老荷花品种，是我们最初培育新品种时用的原种。尤其是'媚态观音'，它是我们通过自然杂交的一个品种，它的特点是雍容华贵，花大花高，色泽斑斓，花姿潇洒，叶色深绿，叶形椭圆，花期特别长，像我们大足石刻中的媚态观音一样美丽，所以取名'媚态观音'；还有它整个花开散似牡丹，一日一态，一天一色，第一天杯状，第二天就是碗状，第三天就是飞舞状，颜色也是一天一变，而且花朵枯萎后如菊花样挂于枝头，不脱落……最近几年，我们还把荷莲文化与餐饮文化和大足石刻文化融合起来，如，我们的荷花宴，荷花茶系列，还有正在打造的'佛缘香海'就是融入了大足石刻文化中的观音沐浴，九龙浴太子的佛经故事……"

陶翁潺潺地述说，像夸赞自家婴孩般骄傲。此时，话语的自豪感随荷莲飘香的惬意一并涌来。印象中，初秋的凉意，便摧残了荷塘的青绿，唐代诗人来鹄诗云"一夜绿荷霜剪破"，便道尽了荷熬不过清秋的霜雨，但在大足，在雅美佳，这个叫陶德均的老先生，却将亿万年的荷莲生存史改写，以他的坚强和韧性，抒写着一首爱莲者之歌，他就像一枝有着顽强生命力的荷，给世人奉献出一道亮丽的风景。

"飞霜摧绿了秋荷，秋雨滋养着玉荷。"雅美佳，"接天莲叶无穷碧，映日荷花别样红"的美景在金秋十月邀你来赏正当时。

青山·绿水·赤子情

雨一直下着，到天明仍是淅淅沥沥，城市清洗得干净彻底，神经与灵魂仿佛也被梳洗着，世界空灵安详，内心热血奔涌。

走出钢筋水泥框固的居室，容身车流交织的城市，同行人纷纷来到出发集约点，把兴奋与向往倾泻于脸上，露出潺潺的笑容。

我们在高速公路行进，一直向前，向着那有着红色革命史话的目的地——赤水。

车速很快，窗外的风景一扫而过，车内人的心情极好。大家都在导游的引导下说笑、歌唱、嬉闹着，只等到达目的地。唯我，靠窗而倚，目光始终没离开窗外的风景，搜寻着一景一物中的坦然与深情。细雨中，世界沉静，清亮光鲜，风光是钟灵毓秀。

远处逶迤的山脉，高耸、坚挺，搏动出蒙蒙的青色，虽说朦胧但也硬朗，像大地的脊梁。近处层层叠叠的梯田和旱地，满眼的庄稼在雨丝的轻抚下，惬意地呼吸着气息，享受着大地血脉的滋养，生机又具活力，释放出供养生灵的能量，此时感觉满世界的舒坦与和谐。

车窗外一晃而过的梯田，一层又一层地冒出，一拨又一拨地再显现；旱地是重重叠叠，似小山也似峰峦，西部特定的地理环境造就的丘陵地貌，生出青山绵延的妩媚来，让大地更显活与透。田中的禾苗，青葱又张扬，在细雨陪护下正努力地拔节，活力四射，尽管有些禾苗已抽着穗，仍是努力地生长着，或许为了农人的那一季辛劳，它们正在上演着一场丰收的革命进行曲。

土地里的庄稼，都尽力地绽放着绿，郁郁葱葱，墨绿抑或翠绿。尤其是好胜的玉米，也比试着的高人一筹，依旧是青翠，成排成排地站立，间或从腰身间微露出星宿般的穗须，昭然若揭地公演丰收的绝唱。

路两旁的行道树，清一色的小叶榕，一棵挨一棵，像哨兵似的，庇护在公路两旁。啊，这是一种英雄树，独木可成林，只要是树干上任一气生根（俗称虚根），只要有着地的一瞬，便可抓住时机，努力地生长，最终长成参天大树。真是令人敬仰的树。看看树的枝、叶、冠茂密着，相携着，渗透着，我中有你，你中有我，相携相依。无论从哪个角度来欣赏，树始终是青透的，总是储满了绿，在雨水的滋养下，绿亮绿亮的，喜爱得不行。不禁叹服，水不愧为万物之灵。

汽车驶进四川泸州市，再往前目的地即将到来。新兴城市的繁荣与美丽牵动着我们，但无暇顾及她的美，脑子里全是那英勇的史事。车很快驶进滨江大道，大道依山傍水，风光独特。

山因水而秀，水因山而具美。

合着汽车行进的声响，眼观江水的汹涌澎湃，思绪又起，一股激情豪迈的情感油然而生，感慨这一碧江水的壮观与顽强。这一波一波的水从遥远的喜马拉雅奔腾出来，另有一股支流从云贵高原倾泻汇入，我不确定她们是否经历过青杠坡那场凶险，81年前血雨腥风的战斗，她们是否亲眼看见？如果，这些万物之灵，眼见了那遍地的猩红，把这里的土地浸透染红，那么，她们作为娇羞的新娘刚刚嫁入，是否有了胆怯和怵哭？可是，她们没有，没有，不信，看她们奔腾的姿势，豪迈的脚步，勇往直前的气势和风度。

如今，雨冲刷了近一个世纪，将士的鲜血早已刷干洗净，不管是河水还是江水都清凌无迹，但回荡在这片土地的英雄史诗却永垂不朽。源源不断，滔滔不绝如血脉。当中经历的曲折不需表达，唯那份执着，感天动地。于是，大地敞开胸怀，江毅然决然地为之呐喊，为之动容，成就出这波澜壮阔的壮观画面。其大气、大爱又坚强的阳刚之美，让人敬仰，让人感动，激励着人们，永远地照耀着前方。

山和水皆因事因物而具灵气与生命。

有了英勇的火种，山就变得昂扬，突显起英雄的脊背；水也变得温润，为大地注入猩红的血液，滋养着正义的人们，这样的山水就会永放光芒。此时，赤水——我牵挂的地方，向往的圣地，你的水，应该是红色无疑的了！

石河子的绿

石河子很美。对此，深感意外。

其实刚到新疆时，第一脚便是踏在这里，可当时火车到站时已晚，且停靠时间仅几分钟，就被接站的朋友拉走。后来工作任务完成，朋友说石河子很美，还将信将疑，心想：在这大漠戈壁之上，还能建得了好城市？

不想，我的偏见被眼前的现实征服。

一上车，朋友很兴奋地介绍说：石河子的绿化搞得好，尤其是新城区。听后我还暗笑她：谁不说咱家乡好！

下得车来，真的惊叹：眼前的城，有"城在林中，林在城中"的和谐、优美且幻化之感。走上街道，博大与宁静，清新与雅致时时围绕，叫人生疑：是在戈壁滩上吗？

一直喜欢自然山水和原生态风光的我，总认为这样的风景，才是自然与人类相依相伴永不消退的魂灵。而对城市风景，总认为是人类匠心独运的结果，有着刻意与匠气的挟制，少了相融相通的韵味。今见石河子这般地"绿"，这感觉被彻底否定，于是迫不及待地想探访这座城。

出了宾馆，先逛老城区，这些街道虽说房屋建设已有半个世纪，楼层一般也在三五层，建筑面积不那么大不那么宽，外装饰也褪色不少，但却小巧雅致，总掩映于婆娑的树枝间、枝丫下，倩影清新脱俗，还不时感觉出生机般的秀美。一股强烈的思潮撞击着心灵，顿想：绿，无疑是支撑生命的元素。

走上石河子的街道，"绿"充斥人的双眼，总有一种在林中漫步的宁静之感，机动车道，非机动车道，人行道，无论是老城区还是新城区都被树木划分得清清楚楚，严整有序。后来了解到：石河子在建设城市时，严格遵从"先栽树、后铺路，以树定路、以树定规划"的建设方案。可以想象：生活在戈壁滩上的石河子人，那种对生命能量的渴盼与依恋。

经过几十年的建设和付出，石河子早已是"春有花、夏有荫、秋有果、冬有青"的四季绿洲。每条街、各种车道中高低错落地栽种着高大的乔木、挺拔的灌木、低矮的花草植物。走在人行道上，眼前最清楚的就是挺立着成排成排的树，树干高大挺拔，树枝婆娑张扬，树叶宽厚浓密，树荫幽雅静谧，极好地为这些钢筋混凝避风挡了阳，在艳阳高照的戈壁滩上，无疑是一棵棵蔽荫树。

在高大的乔木下，一种草本植物随处可见，密密地匍匐于树干下、花丛中、石缝隙，充盈地扮靓着这座城。最初不知这草叫什么名，一次坐的士问了那师傅便知是"三叶草"。这草与家乡的三叶草有很大的区别，没有那种羸弱不禁风的窘态，相反却体现出一种盎然与蓬勃。许是戈壁的艰辛，激发的一种生命潜能。它们浑身储满了绿，绿得很耀眼，很青翠，很真诚。与树影中透下的光影，花草的艳丽装点成一幅绝美的画卷，那种雍容与淡雅，温暖与清凉，动与静的结合这时表现得完美无瑕，仿如置人于乡野、于繁华、于自然中的美感。

穿行于石河子的大街小巷，"花团锦簇、郁郁葱葱"时时冲击着人的视觉，一种大气，大爱处处突显，一种昂扬的生命力把戈壁滩的苍茫与萧瑟驱散，把一座生态城市的魅力与活力淋漓尽致地呈现。

几十年过去，拼搏，奋斗，坚持不懈，仿若已成每个石河子人的座右铭，三叶草的顽强精神，又是每个石河子人坚信的品质，于是，石河子人硬是用他们的心血和智慧在戈壁深处，在大漠之中建起这美若江南的绿洲。

来到"新疆兵团军垦博物馆"，看着展出的一件件军垦工具，历史的影像瞬时浮现于脑海，仿佛穿越历史的时空，向世人述说着这神奇而古老，年轻而美丽的城市起源，让人追寻着生命的根源。

石河子，原本古丝绸路上一个不起眼的小镇，荒凉是她的代名词，沙漠和碱滩是她的骨肉和精血。二十世纪五十年代起，一个穿着"绿军装"的人，率领一群铮铮铁骨般的硬汉子走进了这里，把天当作盖，把地当作铺，拉动起"军垦第一犁"的号角，军人们一手拿枪，一手拿锄，铸剑为犁，开荒生产，屯垦戍边，战冰雪，斗风沙，硬是用自己的双手拉起犁铧，在贫瘠的戈壁上开垦出一片片良田，引来天山雪水浇灌起幸福的家园。

想起那久远的历史，一首脍炙人口的歌曲《边疆处处赛江南》浮出画面，"人人那都说江南好／我说边疆赛江南／哎／来／来／来吧／赛呀赛江南"……面前荡漾着一张张充满活力的面容，他们青春，他们热血沸腾，他们在用生命谱写乐章。荒漠戈壁，犁铧，毒辣辣的太照，口干舌燥，汗流浃背，饥饿，疲惫，拼搏，坚持，奋斗。正因有他们不懈的努力和超越，从此，人类垦荒史上一个伟大的奇迹得以诞生了——戈壁明珠闪耀而出。

不断地前进，不断地追赶，不断地推陈出新，半个世纪过去，石河子已不再是当初那个荒凉的丝路小镇，而是一个有着浓郁的集"开拓性、群众性、开放性、多元性"于一体的军垦文化历史名城。"绿色"是这座城市的代名词，也是这座城的生命，更是她的魂灵。看着博物馆对面塑有王震将军雕像的文化广场，浓荫掩盖，鲜花盛开，喷泉四溢，游人悠然自得，和平鸽盘旋，闲适的市民面带幸福的微笑在奔跑，一种吉祥、满足、安乐的生活画面在戈壁描绘。

"欣欣向荣，蓬勃发展。"石河子在述说。

石河子经济开发区，站在世纪公园中心，看着此起彼伏的工业发展区，势头强劲，标准化建造，无一例外都遵从着"绿色、高效、节能、环保"理念，真为石河子已成为展示新疆经济建设的前沿阵地和繁荣新疆、展示兵团风貌的重要"窗口"而骄傲。

沿城中心的十字大道向东、西、南、北四个方向走出去，身处城郊结合部的棉花地，玉米田，番茄园……波澜壮阔的绿色荡漾在眼前，节水灌溉，地膜施肥，智能调控，机械化摘棉，这是城市观光农业发展的典型示范。戈壁，沙漠，碱滩，早已演化成一块块方方正正大小一致的试验田，绿色替代了曾经的大漠孤烟。

"开放"、"活力"是石河子这座城市发展的源泉，也是绿色革命的深厚积淀。

古丝绸路上的一个小驿站，一片广阔无垠的大漠戈壁滩，一个正在崛起的森林城区，一座现代化的宜居城市，这便是石河子的过去与现在。

捧着联合国"人居环境改善良好城市"及"国家级园林城市"的桂冠，由衷地欣慰这里是人类创造的"人进沙退"的生态模范，这里是中国"屯垦戍边"的伟大典范。她优美的环境、独特的文化、璀璨的文明不愧为"戈壁明珠"。

有人说："中国，美在新疆；新疆，美在石河子。"

的确，石河子的美，美在她的绿。

醉人的禾木乡

　　汽车在翻越阿尔泰山脉时，很颠。我的心，很忐忑。

　　那天在面对众多的自费项目时，不知玩哪些地方好，便问导游小徐，让她推荐几处好玩的，她首推"禾木乡"，同时这线也是收费最贵的。同行的八人中只我和綦江的杨前往。

　　对于全团37人只13人去"禾木乡"玩这个问题上，小徐却极其认真的对待，又是忙着租车，又是忙着介绍那里的好，称是神居住的地方，有"神的自留地"的说法。我们13人便被小徐安排在这辆看似破旧的金杯车里颠着往禾木乡赶，而小徐则留在喀纳斯湖入口处的宾馆等待。

　　经过一个多小时的颠簸，到达禾木乡入口的收费处，门票100元，而小徐则收了每人300元，没有导游解说。坐上区间车，司机兼解说员的一个看似哈萨克族的小伙子用不算流畅的普通话说着。大致内容有那么两点：一是上山的路是单行道，沿途十多公里的地方只停车三次供大家观景拍照；二是这一路的解说由他来完成。他还说一路的风光很美，不过对这点我将信将疑。

　　车行几分钟，哈萨克小伙说：大家向前看，那有一座桥，是座很大很大的桥，这桥叫布尔津大桥。一听说有大桥看，我这个来自桥乡的地道重庆人便充满期待，很想清楚在这两山夹击中建的大桥是个什么样。准备好了相机，丝毫也不敢懈怠，目光一刻也没离开过车窗。桥出现在眼前，这布尔津大桥，无非是桥面有几块木板，桥下有几根钢架，长不过十几米，宽几米，高十多米的一座桥。相机拿在手上也提不起来，只是心更忐忑不安了。

过桥两分钟时间，车第一次停了下来，那小伙子说：下车拍景。下得车来，就几株白桦树，树叶也黄不黄绿不绿红不红的，两边的山也是石块夹着一些矮小的灌木，没啥好景嘛。怏怏地钻回车里，呆呆地看着车下的人东看西看的，觉得傻！有些后悔花这冤枉钱。

车继续向山上进发，翻过一道山梁，车爬行在缓和的一段路，然后停了下来。左面是山峰，右面是秃山，小伙子说晚来了几天，前些天还漫山遍野的开满了花，现光秃秃地，山上的野花都凋谢了。其实他的话也对，山上就是光秃着一些枯萎的低矮枝秆，分不出是不是野花的枯枝败叶，反正有些荒凉。而对面的山峰则不然，透过一些枯败的草皮后，一层一层地向上望去，一些挺拔的松树和杪树等乔木却带着墨绿色景致戏弄着丝帛样的浮云。在山尖，在峰峦，总有云雾在挑逗着青翠的层林，有层峦叠嶂和层林尽染的韵致。于是忙提起相机，不断地疯拍起来，忐忑的心稍有平复。

车往大山深处越行越远，越来越僻静。风光似乎也越来越美，苍茫，辽阔，很有些高原的风光。草原，牛羊，溪水，雪山，峰峦，小木屋，婷婷白桦将秋的韵味提了起来。

我似乎有些激动起来。

到达禾木乡，车停在一座图瓦人的院落外，哈萨克小伙进屋去。

我则站在车旁，仔细观察起这个边陲山村，它四面环山，仿佛被掌于手心之中。后来也得知，这个村庄是我国现存几个世居图瓦人的村落，有"中国最美乡村"之称誉。房子全是小木屋，星星点点地散布在禾木河畔。阳光下，一座座木屋披着灿灿的辉光，在雪山，松林，白桦树，禾木河潺潺的流水声中显得静谧安详，仿佛得到神灵的庇护般，美丽耀眼。

不一会，哈萨克小伙出来，每人交35元的午饭钱。随后交了骑马的钱，每人60元。然后向对面山头的观景台行进。听说那是铁木真当年的点兵台。为节省体力，我和杨一人交了60元，我骑上一匹没有马夫牵引的白马，优哉游哉地走着。

上得观景台，下马，马夫照看马匹，我们观景拍照。

我开始欢呼起来，急切地奔路几步，呼喊道：人间天堂，人间天堂啊！

看看：一幅辽阔的村静景美的油画展现眼前，远处的雪峰，近处的山峦，顶上的云层，脚下的河水及小木屋，那都是一张张浓墨重彩下的精彩画卷。

雪峰，高大巍然，山尖泛着的皑皑白雪冒着银光直冲云霄。顶上飘浮的云朵，总是悠闲地，悠闲地牵着丝薄的纱幔，在蓝天的陪伴下，不时地将舞姿轻轻地摇摆，戏弄。

近处的白桦林，一直笔挺地站立着，树干冒出一团一团的灰白，有些树皮甚至有些脱落，仿佛被沧桑的岁月洗礼过，可以想象，为了这份挺拔，白桦树经受了怎样地艰难。但他们仍然坚贞，如禾木乡的卫士，不离不弃地，保护着这里的圣洁和清静，也似在向游人娓娓而谈，轻述着他们的忠诚与刚强。

脚下的禾木河，潺潺地流动清纱般的水质，间或遇到河中石块的阻挠，一下便有了铮亮的光芒，如闪动着清澈透亮的眼睛，总是自东向西南缓缓地，缓缓地流淌着。

那岸边的白桦树，河畔的小木屋，河滩的滚石，汲水的牧马，这分明就是一幅绝美的山野风光图，绚丽又自然。

此时的禾木，静美，安然。真如桃源，如仙境，如天堂，如童话般，让人如痴如醉。

站立点兵台正中，置身美轮美奂的山野，超然，空灵，与世隔绝的超凡脱俗之感油然而生，不知不觉，脑海中浮出远古时代铁将军征战沙场的壮烈场景，如果没有那英勇的征战，没有图瓦人坚持不懈的付出与守护，这里能保持这份平静与秀美，能守住这份安闲与清雅吗？

其实，当今的禾木，更像一位温婉可人的织女。她总是不知疲倦地，从早到晚，从春到秋，伴着清丽的流水，踏着丰润的绿毡，挽着轻曼的薄纱，从白云深处，从历史的画卷中缓缓走来，总是那么如画如诗地诠释着这远古民族旷远的生存史，向世人吟唱着一首古老的、永不褪色的歌谣。

临近中午，脚下，星罗棋布的小木屋顶飘荡着清淡的炊烟，山间升起缭绕的云雾，之前的清丽和纯粹一下有了温馨，真乃仙境。此时的织女，正用细柔的纤手，轻扶，飞快地织起一件件华丽的衣衫，为山，为水，为路人，为游人，为世代居住在这里的图瓦人。

织女的华裳沉醉了山川，沉醉了木屋，连那永不消融的雪山也为之沉醉。

禾木乡，真不愧为神居住的地方呐！

大足：五月的枇杷等你来

早上 7:50，时间尚早。晨曦过后，一切都沉浸在朝露的润泽之下，清幽和淡雅，连空气也像打湿一般，滋滋地冒出几分湿润静静等候。此时，路边的树，青石板间的草，池塘边的各种树木，水里的鱼，将乡间还原得自然又生态。

左边是小河，右边是"天醉园"，园中种上了据说有 500 亩的枇杷树。在这初夏时节，绿意洒满园里各个角落，抬眼望任一地方，都感受到绿滑落枝节贴近心田的滋润，人立其间，真有些不知所措。只能沿青石板铺陈的小径向河沿而去，周围寂静而安然，万物都在睡眼惺忪地打着哈欠，然而又有些依恋乡间的本真，汲取着天地的精华。脚埋没在被雾气打湿的草丛间，有些凉飕飕，但却坚定地往对岸的尖顶屋走去。那里一定是看天醉园的理想之地，这么想着，也一直这么走着。有几步梯，梯子是原汁原味乡野的木梯，踩着坚稳，有实质木头的瓷实之感；过一座小桥，桥也是木头铆钉而成，敦实；桥那边有几幢房子，或许就是乡间别墅吧，除此，就是原生态的物什。一条水草丛生的小河，水意盎然，无声息地，慢悠悠向下游延展。几个垂钓者，悠然地扔着鱼竿，看他们淡然的表情，也许压根不在乎水里鱼多鱼少，他们看重的也许是，能到这记忆中的小河边上垂

　　垂钓，见一见老友旧识，与他们说说话，聊聊天，便是晚年生活的幸福和美满。看他们脸上溢出的笑容，与乡间情韵倒有几分一致。乡情乡韵浮上心间，再回头来看对岸的天醉园，该是怎样地惬意和舒坦？静寂，默然，墨绿一片，漫过眼界，向对面远处的山间蜿蜒而去，依山傍水，灵气秀美。啊，真不愧是掉入天地间的一处果园。

　　这会儿，有心想去数数对面果园枇杷的数目。

　　一颗，两颗……唉呀，无法数过来，也根本无法数过来。

　　10万亩，极具诱惑和震撼人心的数据闪念一过，是突然灌入或是先前的思想，都无法说清道明。瞬时迷了心智，也不知是看到果园的宏大而痴迷，还是枇杷的香气散漫而醉了思想，反正各种物象逼迫你不得不想，这里就是"香凝一地，喜集一身"的天醉园。原来：醉卧天地，难怪有"天醉园"的雅誉。

　　伴随思想的，还有挨紧小河边上一块空坝那些忙而不乱做着准备的人们，他们忙于搭架，铺毡和招引四面八方的客人。有条不紊，组织严密，乡间便融进现代与时尚的元素，小河也渐渐有了喧嚣，果园慢慢地有了不少人们。

　　到10:30分，音响与播音，鲜花与掌声在搭了油布的空坝上阵阵响起，场面盛大，笑脸飞扬，掌声雷动，一场盛大而热闹的场面，来自远方的尊贵客人们，被热情邀请——采摘枇杷。

哪能错过这时机，提着篮，紧随客人们身后，脚步有些急急的，心也有些热热的。进得果园，满园橙红的枇杷，肥大又晶莹，闪着诱人的光芒，引导着人的唾液与胃腺。

来不及想什么，慌乱跨进园内，找到一树枇杷，盯准个大而橙色的果实，一手抚果，一手持剪。瞄准那肥厚的身子，一剪子下去，硕大的果子滑入手掌心，沉甸甸，喜临眉，观其色，桔红嫩粉，细细的毛茸隐隐约约地装扮着丰腴的果肉，润浸顿生，急不可耐地想送入口中，削皮，汁溢手间，不离不弃，飞快地送入嘴里，香甜清幽，甜汁拌胃液让人清爽舒适，心醉而喜悦。不急，还得剪，还想吃，趁空的当口，抬眼瞄向别处，满园的人，满园的果子，满园的篮子，就听剪子"咔嚓，咔嚓"的声音，还有人们按捺不住即将跳出心房的喜悦之心和一串串爽朗朗的欢笑声、赞叹声，如此场景，醉了客人，醉了山野，醉了丰收的园主人。

场面再次热闹又喧嚣，园内人们一时间自然又贴切地分工负责，他剪果，她提篮；他运果，她扶枝。一切，很井然。人们，很振奋，太阳高高在上，阳光直直洒下，热浪在四周聚集，人们热汗淋漓，但大家依旧欢呼呐喊，与五月的激情时节不谋而合。

突然，又想起那惊人又诱人的10万数字来。如此一看，此地的"天醉园"仅冰山一角，大足，更多更好的枇杷等着你来呢。

第四辑 情之依

　　亲情，友情，恋情，才情，文情，所有的情，均因景而生，因事而传，因过而依。故而，有了思，有了想，有了情，有了恋。情情种种，相生，相克，相拥，相忘，由此，凡尘世界，多姿多彩。

米花糖的记忆

提及米花糖，就闻到"荷花"与"玫瑰"的芳香。

儿时，物质匮乏。每到临近年关，在广袤农村，便有走村串户打爆米花的手艺人，一路走来一路喊"打爆米花嘞，打爆米花"。随即，沉静的乡村立即死水微澜，全村的老少爷们都会齐刷刷聚拢起来，纠结着自家打还是不打？手艺人在村里转悠不停，身后一群小屁孩也屁颠屁颠地跟着转个不停，走累了，便找一树下歇息，守株待兔地等候，嘴里的喊声依旧不停。喊着喊着，便听到哪家哪屋有小孩哭喊或男人与女人的争吵，吵闹声结束，手艺人身边便多出三五个大人，紧随的钢钵、斗碗、箬箕和瓷碗依次地排列开。

贫穷总会让人失去尊严。随爆米花出笼的声音响起，争抢和打骂声也在贫瘠的乡村回旋，这样的喧嚣母亲天生厌倦，总告诫我们兄妹四人不准去沾边。于是，不等我们开口，母亲便从见底的米缸里舀出一两碗米，用大斗碗装好排成一排。尔后，家里伴着欢笑，母亲忙前忙后地掺合起自家酿制的红苕饴糖做成米花糖，一是让我们在未来短暂时日里饥饿时能有哄嘴的零食，二来也是春节之时待人接客的见面礼。

这种用草纸包装而成，形状犹如二十世纪收录机所用磁带的米花糖，我们给冠上"炒米糖"的称号。

　　一直，都以自家每年能吃着炒米糖而高兴和自鸣得意，认为这就是人间美味。

　　5岁时，父亲去江津白沙开会，带回一包米花糖，兴致勃勃地对我们说：这东西好吃，是江津产的"玫瑰牌"。父亲的话，让人吊足了胃口。那时，由于不识字，对包装盒上"玫瑰"二字不认识，只看到两朵大红花在包装袋上闪烁，这花像极了院坝边栽种的"月季"，后来，知道这花不是"月季"，而是与月季同属蔷薇科的"玫瑰"，由此，知道了"玫瑰牌"米花糖，更知道了"江津"这个地名。

　　那以后，"玫瑰牌"米花糖，就根深蒂固植于心里，再后来，每每看到有包装好的小吃或者副食之类，就仿佛看见"玫瑰牌"向我走来。

　　二十世纪八十年代末，就读于西南农大，班上就有江津的同学。闲暇时，聊起各自家乡的土特产和名吃，我以邮亭鲫鱼为荣，江津同学则以米花糖为傲，我们各自以家乡名吃名胜名人为载体，我吹大足石刻，侃邮亭鲫鱼，聊龙水湖，江津同学则侃米花糖，聂荣臻，四面山……如此，天南地北地侃，搜肠刮肚地攀比，像作着一场没有评判的比赛，也像写着一个没有结尾的作文。无论是山水地理人文，都成了我们斗法的工具。尽管大足石刻是世界文化遗产，但当时仅停留于峡谷沟壑的崖壁之上，而江津米花糖却已占领了重庆大多数人们的胃，最终，个人觉得江津同学以米花糖的家喻户晓胜我一筹。为此，我也知道了"荷花牌"与"玫瑰牌"同属江津米花糖中的佼佼者，是两大知名品牌。也知道了江津米花糖的出生地是太和斋，其生于1910年，而今已是百年"老人"啦。

　　因对炒米糖的一直喜爱，故喜爱吃江津产的米花糖，每吃一次总要与母亲做的炒米糖比较，最终认为，两者都是人间美味。母亲的炒米糖像一位村姑，质朴敦厚，有着母亲般的胸怀和慈善，吃起来香香甜甜，温温暖暖，能持久永远地捕捉住我们的胃；而江津的"荷花"与"玫瑰"，则是这片美丽富饶土地培育出的两位娇艳姑娘，大气芳华，有着内敛的胆识，深厚的品质，外表洁白晶莹，肢滑肤嫩，袅袅娜娜，妖娆迷人，光看着，就让人垂涎生香。吃起，酥嫩滑脆，爽口爽心，她们有着荷塘月色的娇柔，更有着玫瑰的清香和浪漫。尤其是那相依相伴的漂亮衣衫，像母亲给她们制作的美丽嫁衣，桃仁的深厚，花生仁的香艳，冰糖的冰清玉洁，芝麻的锦上添花，都是荷花和玫瑰招婿纳夫的温婉手段，由此，才有江津米花糖这位名家大腕博得众生喝彩，一举成名于华夏，远嫁异国他乡的辉煌灿烂。

青石板砌成的街面

故乡，有一条青石板砌成的老街。

最先认识这条街，是刚上初中时。那时从老家的村小考入这有着长长街面的学校就读，天天踩在青石板的街面上学，放学，感受着老街流淌出的古朴与凝重，回想起来就有些恋恋的感觉。

老街一直是有名有姓的，至小就知道这"邮亭老街"。据说是当年古驿道上邮差歇脚的地方，天长日久，人们便聚居而来，慢慢地形成一条长长的街道。有了定居的人家就有了生活的变化与延伸，于是老街栽种起很多的树，有了洋教堂，有了商铺和买卖，有了供人们休闲娱乐的茶馆、戏班及戏台，再后来也修起了洋人的学校。

老街是十里八乡唯一的场镇，地处交通大动脉成渝公路边上，远可眺成渝铁路，时时能闻见汽车的喇叭声和火车的轰鸣声，交通十分便捷。

老街的一个入口从山坡的一面底部顺势蜿蜒而上，上坡，横亘，再下坡，环绕着整个山腰，约莫两里地那么远。老街的历史到底有多长，连长辈的老人也无法道清，但能说清的恐怕唯这铺陈于街面的青石板了。青石板到底有多少块，也没有人知道，反正就知道原本这一张张青石板是有棱有角的长条形，它们紧密相连地镶嵌于街面，石块与石块之间原本也没有缝隙，可经过岁月的洗礼，时光将它们打磨得光滑圆润，显出几分的滋润顽皮，时不时还把隐匿于石块之下的泥浆给曝光出来，突发奇想地戏弄一番路人，让人生就老街确实老了的颓废之感。

老街两旁住满了人家，其房屋为明清时期穿斗串架壁结构，临街一面大都使用窗式的木板门铺面，其后就那么三两间房屋一大家人拥挤地住着。间或遇独门独户，这样的住户往往是从一个不起眼的门道进去，跟着一条长长且窄窄的走廊，就会呈现一片宽阔的天地，里面会是一个气派又古韵浓郁的四合院。院里置三两棵树，偶或耸立一株参天榕树。若走廊尽头是回廊式的户居人家，那定会是两层或三层的木板楼房，显示出主人的富有和与众不同。老街屋顶清一色的青灰色瓦片向低处一片接一片的铺展开来，层层叠叠，错落有致，瓦片尽头直向各处院落的天井口和街沿边，从高处向下一望，这些屋顶无疑会是一个顶大的漏斗形，显出几分的神秘与素朴。再看那些镶嵌而至的瓦片，定会泛着碧翠抑或幽蓝的青苔，微微散发出湿润，陈旧的历史迹象，不知不觉传递出来。

更深刻地认识老街，是上初中的几年时间。二十世纪七十年代末八十年代初，此时正值改革开放初期，走进老街，计划经济的烙印仍那么强烈地印记在这里。百货公司、供销社、粮店、饭馆等国营单位或集体单位仍主宰着老街人的生存和发展，连那不起眼的面食店、馒头店也打着国营或是集体的名号，严格地遵循着八小时上下班制，买还是卖，不由你说了算。买粮用粮票，吃面用面票，扯布用布票……这种看似有条不紊的生活秩序总牵制着人们的思想，阻挠着当地的发展，让老街人处于小安即稳的状态。个体私营，稍崭头角，也往往体现在一些极小的生意上，如租小人书的书店，茶馆和卖凉水的摊点等。大多数老街人都是依赖着每月几十元工资生存的国营或集体单位职工，是吃着"供应粮"的城里人，很是让我们心生几分的艳羡。

不过，对老街印象最深的莫过于猪市坝、大榕树、学校、文窗宫、茶馆及那诱惑着心灵的小人书店铺。

从家向学校走去，在经历过 4 公里路的竞走之后，就将踏进老街。未进入老街之前，必穿行于一条宽长的斜坡，这条斜坡就是连接老街与成渝公路的纽带，长约 100 米，且还有一个很响亮的名字"猪市坝"。顾名思义，也就是生猪交易的场所了，也是周围十里八乡的乡亲交易农副产品的地方，为老街最活跃最繁荣的地带。如果遇逢场天，那定是人山人海，水泄不通了。刚享受着改革开放好政策又解决了温饱的乡亲们在这里讨价还价出售着自己的农副产品，同时也经营着自己的快乐。恰好初中三年遇我国农村土地改革的关键几年，"大包干"土地政策的落实为农民带来了欢快与满足，他们通过一年辛勤劳作之后，将手头的余粮及别的农副产品带进了猪市坝，通过三五句抑或三两回合的讨价还价，幸福和满足便各自写在了朴实的农家人脸上带回了家。交易的活跃，相应地给猪市坝带来了繁荣和喧哗，猪市坝也在那几年成为老街最繁荣的鼎盛时期。

穿过猪市坝踏进老街口，首先得从5棵大榕树间经过，它们均是明清或更早时期栽种的古榕树。这些榕树茎干粗壮，通常都得三五个成年人手挽手合拢才能围抱；其树形奇特，悬根露爪，蜿蜒交错，稍不留神就穿行于老街某一处人家的房檐下，院落间；其枝杈密集，大枝横伸，小枝斜出虬曲，参天耸立，姿态万千，妩媚动人；其树叶茂密，叶片泛出油绿的光亮，清悠雅致，古态盎然。老街的大榕树到底有多少棵，也未能确切地数过，只知道在夏天，无论你从那个角落踏进街道，都会被一阵清新的树木气息感染着，被浓浓的树影庇护着，整个街道沉浸在榕树清新诱人的气息之中。

佩服祖先们的远见卓识，在古老的时候就在老街的坡坡坎坎栽种起这众多的榕树，历经几百年上千年的成长，其耸立在老街的各个角落，将老街浓浓地装扮于绿荫翠林中，为老街注入一股鲜活的生命力。星罗棋布的榕树，永远都是老街最为浓墨重彩的一笔，现政府为保护古树，把一棵棵跟随着老街沧桑与辉煌的榕树编号、挂牌加以了保护。

老街的学校地处老街中部，也是最高处。其全称也不是"邮亭中学"，而是"邮亭一小"，分初中部和小学部，招收的学生均是全乡十里八村的适龄青少年。其前身据说是一所洋人学堂。整个学校构造为一大四合院，两边并排着多间教室，前后为两大门，分前门和后门。门是木材极好的柏木制成，宽厚沉重，漆着朱红漆，透着铮铮的亮光，推开时会发出沉闷的声响，昭示着朱漆大门已老态龙钟时代久远。学校内栽种着很多大榕树，几乎将整个校园的建筑庇护起来，这样的环境很是清幽迷人，确为学习的好处所。从后门出，为一大操场，操场周围也是大榕树包围，投身操场，简直就置身于绿荫的遮蔽之中。从操场的一角下几步梯，便见到一处残垣破墙，尽管主体建筑已破坏，但穹顶的结构，明清时建筑用的大青砖，能清晰地辨明这是教堂之所在。后来学校为解决学校教师住房问题，便拆解翻盖成教师宿舍了。

在老街的中部还有一处大房子，那是老街人平日聚会，也是全乡举行盛大集会和娱乐活动的领地，名"文窗宫"。文窗宫是青砖灰瓦砌成的顶梁柱建筑，青灰色的建筑基调与老街的其他建筑无一例外地相似，只是内里宏大宽阔，里面筑有木制简陋的看台、戏台等。平时，就是老街戏班练功的场地。戏班是川剧团，里面有众多的少男少女，他们扮演着各种旦角，平日路过总能听见其吊嗓练功。虽然年少的我们不懂得欣赏，总认为那高声高调的唱腔刺耳，但老辈人却甚是喜欢，每周日便是戏班登台表演之时，每每这时里面便融合着喝彩声唱腔声及呐喊声，把老街人的文化建设淋漓尽致地挖掘出来。

老街另外热闹的地方就数那些小茶馆了。茶馆也是简陋的，就几把兹竹椅子，几张漆着朱油漆的八仙桌，一个布满煤灰的煤炭炉子，上面置一把长嘴的茶壶，一排沉积着黑褐色茶垢的盖碗茶杯，就吸引着周围十里八乡好茶的男人们。喝茶人往往是年岁较大的，喝着老鹰茶，泡出深褐色茶汤，慢悠悠装模作样地品着，清热解着毒，谈论着古今趣闻，或是乡间物事，扯着八竿子也打不着的闲话。偶尔遇着说书的，听听评评，说说唱唱，日子就这样慢慢地打发。

但对于我们，最诱人的还是那有着各种故事和传奇的小人书店铺了。遇到放学，如果时间尚早，如果遇到兜里正好有一毛两毛钱，小人书店便是我们必眷顾的地方。这些书店，开在离学校大门口最近的地方，朝着当街的门面，打着大大的招牌，花花绿绿地晃眼。店主往往把买来的小人书封面撕下，编上号，一个封面挨一个封面地贴于硬纸板上，然后依次挂于铺面外墙上，让人老远就能瞧见。要想看什么书，就直接对着那书名和编号找。租书根据书的新旧程度，厚薄大小，租金在 2 分到 5 分之间不等，看完一本往往在半小时至一小时之间。如果遇到小说杂志之类的书籍，还可租走看，当然租金更高更贵。那时如遇到自己心仪的小说，就会租出来，拿到课堂之上，背对着老师偷偷摸摸地欣赏，悄悄地寻找着自己的乐趣，也悄悄地放走美好的学习时光。

老街就这样迎来送往放过一批又一批学生和过客，老街也随时间的消逝慢慢地苍老，谁也没记住老街有过的辉煌。

没几年，在离老街两里地的地方，一条新街应运而生，水泥路面、柏油马路宽阔直达，钢筋水泥楼房拔地而起，新型，现代，老街的人们纷纷迁居而入。从此，老街人便穿梭于青石板与柏油路之间。

湖畔农家

　　绿树掩映下，山峦和山坳密布逶迤，把空气涵养得清新湿润，高密度的森林覆盖，翠翠茵茵，仿佛绿色汁液穿透视神经一下达五脏六腑，气息瞬间丰盈起来，有了静与幽的第六感。人穿行其间，像被负氧离子强剂注入，神情昂扬。

　　如果不仔细端看，掩于山间一水体真有被忽视的危险，一旦被发现，立即有"湖光山色幽，疑是仙境处"的感叹，同行的人都不自觉地从心底发出了惊叹。

　　凭对此地的了解，这是二十世纪五六十年代大兴水利时人工修建的小型水库，当地人叫圣光水库，我就叫圣光湖吧。

　　刚才还在山腰若隐若现的湖面，不想，临近中午时分，当地人说：我们就去水库边农户家吃午饭。听到如此一说，正中下怀，亲临湖水，品尝农家菜，实属喜爱之事，尤其可解之前未能一观整个湖面的缺憾。

　　我们的车不能去到目的地，在当地人引导下，换乘一辆越野，遂向水库深处农家行进。

　　沿河岸行走，推土机、压路机等大型机械正在作业。据介绍，当地政府就是看好这一湖好水和秀丽风光，正待旅游开发呢。故此，正遇道路改造，且头天晚上下过大雨，雨水囤积路面，泥稀路烂，车轮一压，便侧滑深陷，稍不注意，车的轮胎便有被稀泥紧紧拥抱的危险，连越野车这样的莽汉子也是在摸爬滚打一番后才摸进村子最里边的一户农家。

也许，是这一湖山水阻隔了农家与外界的联系，工业的气息，浮华的世界似乎在此丝毫没有影迹，有的依旧是自然的原生态与完整性。

这是一个宁静而与世无争的世界。

乡村景象，有着幽静与墨翠相嵌的深沉，像极了一幅水墨山水。空气中荡漾着泥土散发的潮湿气味，田野里，不时飘来植物和各种花草的清香。放眼一望，晶莹清亮，在波光粼粼的水面映衬下，钟灵毓秀。湖四周兹竹相拥，在山风吹拂中袅娜着纤细的腰身，似挺立的哨兵静看乡村一切，哪家种子刚播下，哪家孩子去上学，哪家小伙娶媳妇，哪家姑娘嫁他乡……乡村风情，民俗俚语，春种秋收，全收眼底。

我们称之"串架壁"的穿斗屋如火柴盒似地散落乡野，掩映于山水间，有原始与天然的生存感。这些房屋，间或灰白，间或瓦盖，间或马蹄状，间或一字排，看似随意，实则座向讲究，远离尘嚣的农家，按照传统风水学的要求，把自家房屋的朝向研究得不可挑剔，不管以哪种朝向的房屋都掩映在翠绿婆娑的惬意之中，沉静迷人，呈现一种拙朴与安详。

在一簇紫藤的牵引下，顺着房檐斗角爬满的藤蔓，眼光抵达顶端，也是我们此行目的地所在。

拾几级台阶，马蹄型的房屋，傍水而居，房前的湖水，早将屋主人的面容澄澈得精神百倍，见我们到来，热情地招呼，农家妇人则在灶屋忙活不停。

趁午饭还有一段时间，信步走下石阶，再路过一条碎石与泥土修建而成的乡村公路，湖面就在眼前。在细腻而醉人的乡村情韵中，看见远处的山坡，近处的竹梢，以及高过电线杆的树，倒映在湖水皱褶的波痕里，饶有兴趣地看着自己的影子。微风一时兴起，轻轻牵起湖面，所有的影像也随波逐流地慢慢向前，慢慢滑行开来……

湖水滑动的波痕，把乡村一年四季的景象慢慢摇曳，忽隐忽现般在脑海飘浮，一下，便有了儿时故乡动人的影像。影像里，依旧是如此纯真的乡村情韵。

故乡也是有水的。

故乡的水，为一条常年流水不断的小河，河面不宽，但却润泽，由此，故乡也有了小桥流水人家的收获。

春天，原野从冬的阴霾中慢慢苏醒，空气中略显几分干燥，几分苍凉，小草不知不觉从枯萎的乱草蓬或石头缝钻出，几分诱人，几分挑逗。随小草的萌动，田野里，有了润浸和生命本色，也便有了生气，风拈起泥土的芬芳，把乡间野趣一下擦拨开。

抬眼，一垄一垄的田野和坡地，内藏一层夹一层的冬水田。田里的水，是存储的雨水和刚融化的雪水，澄明见底。底下的淤泥，有苗秆明显腐熟的痕迹，只等春风这一声结集，才唤出一丝一丝活泛的涟漪。

等到惊蛰之后，故乡的汉子纷纷从自家院子出来，头戴草帽，肩挎犁铧，吆喝着耕牛，绕过村前的石桥，一步一步走在乡间小路，走向自家冬水田的田埂。到得田边的汉子，扔掉缰绳，放下犁铧，独自坐于田边，点上旱烟，狠劲地过把瘾，然后脱掉黄胶鞋，挽起裤腿，在一声拖长尾音的"吁"指引下，耕牛乖乖走到跟前，随汉子手劲用力的倾斜度，慢慢走进田里，随后有了人走牛奔往来反复游走的光影，光影的身后，是一铧一铧带着地热的新鲜泥土。

这样的场景往往是乡村耕作的序曲，仿佛一场盛大交响乐的序幕，下一曲目的演奏，与二十四节气交替变换紧密结合，翻地，松土，起垄，播种，撒谷，覆膜，栽秧，施肥，锄草，杀虫，收获等，这些过程精耕细耨，周而复始，连续不断，故乡人给冠上"大春"和"小春"生产的名号，这些过程，让故乡人从土里刨出了赖以生存的财物和满足，它们分别是粮食，衣物，小孩上学的学费，赡养老人的消费，一家人柴米油盐的支出。尽管苦和累，尽管捉襟见肘，但，没有惊扰，没有喧嚣，没有质疑，没有争吵，故乡的空气总是质朴而祥和。

都说，乡间的劳作是一幅画。

在故乡，最灵动的画面，是黄昏后，耕耘了一天的人们，带着喜悦的心情收工回来，扛着锄头，牵着耕牛，扯把青菜，三三两两，聊着口音浓重的龙门阵，唱起走调的革命歌曲，从乡村的各个角落走向村口的河岸，清洗，淘菜，洗衣，戏水，仿若乡村小集会，欢笑冲散一天的劳累，和善连接起你我他之间的互信桥梁。

当落日把最后一抹霞光收回，天地间便成银灰，缕缕乳白的炊烟和灰色的暮霭在空中交融盘旋，给屋脊、墙头、树梢、田野、河面、山弯笼上一层轻纱，此刻的乡村也变得朦朦胧胧，缥缥缈缈，若隐若现，若即若离。

此时，人们已倦怠在各自家里，在袅袅炊烟中，听着犬吠的声息，烹饪起属于自家的美食，它们是烙麦粑，蒸红薯，老腊肉，自制豆腐乳下稀饭……尽管没有山珍海味，但各家屋头的笑声，清脆又落地有声。

笑声散尽，煤油灯里的煤油也已燃尽，大人催促着孩子熄灯就寝，自己却又重新挑亮灯盏，做着针线，擦拭农具，一家人的生计打算，就此慢慢商定。

　　故乡人对生活的淡定，或许，得益于村前那湾河水，无名无姓，不争不急，从从容容，如母亲抚育婴孩那样，总意味深长地爱着这里。

　　这样的爱，此时此地，也氤氲在圣天湖及周围的山峦坡地里。

　　突然，一阵青椒炝腊肉的香气从穿斗房内飘散而来，把思绪重又牵回湖面。

　　圣光湖的水，清澈诱人，这里的光景，如20世纪80年代初故乡那样的澄澈自然，倒映在水中的绵延山峦，宛如一幅长轴画卷徐徐地展现，而湖边那些扛着锄头收工回家的农人，则是这幅画卷中灵动的亮点。

　　就着腊肉的香气，几步窜回院坝。青石板铺就的坝间，放着两张过时土气的八仙桌，桌上摆放的侧耳根、灰灰菜，这些来自山间的野菜，带着自然的灵性，便有了馥郁的体香，不用刻意去闻，香气就扑鼻而来。

　　很快，丰盛的菜品一一摆上，除了鲜辣椒炝老腊肉，还有老咸菜炒回锅肉，蒸烧白，河水豆腐，竹笋炖土鸡等，所有菜品，烙有明显的农家风味，吃惯了精心和刻意种植的蔬菜，再来品尝山野自然生长的菜蔬，有了自然与随性的快意，也找到了美食捕获味蕾的兴奋。饭后的点心，主人端来一盘烙麦粑，这种食物，儿时用于填充辘辘饥肠的胃，而今，却作为五谷杂粮中所谓保健食物让享受尽了美食佳肴的人们热烈追随。

　　饭吃完，闲聊起龙门阵，农家人很高兴地说：这儿生态环境好，政府正搞旅游开发，周围几万亩的土地集中租给了一家旅游公司搞鲜花种植，村上很快会建起精油加工厂，种完这季大春，就没地种了，以后，我们就经营农家乐算了。

　　主人的话，让我看见故乡土地上耸立起的新工厂，清澈的河水，早已不知去向，干涸开裂的河岸，驱逐着故乡人搬进几幢几十层高的楼房，乡亲与乡亲之间，过起了互不往来的生活。

友谊峰下图瓦人

汽车在翻越阿尔泰山脉时，导游就告诉说：在中蒙两国交界的友谊峰下，栖息着一个人口稀少的图瓦民族，在未被外界认知的时代，一直过着与世隔绝的原生态游牧生活。

由此，对图瓦人，脑子里就置入诸多的期待与畅想。

经历一路雄浑秀美风光后，来到喀纳斯景点服务区。这里是宽阔的河谷地带，四周的群山雄性而阴柔地绵延开，将图瓦村温柔地泊在掌心，一种旷远的自然气息迎面袭来。

不大的村落，稀散地分布在空旷的草地。由于旅游的开发，一条柏油路从山下蜿蜒而上，将村落从中一分为二地划拨开来，使整个村落有了几分喧嚷和繁荣。我认为，如果没有这横亘而至的柏油路，没有各种服务网点、餐厅、宾馆等现代元素显露，过去的图瓦人生活在这大山深处，坐着狗拉雪橇，骑着高头大马，手持着猎枪、弓箭，过着清静的自给自足的生活，尽享群山巍峨中静寂的曼妙，那种纯情与本真在今天的我们看来是多么惬意和向往。

可时代注定，图瓦人的生活将远离他们先古的生存方式。随喀纳斯向世人掀开面纱，图瓦人也被外界知晓，不断地侵扰与旅游开发注定他们已经与尘嚣中的我们有着相似但又明显不同的生活，也就顺应时代地与外界接上了轨，懂得了经营，学会了用价钱来衡量自己民族的文化。比如汉语，比如"人在家中坐，便可知天下"的本领，他们都尽最大可能地将喀纳斯的美与自己的生存方式结合起来，以出售旅游商品，出租房屋，搞旅游服务等方式谋生和发展着自己的事业。当我们的目光再次触及喀纳斯的时候，没有了过去的荒疏与僻静，多了一些当今的热闹与兴旺。

可，当站在喀纳斯高处的观鱼亭纵观整个喀纳斯湖和雄浑俊秀的群山时，撑衬在山水之间的图瓦村如一条有棱有角的长纱幔，夹在两山之间，喀纳斯河及柏油公路穿越而过，当中平坦的山谷，空旷又安宁，将几十户图瓦人家稳稳地安放其间。山顶的积雪、山腰的绿树，村里的栅栏还有悠闲地吃着青草的牛羊让整个河谷地带静谧又安详，如一位贤淑温婉的织女，轻轻地飘落在远山含黛的喀纳斯河畔，曼妙地抚着丝帛样的浮云，伐着青翠的松林，量着婷婷的白桦，揉搓着皑皑白雪编织着秀丽的外衣。又如一位慈爱母亲的大手，将图瓦村落温暖地拥在怀里，把西伯利亚冷空气的阴冷驱散于高山峡谷之外。她的冷峻之美，让人感受到这里的清凉与透彻，冰清与玉洁，也正如一位婴孩般沉睡着，尽享童话世界的本真与纯粹。

我们去时，天空有些阴晴不定，时雨，时风，时骄阳，一年四季的气候特征在短短几小时内不邀而至，确实增添了不少喜爱的情分。尽管天空时有阴云，偶显沉闷，但仍不能图改"中国最美村庄"之冠名。看着山间的小房子，看偶从房子里走出穿着民族服装的图瓦人，透过他们高大的身影，黝黑的肤色，略显憨态的神情以及矫健的步伐仍能感受到他们的质朴、善良、坚毅和果敢。瞬时明白：这些才是图瓦民族的魂魄所在。

与图瓦人的质朴一样，图瓦人的房舍也很特别，都透着一份沉稳与素朴。清一色圆木筑砌而成的木头房子，下方，顶尖。房外，围有一圈一圈的栅栏，各家各户圈养着马牛羊等牲畜。构建房子的木头与木头间用山间随处可见的苔藓夯扎着，松软绵柔又密实不透风雨。整个尖顶房分三层，尖顶是应对长年飘雪的气候特性而建，顶下呈三角形的空间用以堆放杂物及柴火；地下室，则作窖藏专用，用以存放每年夏季准备的长达七个月的过冬物品；三角形与地下室之间的空间则是人居场所，即使零下几十度的严冬，里面也能将温度保持在零上。特殊的地域特性及构造让这些看似不起眼的房子具有冬暖夏凉的功能，为严寒下的图瓦人提供了很好的避寒场所，也是图瓦民族智慧的杰作。镶嵌在草地的众多小房子远远看去像一墩墩小火柴房，煞是稀奇好看，整个村庄也被方形的木屋映衬得有模有样，有棱有角，让人生就异域风情之感。

每人交 30 元钱之后，便走进一图瓦人家中，名曰"家访"。

"家访"最想了解的是这个远古民族的历史以及他们的民俗文化。尽管喀纳斯在七八月份看着风光逶迤旖旎，但一年中有七个月处于冰雪封山的冬季，可谓气候恶劣，自然环境是极不利于人类生存繁衍，但坚强的图瓦人却能与自然抗争，找寻出一条利于民族生存之道，顽强地将一个仅两三千人的部落保留并延续下来，且在远离尘嚣的地方生活得异彩纷呈，也不得不让外界的人们叹服。

为我们解说的是一位图瓦民族的姑娘，是这家房主人的女儿，在外面读过中专，学的旅游专业，毕业后回到家乡从事旅游工作。尽管她用极不流畅的普通话费劲地解说着，我们依旧听得仔细听得入神，思想也慢慢融入图瓦人的生活之中。

随图瓦姑娘的述说，在众多图瓦人来历的传说里，我猜想他们是成吉思汗西征时留下的士兵后裔。不信，请看图瓦人家中，铁木真的画像被神圣地挂在上位。据说图瓦人家家户户如此地供奉着。没有那么深的渊源，何来如此的敬重？

硝烟殆尽，战场恢复了往日的宁静，留下的该是如何的生存？而栖居在这大山深处，有着仙境般的世界，自然资源又尤为丰富，他们抛却战场的腥风血雨，再不过问世外的纷争，便静心虔诚地隐居，过起了快乐的游牧民生活。在 400 多年的繁衍生息中，生存习俗也逐渐跟随改变，仅狩猎时住山外的蒙古包，冬季时，栖居在图瓦村。尽管他们作为蒙古族的一分支系，兼有蒙古族所具有的一切信仰与习俗，但作为一个仅 2900 多人的独立民族，仍能创造出一些属于本民族的文化精髓，这不得不令人拍案称绝。

"苏尔"就是极具代表性的一种，作为非物质文化遗产，其由游牧的图瓦人发明而传承，这确属了不起的一件文化盛事。况且，其制作简单，工艺也不复杂，就依靠山间随处可见的草茎自创出的一种三孔器乐，吹奏出的曲调却深沉舒缓，悠扬婉转，似天籁般的音域，洗涤着山野的空荡寂寥，也滋养着图瓦人的心灵，丰富着他们的生活，以此消融漫漫的长夜和冬季。

另外，图瓦民族，也有着自己专属的信仰自由，将他们民族个性深刻而敦厚地烙印着。在所有信仰中，图瓦人最崇尚吉祥数字却是极其普通自然的"二"这个数字。

也许，在今天的我们看来，当被外人戏谑地称自己"二"之后，内心定是郁闷和不舒服，明明白白地知道那个二字的道出，便是对自己人格魅力的大打折扣。那么，图瓦民族忌讳的二数，又是指的什么？

　　图瓦人作为游牧民族的后代，马是不可或缺的必备之物，而图瓦男人一辈子大概就骑两匹马。二十岁时，男子成人，家里便为其备一马，他骑着这匹马在阿尔泰大山里来回奔波，干男人该干的事情，叱咤风云，勇猛果敢。到了四十岁，第一匹马老去，男人就开始骑一生中的第二匹马，一直骑到老，达人生顶谷，事业所成。再有图瓦小伙追姑娘也最多只能追俩，否则就得打一辈子光棍。在他们的思想中：再瘦弱的山羊，走过两座山峰，也就壮实了；再没雄心的鹰，飞过两个山峰，也就上了蓝天了；再笨的人，第一次不会干事情，第二次也就会了。所以，在这样的信仰驱使下，图瓦小伙从不敢懈怠，尤其在追求姑娘这个问题上，紧锣密鼓，勇往直前。但也有例外的情形，图瓦村目前出现的两光棍，错过好时光的同时，也成就了图瓦村人茶余饭后谈论的对象，时时被外界戏说同时也作为图瓦人教育后代的反面教材了。图瓦老人说：图瓦人干啥事情都跟"二"有关，这两个人可能是成吉思汗看不上的，把第一个打发到这里，觉得一人太孤单了，过了些年，又把第二个打发过来做伴，不过好在这两个人已经把"二"占用了，以后村子里再也不会有光棍了。所以，图瓦人所称的"二"，便是一个起初一个终结，一种尝试和一种成功。

　　由此可见图瓦人心灵的纯洁与无瑕。许是喀纳斯明澈的湖水和友谊峰皑皑白雪洗涤的结果，才造就出如此冰清玉洁的图瓦人来。

　　今天，当外界人类以探索和追寻的心态来到喀纳斯时，通常把图瓦民族作为重要课题来研究，图瓦民族就成了吸引外界的人文景观之一。对图瓦人这样一个看似柔弱实则坚强的少有民族，总有着让人叹服和钦佩的历史渊源与情愫。

　　图瓦人有语言没文字，种族间逸事以口传心记的现实又为后人探寻这一远古民族留下诸多缺失与不足。故此，图瓦人留给后人的众多谜团，总在吸引着山外人们的探索。

　　在纯朴热烈的民族情愫氤氲中，一小时"家访"时间短暂而妙趣。吃着图瓦人自制的各种酥脆香甜的食品，喝着他们自酿的牛奶酒，听着图瓦姑娘述说的远古历史，看着图瓦人狩猎捕获的各种动物遗骨及标本，一个纯真民族的生活镜像如临眼前。听着耳边悠扬的苏尔曲调，天籁般的音乐萦绕心间，涤荡着心灵，真切觉出：图瓦人，多么了不起的一个民族。

　　如此，每一个到此游览的人，不光要欣赏美丽的自然风光，感受群山逶迤的阳刚之美，更要体味喀纳斯阳刚之下娇柔秀丽的阴柔之美、古朴之美、人文之美。那么，生活在这里的图瓦人和他们的村落恰是喀纳斯景致不可缺少的纯净之美。

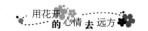

吊脚楼下的歌者

一

　　"吃好了没有／吃好快放手／碗筷妈来收／碗筷妈来洗／出来一小会／别怕妈来气／妈的心肠好／我在门口等／等你这朋友……"

　　昂扬的山歌在空旷悠远的深山峡谷回响，歌声中，透着一股阳刚，一份真诚，有着淡淡的甜蜜与羞赧，像一朵正欲绽放的玫瑰花，裹挟着青春少年那份直接，那份萌动，那份激荡人心的浪漫情怀，在山间，在苗家山寨这个千户人家居住的吊脚楼下响起。歌声随空气的流动以及声音的传播慢慢升腾、氤氲直至发散，把峡谷深山的吊脚楼、丛林和沟壑一下招惹出万般风情，让听着歌声的每一个游人都在思忖：山谷里，怎能这般的温情？

　　此时，不管你是老妪，或者是正欲走进爱河的年轻女子，心中那份沉稳或情窦初开的隐秘之情，会不会也蠢蠢欲动起来？

　　不一会儿，一个长相俊朗，身材高挑的小伙，以轻快的舞步，用邀约而具期盼的眼神对着一群姑娘放声唱，唱罢，停歇，吹吹口哨，再唱唱，小伙那大方不粗鄙，果敢不放荡的优美舞姿让远方客人的心也有些云卷云舒地踌躇起来。

仿佛盛大剧情的开场，人们屏住呼吸急切地期待。

静默过后，众人随着小伙那顾盼的神情悄悄跟随，对面山寨的吊脚楼下，一群身着盛装，头佩银饰，颈挂银项，手戴银圈的妙龄女子，她们在盛装的装扮下，妖娆美丽，仿若一个个天上飞仙，纤纤柔柔，袅袅娜娜地舞出，一边舞一边似答非答地推搡，嬉笑着。

哪一位女神，才是他心中的所爱？

一切，都在不言中。

世间事，有的时候，不需表白，当情愫达到高潮，自有喷发的时刻。

"远来游方的客人／口哨何必太烦人／我的村子好养身／你的村子好养心／你把步子踏破夜／扰我安静的心灵／你把自己身子累。"

听，姑娘中，有位对唱起来。看似漫不经心，实则怕是心有所属地遮掩。

"夜里跑来为谁累／姑娘真会说笑话／嘴里说着梦里话／心里抢夺哥的爱……"

唱歌的小伙来了劲头。

"姑娘问我来何意／姑娘如果真有心／耐心听我唱首歌／十月谷子进了仓／双脚闲久会生疮／听妹养心闲在家／夜里双脚禁不住／踏破草鞋行夜路／如今才到妹妹家。"

"哥哥心意妹心领／怕我父母家未还／不能陪哥摇马郎／哥哥趁早快快回。"

……

这方唱罢那方起，你一句，他两句，歌声把山间的一墙一木，一花一草都唱得柔情蜜意。

一场对歌的场面由这位帅气英俊的小伙挑起，对歌由沉静到挑动到高潮，慢慢也把男女双方隐藏的内心世界公布在众人眼皮之下。

苗家小伙拿出他的看家本领，把想说的话，想表达的情意，都融合在他的歌声里，试欲以此让天来做证，让地来做媒。

听，歌声中蕴藏着多么浓烈的相思情怀哟！

原来，这是一场西江千户苗寨旅游公司为游人表演的"游方"场景，是当地世俗文化的展演。

在西江，在这个世界上最大的苗家村寨里，人们住着吊脚楼，过着农耕的生活，民风淳朴，民俗浓郁，不管是生产生活，还是世俗俚语，都继续着苗家儿女众多的文明成果。

二

听罢这场游方表演，苗家人的生活真实自然。尤其是男女相亲的游方，有着根深蒂固的生活来源。为把游方了解得更全面，找到苗寨中一老者，急切地向他打听起来。

老者抽着旱烟，捋着络腮胡子，慢慢地向我们讲述起来。

说起苗家人"游方"，其意就是"约会"，是苗家先人们独自创造的文化成果。通常在农闲季节、传统节日、办喜事和赶场天，就能见苗家青年男女们邀邀约约，在一起游方。

而他们游方，有专门的"游方场"或"游方坡"。几个寨子的中心地点、村庄前后左右平缓的坝里，比如：草坪、风雨桥、大树旁、小路边、河岸等，具备离路不太近，也不太远，能避开人但又得让人看见，便是理想的游方场。这些地方一是开阔，二是场面相对要大，三是有相对的隐秘性。游方地点的选择，与苗家人世代生息培育出的旷达与坦诚很是契合。

如今，在黔东南、黔南苗族中，青年男女要搞社交和娱乐活动，他们仍然沿袭这种游方形式。通过游方，结识朋友、物色对象或倾吐爱情选择伴侣。为此，苗家儿女选择爱人和选择婚姻的方式都遵从着自由和开放的属性。所以，有些青年才俊为了选择到一个称心如意的终身伴侣，他们不惜翻山越岭去百里外的村寨"游方"。

　　游方时，按照特定的时间和地点，开启对歌场面。对歌一般按求面歌、见面歌、赞美歌、求爱歌几个场景开启，依情感的深入逐步地发展。

　　来到游方地，平常素不相识的男女青年，他们毫无拘束地公开或秘密地、集体或个别地进行摆谈、对唱。他们对歌时，对歌的要求也不拘一格，见什么唱什么，但又遵循着自律的规则，有着严格的礼仪与讲究。由于异性相吸是人的一种天性，在游方过程中，青年男女们去掉了平时的羞涩和拘束，不粗俗，不卑亢，欢快而又祥和，让真情得到随意表达。

"游方"的出现，就是苗家人世代追求婚姻自主，获取幸福生活的一种朴实愿望的表达。

后查阅资料，有《黄平州志》记载："为了青年男女社交，每一个苗寨都有供青年男女谈情说爱的'游方坡'或'游方坪'。节日一到，母亲为女儿做花衣，父亲存钱打首饰，把女儿打扮得漂漂亮亮地去游方。男青年往往主动到游方坡去游方，用吹口哨、木叶、夜箫、芦笙或唱山歌等信号邀请女青年出门（求面歌）。他们在游方坡见面后，小伙子十分礼貌地和姑娘打招呼，称赞姑娘的美貌，然后通过对山歌互相介绍。夜幕降临后，小伙子吹起芦笙，姑娘在芦笙的伴奏下翩翩起舞。舞步随着舞曲变换，进、退、回、旋，整齐而优美，多样而和谐。时而强健有力，时而轻盈舒缓。尤其在月光下，悠扬的芦笙伴着优美的舞姿，朦朦胧胧，像到了另一个天地，特别富有诗情画意和浪漫情怀。"

在苗族这个优秀的民族中，自古流传"会说话就会唱歌，会走路就会舞蹈"的溢美之述，所以，歌声是小伙表达求爱的重要信号。在苗家小伙中，为了能把姑娘吸引出来跟自己约会，他们首先要学会唱歌和唱和的技巧，而在苗家人的认识里，又把小伙们掌握苗歌的多少视为能力的大小。

故，苗族青年男女的恋爱一开始便用舞蹈和歌声来做伴。

试想，某一喜庆日子，千户苗寨沉在万般的热闹与温情里，男女老少笑脸以对，寨中那个空旷的广场里，人们庆祝的余音还未散去，而激情荡漾的男女青年，等不及结束的号角吹响，只听一阵邀约的口哨，没有出嫁的姑娘，心像蚂蚁在搔痒，偷偷地，悄悄地，躲过家里人，转过身便无影无踪，不一会，一群男女青年就聚集在游方坡上……

等到，天已沉入暮色，他们的激情与爱慕还未表达完全。夜散不尽他们心中的倾慕，只有烧旺火塘，围着火光继续对唱。当赞美、抒发爱恋的情意表达尽，姑娘芳心早已倾出，这时的天已有些亮意。此时，天做证，地做媒的美好愿望业已实现，而此时的空气与山峦中到处流淌着纯真与浪漫。

从此，小伙一有空就邀约姑娘游方，他们唱了山歌唱情歌，唱了青山唱绿水，唱尽了山山水水，绵绵情意，彼此也已了解到深入。选择一个尚好的日子，小伙子备着礼物到女方家中走访，正式地拜见未来的岳父母。准岳父母杀鸡宰羊，取出美酒款待。晚上男女二人又对着唱，歌声情深意切，即景生情，现编现唱，随口即来，订立婚约，交换信物，一生的幸福生活，从此有了眉目。

真真切切，和和美美，你情我也浓的情景过后，一段美好的姻缘就此牵定。

三

自古英雄辈杰出。

苗家人的婚恋观这般"自由"，难以受"父母之命，媒妁之言"以及等级、男尊女卑等众多封建思想的约束，有着直接，勇敢的表达与要求。尽管，在苗家儿女正式成亲之前，还受着别的禁忌的制约，可单从游方来选择婚育对象这一世象之中，与今天我们所倡导的婚姻自主的婚育制度有着异曲同工之妙。

再要追宗溯源，众所周知，苗族是一个历史悠久的民族，他们历经数千年漫长的迁徙，不断地寻求着安身立命之地。一旦他们找到栖息的家园，筑起吊脚楼，就此安定居住下来，围着火塘喝酒歌舞，怀着感恩的心与乐观善良的心境，他们感天谢地，珍爱与拥有，由此快快乐乐地生活。

蚩尤的威名，他的英勇与顽强，被世代苗家人崇拜和敬仰。身上流着蚩尤血脉的后裔们，崇拜着战神那光辉而英勇的发自骨髓的优良品格，他们一代又一代地受益传教。如今，在美好的和平岁月里，没有战争的纷扰，没有不安定因素的困惑，他们不计前嫌，抛却生活曾经的不公，淡定而从容，快乐而豁达。

当外界很喧嚣很浮华时，他们却平静而满足地过着自己原生态的素朴生活。

大山赋予他们品格，赋予他们聪明的才智，自顾自地改造着自然，改善着人居，吊脚楼，美人靠，弓箭与围猎，劳作耕种与星相制定……那些影响着人类，给予人类无限福祉的发明与创造，随事实不断被传扬身世慢慢被证实，从此这个多彩的民族被推波助澜上人类三大始祖后裔的神圣殿堂。

于是，他们更加激情地歌唱，他们用歌唱来锄地，用歌唱来收获，用歌唱来创造和发明，用歌唱来祭祀祖宗神灵，用歌唱来谈情也说爱，他们的生活，一天也离不开歌唱。唱山，唱水，唱树，唱神，唱父唱母，唱兄弟也唱姐妹，唱爱人，也唱人世间的欢欢喜喜悲悲切切。

在过去很长时间里，当外界的俊男俏女被封建制度的包办婚姻束缚得困苦不堪，他们却在游方的歌声里，不折不扣地用美妙的歌声寻找到自己终身伴侣，从此开始幸福美妙的人生旅途。

人是自然界的主宰，而婚嫁这个传承人类繁衍后代的重要途径，却是用歌唱来获取。

你说，这个民族怎少得了歌唱？

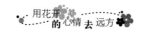

四

有了这样的认识，历时两天的苗寨游走，总带着羡慕与探究，与苗族兄弟姐妹一起载歌载舞，喝过他们亲手酿制的米酒，吃过他们蒸煮的各种美食和老腊肉，望着美人靠上休憩的男女老幼，瞻仰过苗族文化展览馆，感想多多，受益多多。

历史的锤音敲响，走过艰辛走过尘世的先人们，创造出无数烙着人间烟火的文明密码，当真相有一天被慢慢解开，那些沉睡的弥足珍贵的辉煌，一定会闪耀着后世人们的双眼。

如今，藏于深闺的黔西南民族自治地区的西江千户苗寨，正是拥有如游方这样贴近生活，有着人们喜闻乐见的浓郁生活情趣的文化遗存，让浮世中的我们跋山涉水地来探索着，感染着这里干净而纯朴的民风，融合到欢快与温情的氛围中，内心，难免不升腾起情深深意切切的敬佩与爱恋。

于是，有个声音在喷涌：苗家儿女，吊脚楼下游方如何？

"淑芳园"的刀刻手

　　温润贤良又美好清丽，如此来形容一个女子，尤其是少女，那么，古代那大家闺秀，豪门千金的形象是不是跃然而出。再，如果这女子，端坐于书声琅琅的教室，读书，写字，听歌，蕴涵着一卷诗意简静素雅，那你又会觉得是怎样的女子？会不会是暗香浮动，韵味无穷的书香女子？

　　具善良的品质，灵动而隽秀，定是人们喜爱的淑女；具才情，有思想，否则何来芬芳的气息。

　　这样的气息，流淌于整个校园的空气里，在楼道，在走廊，在操场和饭堂，在花前月下，更是把那栋粉红墙体的女生宿舍楼给炫目起来。

　　这栋楼，往来皆简静的书香女子，于是，校方为给他们一个贴切又恰当的定位，曰"淑芳园"。

　　800 女子中，具才情者众，但有那么三五几人，闲暇时，摒却浮华的诱惑，抛却花俏的穿戴，一身素装，沉稳而坚定地坐在"石雕石刻工坊"里，全神贯注地作着"低头一族"，她们手里摆弄的不是智能的手机，不是 ipad 那高端大气上档次的消费品，没有微信的惊扰，没有网购网聊的欢畅，吸引她们眼球的，是一块生硬又不会说话的石头。

尽管，粗糙，冰凉，不具思想与灵魂，而兰心蕙质的她们，却慢慢地用自己思想与心灵去感染它，融化它，改变它，石头，终是敌不过强大而虔诚的攻势，慢慢败下阵来，没有了生硬，没有了冰凉，没有了粗硬和糙手的不适感，它们变得光滑，细腻，湿润，变得美好而深刻，不多时，人世间，又会产生出一尊尊具庄重古朴，又不失石头的粗犷豪放的石雕石像来，于是，具闲情逸致的世间人，给她们雕琢的石像，取了一个比 ipad 更高端大气上档次的名号——石雕工艺品。

既为工艺品，便是文化与思想和谐统一的整体，与之前不会说话的生硬相比，它们有了品质，有了会说话的嘴，有了世间万物的生命与光彩。

走进她们，走进她们正潜心雕琢的身旁，一个宏大又宽敞的作坊，一些成品半成品及粗糙的石头，以及众多精致而美妙的石雕工艺品，分门别类，学生的，教师的，大师的，获奖的，参赛的，展览的……让人直觉，这是一个培养艺术接班人的殿堂，甚至更会让人错觉是否走进了一所工艺美术高等院校？其实，你走进的不过是一所职业技术学校！

那么，如此精湛的雕刻工艺美术室，一所中等职业技术学校却能拥有，这得益于，生养她们的土地。

我们深知：艺术，必须扎根于土地。

这所职业技术学校所根植的重庆市大足区，面积广阔，有 1436 平方公里，有着辉煌而厚重的文化历史，1254 个年头，已将一幅壮丽的蓝图描绘得丰腴饱满，"大千大足，福满人间"这样的称呼与定位赋予着这片土地一些坚实而笃定的称谓——海棠香国，千年佛都，石刻之乡。

如果，你有时间，走一走"龙岗山，宝顶山，南山，石篆山，石门山"这些代表大足世界文化遗产最高水准的摩崖造像，不仅能感受到石雕文化、儒释道三教合一思想的光辉闪耀，还能清晰地听到，千年前工匠手中击出的那声巨响，于是，轰隆隆的响声之后，有种锤子钢钎锉刀敲击石头的悦耳清声，一声一声，一锤一锤，敲击千年，持续千年，默默地敲，轻轻地击，滋养，补给，给这座历史文化名城注入一股生机与活力。

生机和活力是这座城市的骄傲，是这座城市人们争相传颂和继承的法宝，像血脉，像曙光，不断地为这座千年古城浇铸着新鲜而生生不息的生命能量。

能量的再现，便是今天我们看到的，在这片土地上成长起来的，无数的石雕工艺美术创造者，一代又一代，他们用现代工艺美术的雕琢水平，辅以传统工艺造像的技艺，展示出大足石雕文化这一"非物质文化遗产"的思想与光芒。

尽管，没有高等学府的入驻，没有全日制工艺美术教育机构，石雕技艺，石刻文化，传承和发扬，何以如火如荼？

　　职业技术教育机构，民间工艺美术大师，责任和担当，他们勇敢地挑在肩上。于是，不用千山万水去学习，不去高等学府请名教，扎根自己的土地，选人用人，传帮带，一套健全的培养石雕技艺的机制应运而生。职业教育办出特色，并非水中之月镜中之花那样遥不可及，将自己土地的历史文化挖掘发扬出来，所有的理想便唾手可得。

　　很快，在这个职业技术教育中心，有那么一处僻静之地，"石雕石像工作坊"独树一帜地存在那里，因了她的争气，披棘斩棘，走出大足，走出重庆，走向全中国职业技术教育的舞台去展示，她的母亲，已入列全国重点职业技术教育机构。

　　无数的殊荣之后，再来看这个工作坊里的书香女子，人不需多，只三五便可，否则何谈凤毛麟角，出类拔萃？

　　无数的日夜，她们沉静地浅唱灵魂深处孤寂的歌，一锤，一锉，一刀，细腻，深邃，在雕刻中得到融合和升华。

　　所谓"腹有诗书气自华"，雕琢的女子，是实实在在懂得在生硬的石头中释放心灵的书香女子。

　　这样简静的女子，即便素颜朝天，即或静默不言，依然有芳香脱俗的气质美感。

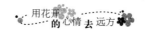

流失的快乐与忧伤

周日，我应邀赴潼南参观"菜花节"。出城，心情与此日的阳光一般灿烂，两旁的风景也像插上翅膀，快乐无比，霎时从车窗飘逸来，又愉悦地逐风而去。

目光盯着车窗外，始终没离开飞逝的一景一物。心也随出城、上高速、进二级路而兴奋，而喜悦，进而郁闷与沉思。三月，的确是阳光明媚和春暖花开，可与想象和记忆中的乡间有了些差异和失落。脑子里，就努力地搜寻想要找到的风景，想来想去，到底也说不出哪里不好，总之有些怅然。

记忆中，在这三月芳菲时节，天和着地，高远深邃；麦苗和着金灿灿的油菜花，装点着春寒料峭的原野，盎然又生机；胡豆苗夹杂着如眼睛抑或如星星的胡豆花，与乡间的玩童和冬水田里成块的爆芽秧苗，一幅人勤春早的田园风光景象素朴又美妙。如果有微风，眺望着远处的桃粉李白，轻轻摇曳着，婀娜着，一颦一笑，别提有多烂漫。

眼前的乡野，虽然强烈烙刻着时代发展的成果，一幢又一幢楼房矗立起来，乡间道路又宽又顺畅，但却有几分生硬又寂寞地呆立于乡野之中，仿佛用刀雕琢和嵌套进去，着实少了些生气与灵性。

如今的乡间，缺少些熟悉的风景了。

　　大片的田野仍在，只是略显荒芜和苍凉。儿时规整的稻田如今都显几分破败地散落在毫无生气的原野中。田埂上熟悉又亲切的胡豆苗早已被杂乱又丛生的荒草所取代，田块与田块间的背坎少了青与绿和那淡雅的香气，满目粗放耕种和萧瑟。山坡上的旱地，土埂垮塌，土块与土块间明显的界线也被荒草掩埋，已分不出哪块地是哪块，混然一片，枯败荒废。偶在几处有沙粒的薄薄土地间才露出土壤的原色，即或是新冒的嫩草，在那齐人高的枯与黄的掩映下，也难得伸长腰身和脖颈，隐隐约约又瑟瑟缩缩展示不出头颅来。

　　这原野上本该有的姿色远去了。

　　那时，正值此节，小麦，燕麦，油菜花，眨着眼睛的胡豆苗以及各种春天繁荣的菜蔬都在粉墨登场。勤劳的庄稼人，将田块和旱地分片分块地包装好，就着春天的阳光，充当着大自然勤劳的手艺人，绘出一张张五彩斑斓的画卷。那些青翠的苗秆，远远看去，翠绿且张扬，摇摆着纤柔的细腰，将乡间舒展又生气起来，把料峭的春寒轻轻地驱赶，送来丝丝缕缕绿的滋润，绿的生机。轻寒才隐，孩童也该闪亮登场，山坡上，麦苗地，胡豆田，油菜间，背着背篓，手拿镰刀，邀三约四，嬉笑怒骂，追逐打闹，将天真和快乐释放出来，尽情地享受着大自然的馈赠，幸福着乡间孩子的幸福，忘记了烦忧和温饱，只把活力彻底地绽放。如果哪天，在一人的挑唆下，顽皮的我们，将正在怀孕的麦秸剥离出来，压根不顾它的哀鸣与痛苦，果断将其掐断，飞快地撕去含着泪水的幼嫩麦穗，再三下五除二把外面的包皮对折，一个简易的麦笛已出现在手间。如果一个不成功，再剥，再撕，再折，无数的麦秸尸首不全地躺在脚下，也熟视无睹。记忆中，能吹出和谐曲调的麦笛微乎其微，也从未好好总结过经验教训，也就没有收敛与怜悯，该掐的仍掐，该撕的继续着撕，只是我们快乐了不少。

　　现在，这些荒芜的旱地似乎在控诉我们当年的无知和残暴，就那么荒凉起来，任凭枯草和干枝爬上身也不闹，誓与人们抗争，反击。眼前，成片的青翠悄无声息地随时光退去，只留下稀稀拉拉的几点青菜。麦苗呢，好想找到它们的身影，一是想对当年的无知赔个礼，道个歉；再有就是真想再做一做那既不容易成功但实在不忍放弃的麦笛。或许现在懂得了欣赏与鉴别，懂得了珍惜与保留，说不定一下还可成功呢，还能吹出一首和谐美妙的音符来。

　　同样该是胡豆花开的季节，那时我们还会寻着幽幽的香气，把忽闪着晶亮眼睛的胡豆花掐出来，剥去花瓣抽出花蕊，送至嘴里慢慢地咀嚼，获取少量似有似无但能慰藉我们心灵的一丁点糖分，满足饥饿状态下胃肠蠕动的需要。嚼得多了，饥饿也便消失，得到片刻的欣慰和满足，于是便追逐着胡豆苗延伸的方向而寻觅起"马耳朵",并以此作为游戏双方的一种砝码来炫耀与嬉闹,寻找着本真而质朴的快乐。

如今这些快乐都已远去,刻骨铭心的饥饿也随物质生活的丰富而消融,至于满足,快乐与忧愁,也随时光流逝而改变,唯有让人娇艳和欣赏的油菜花被人刻意地保留着。

没有麦苗的踪影,也不见胡豆花的晶莹,那些在风中摇曳的油菜花尽管也遍地绽放,可少了些盎然与乐趣。有些刻意被修饰着,刻意地显露着黄。尽管烂漫,却有些着急火燎的抢眼,刺目、眩晕,本是黄与绿相映成趣,相得益彰的表现。可如今,没有陪伴的油菜花,失去了与之相携相惜的麦苗和花瓣,只孤零零地张扬,孤单地面对厌倦城市水泥森林的眼眸和摄像机镜头,很有些机械、生涩和夸张。

时代在变,一切也跟着发展,农家人的生活和耕作也在变。传统的农耕文明中,油菜花本是农人粮油作物成长过程中一次怀孕授粉的彰显,它淳朴,天然,不作任何的修饰与雕琢,自然而开,自然而绽,汲取着山野的灵气,清丽淡雅,飘逸出大自然的芳华,如今却被多事的人任意摆弄,强制地推上舞台。这黄,炫目刺眼。

菜花节继续着,我的寻觅也继续着。是不是当年的顽童都已成人,乡野全然没了他们的踪影。想起那背着背篼的小身影,那打着赤脚、嬉耍跳跃又追着哥哥脚跟直说"不"的小妹妹,都已成人了吗?

看到有几间红砖预制板楼房,里面传出嘻嘻哈哈吵吵闹闹的声响。静神一听,貌似游戏场,无数的孩子玩兴正起,其乐融融,原来乡野已不是现代孩子的快乐场。今日的乡村,如何与外界接轨、与城市接轨,孩子可是地地道道的行家里手。

哦,我们的乡村,已有的清幽与素朴,也随时光流逝而悠远。

尽管,惊蛰已去数天,川渝的播种稍晚,在远处的田间,依稀只见佝偻的身影,一挪一伸,动作机械、缓慢,略寒的春水与僵硬的躯体映在原野。呜呼,悲悯,不安,熟悉了这场景的我们,唯愿:耕作的快乐能如儿时那般醇厚和甘甜。

第五辑　景之远

　　远方，那里有诗，有画，有讲不完的故事，有浪漫的情怀。冬季漫长而寒冷，积雪融化，春水微漾。清风一拂，万物苏醒，柳枝添绿，枯枝发芽。春天来了，花枝招展的，似恋人多情的眸子，也似满地撒落的诗行。四季更迭，美幻轮回复始，温暖了人心，美艳了双眼，于是，收拾行装，以花开的心情去远方……

走进西安

晚 7 点，飞机准点降落咸阳国际机场。手续办好后，跟随导游急促的脚步，很快走出机场大厅。

让人无限向往的关中平原，就在略显寒气的晚风中，送进我们的视野。

到达目的地，兴奋实难平复。从小从历史课本上知晓的长安大街，此时就在闪烁的霓虹灯下，出现在面前。来不及休整和洗漱，呼唤几个伙伴，投入古城夜色之中。

古朴而凝重的西安，不知埋藏着多少故事和芳华，他如一个学富五车的老者，迈着缓缓步伐，从十三朝古都的辉煌里，从世界第一城市的骄傲中走来。

徜徉大街小巷，仿佛穿过时空隧道，触摸到几千年文明发展的脉搏，让人心旷神怡，无法忘返。这块古老的土地，历史老人镌刻着无数辉煌与神奇。众多王朝的建立，造就了眼前这座城市永恒的魅力。走近它，犹如翻阅一部活的历史画卷，一页页呈现于前，秦砖汉瓦，暮鼓晨钟，皇宫陵墓，兵马俑，唐三彩如影像机放映，出现脑海。置身于夜色笼罩下的古城，感受着这里远传厚积的人文氛围，让人惊叹它的精深与博大，让人折服它的厚重与沉稳，顿觉它的伟大与辉煌，不得不惊叹中国历史文化这块"芯片"的博大精深与源远流长。"一座城就是一个民族的历史"确实不虚夸。

入住"房地大酒店"，走上9楼观景台。夜更静更沉，远处的古城墙更显古朴与静谧，灰蒙的色调，凝滞的古韵，沉稳与阳刚的男性霸气突显而出。是啊，一座积淀着深厚帝王之气的古都，就那么一览无余地伸展在脚下，延伸在你面前，顿有豪迈壮志凌云之快感。一方水土养一方人，长安街上的人们被大河文化及黄土地孕育出豪放、果敢的情怀，有着大碗喝酒，大块吃肉的豪爽与粗犷。聆听着时而深沉哀婉、时而刚健有力的秦腔，传递出一种人性的粗砺与沧桑，一一向世人叙说着它的多彩与华章。

临潼，于西安东北30公里，这里有"世界第八大奇迹"称颂的秦兵马俑。

面对数目巨大，神态各异的陶俑，一种无法抑制的惊讶、沉迷、陶醉、感动应运而生，它是"陕西之魂"，"中国之魂"的历史再现。也是外国元首称道的：来到这里才算到过中国的神奇地方。看着如此众多的兵马俑，你定会想象世界上再也不会有那么一个地方站着这么多士兵等待着你，而且一等就是几千年。心情会怡然自得，豁然开朗，迫切地催促着你想尽情领略其庐山真面。

陶俑，秦时代留给后世人们的珍宝，每一具俑，便是一个活的历史教科书，他们的音容笑貌，举手投足，都是研究先古文明的活字印刷。站在这里，就仿佛站在了历史的面前，站在了秦时代的面前。再看，每一具陶俑形象那样逼真生动，比例匀称准确。根据其身份和等级的不同，其服饰、冠带、神态身姿也不相同；面部表情，千人千面，互不雷同，既有老练深沉，久经沙场的中年将士，也有憨厚质朴，满脸稚气的翩翩少年；那塑造手法之精、刻画人物形象之细，无不让人交口称赞，从手掌纹路的脉络走向，十指灵动与弯曲，额上抬头纹的粗细、深浅，眼睑的单双，穿在脚上千层底的针脚线眼大小无不清晰可见；再看头发、胡须、衣带，还有嘴角的那一丝或怒或笑的细微表情，都那么深刻而细腻地被刻画得惟妙惟肖、栩栩如生，仿佛给人感觉你面对的不是陶俑，而是被人施了魔法而僵硬的远古将士，而你就是那沙场点兵的将帅，一种既骄傲又自豪之感涌上心间。

向西安西行85公里，乾陵，这个世界上唯一一座两帝王合葬的陵墓，其伫立于梁山之上，有山之灵气，蕴藏地之精华。以山为陵，形具圆锥，规模宏大，气势雄伟，唐高宗李治与一代女皇武则天安放于此。这里与西安众多的古代帝王陵墓一样，极大限度地显示出这块土地的厚重与旷远。朱雀门外的众多雕刻、陪葬墓里技艺精湛的壁画以及数不尽的出土文物，都表明着这里曾经有数不尽的神奇与灿烂。

仰望无字墓碑，一代女皇从盛唐跋涉而来，她的光辉业绩，岂是一通无字碑所能表述，这通碑牌的屹立，它向世人道出，谁说"女子不如男"。

来到博物馆，瞻仰着近年的考古发现，令人目不暇接。蓝田玉化石，半坡与姜寨的仰韶文化遗址，精美璀璨的西周青铜器、玉器、雄壮奇绝的秦皇兵马俑坑，法门寺塔基佛指舍利和精致绝妙的金银器，绚丽多姿的唐三彩、雄浑壮美的陵墓石雕……数不尽的文化珍宝，道不尽的神奇美丽，一件件艺术精品，让人眼花缭乱，难怪：深厚历史文化积淀与浩瀚的文物古迹遗存使西安这"天然博物馆"得以名扬四海。

再走走老城墙，转转钟鼓楼，望望大雁塔，逛逛回民一条街，把自己彻底置身于西安，学着西北人的粗犷与豪迈。喝碗老孙家的羊肉泡馍，再尝尝老马家的甑糕王，咬一块刘家烧鸡，再择一路边小店，点三两盘菜，来碗裤带面，用大碗喝着酒，大块地吃着肉，一下就觉出自己是地道的西北汉。

古老的西安，我想认认真真来表述你，但却难以实现。唯有怀着依恋的步履，回味着古城厚重的古韵，嗅着现代文明的气息，心中呢喃：西安我会再来！

穿越·天山神秘大峡谷

　　从库车县城北面出发，前行 70 公里，群山环围，峡谷纵横。在宽阔的河谷地带，河床抬高又拉伸地呈现，再看那沟壑密布的河岸，让人很清楚明白，天山雪水，仍一如既往地浇注于这里，才创造出如此深厚的痕迹来。

　　只是此为盛夏时节，太阳光的强度与天山的积雪之间，在唱着一台不肯落幕的二人台，让河里的流水，正处于枯竭的边缘。周边没有什么植被的遮挡，盛夏炽热阳光毫无顾忌地直射而来，碰撞在山体与河谷中的焦石和沙砾上，泛出赤裸裸的猩红抑或焦黄，热浪腾地从脏腑直向全身漫射出来。时值午后两点，40 度的高温，酷热，烦躁，身体的气韵早被汗水和焦躁消磨殆尽，无力地反射出一种倦怠和慵懒，动弹不得，此时人已经有些受不了这般夺命似的虐待。

　　想与不想，去与不去都在一念之间。但随即又被一种气势与神韵吸引，于是强打精神，走出车门，随懒散的人群来到峡谷谷口。待临近峡谷之时，一股逼仄而幽深的气息却穿透山体的燥热迎面扑来，瞬间抓住心灵深处想探秘的那股神经，极其振奋地在心底发出一声呼喊："神秘的大峡谷，我来啦！"

　　站立谷口眺望，周围紫褐色的断层岩面层峦叠嶂地包围过来，山形凝重而高远，有倾泻直压头顶之势，感受到一种威力与能量，此时"雄伟、逶迤、气势磅

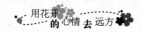

礴与神秘莫测"等一堆形容词一下涌现脑海，将身体的慵懒与散漫驱除干净，精气神立即回现，全神贯注，认真探寻的思想已成最想表达的情怀。尤其是若欧式建筑的断石岩面一层重叠一层，一层高过一层，向上攀援，向高处行进，最终悬挂在群重的山林间，陡峭如刀削，高耸似泰山之势，磅礴、大气、伟岸与力量之美一股脑儿地彰显。此时，真觉出自然是多么奇妙，多么神秘而高远，像只巧夺天工的神手，把地物雕琢得如此精湛，人融入其中，便渺小低矮得可爱。

"无山不成谷，峰奇谷更幽"，那么，此地，能给人一种从未有过的曼妙感受吗？

耸立与伟岸，神秘与好奇，牵引着前行的步伐，便有了必须进去的强烈反响。

初看谷里，巍峨的山势将峡谷挤压成罅隙，一股神秘之气从内而出，幽静和清凉瞬间摄人心魄。踏进峡谷，谷口却十分开阔，给人畅达的快感，同时因两侧山峰的笔直和奇异，极有兴致地挑起思想中幻化的镜像来。看远近的山体，一会儿有了神兽，一会儿有了飞鸟，一会儿穿越千古的奇绝生物又现眼前，思想跟随山形的雕塑而变换，而欢笑，而畅快，而精神百倍，山谷间浮现出无数快乐的笑脸。

慢慢前行，至深谷之中却峰回路转，时而宽阔，时而狭路相逢，时而两峰相遇一线天。这时，阴气与潮湿，隐秘与幽暗同时出现，先前的爽快转而变成一时的凝重与试探，担忧和退缩又一并涌现，进与不进，又在脑海中呈现。但不服输，不服软的硬劲上来，逼迫着自己仍要向前！向前！继续向前！哪怕前面是艰难万险，探寻的脚步终也不会停下来！

带着这样的思想，穿过口袋似的谷口，又经过逼仄的一线天，脚下步步为险，腿上时时打战，探险般的前行过后，人体力耗尽，疲惫不堪，但很快，面前露出宽广的谷底来，一下涌出极度的快感。

又到宽阔处，整个谷底平坦曲折，细沙遍布，两边悬崖绝壁，奇峰异石，辗转迂回。底下又时而细沙绵绵，时而流水潺潺，峡谷的奇、幽、险、峻、雄无不展现。踩踏谷底，脚板与谷底的细沙抑或沙砾亲密接触之后，发出细碎的亲吻声响，便向深里融合，于是更有了一种向往，便产生出跋涉者经历艰险后突遇美景的自豪与喜悦之感。

的确，当冒着酷热在峡谷中穿行、驻足、仰望、遐思之后，会为峡谷的美妙幽境而感染，试想在1.4亿年前那场惊天动地的运动过程里，山体是经受着怎样的曲折艰难，万物受着怎样的虐待？它们的疼与苦，有谁知晓，谁来认同，但经受过剧烈痛苦的山体却没有忘记世人，依旧呈现得如此精彩。

自然与人类一样，"不雕不成器，不琢难成才"。

故，亿万年的风剥雨蚀，洪流冲刷，像无数刀削剑刮，也如无数的笔画锋磨，使其成形成物，入诗成画，形成纵横交错，层叠有序的垄脊与沟槽，远看便有了如诗如画，精彩绝伦，我们才冠以"布达拉"，"仙天琼阁"，"火烈鸟"……如此，美景与痛苦并存着，精妙与磅礴孪生着。生，便如夏花，死亦如英雄，才创造出惟妙惟肖，神韵万端的"天山神秘大峡谷"。

千佛洞，一个与峡谷媲美的人造奇观，诞生于1000多年前大唐盛世之间。古丝绸之路，商运往来，客来客往，商贾和文人墨客络绎不绝地从峡谷外围经过。因文化的繁荣，盛世的和谐，有"好事"之人便选定一处距离谷口35米高的悬崖峭壁上，凿洞，挖掘，便有了一个神奇的洞穴，再施展丹青妙手之神笔，描摹，绘画，雕刻，书写，将佛教与佛教理论显于造像与碑记里，于是，给后世人们留下宝贵而神圣的艺术篇章。他们，堪比亿万年前的地壳运动，有着神奇的能量与魔力。我想，无论是地壳运动或者是人类的刻意所为，威力与能力总是留给后人的礼赞。

2.5公里的探寻在欢呼，惊叹，赞美，默许中穿越而逝，先前的倦怠早不见影迹，激动和意犹未尽占据着心房，敢于克服困难和不曾放弃的思想很快替换成一种成就感。此时想与不想都不重要，重要的是峡谷中美景全摄入眼眸之间。虽然命名的景点太多，不能全记清它们的真情真景，但却刻骨铭心地记得"神犬守谷、旋天古堡、显灵洞、玉女泉、卧驼峰"等，它们用一种灵魂与思想牵引着世人，丰富了无数摄影家的镜头和人们的眼球，这不能不说是大自然神奇的魅力显示出的成果。突然间有一种畅想：大自然真不愧是人类史上的丹青妙手。

在峡谷中穿行一个半小时，时间短暂，精彩不断，可形成这些美景的亿万年时空更是长路漫漫。穿越大峡谷，仿佛也穿越历史的时空，感受到历史的踪迹。峡谷的韵味总在盘旋，亿万年前的山体运动也仿佛在眼前，力量之美，能量再现，也正是人类不断向前的激励所在。

人，疲惫尽显，心，却亢奋异常。出得谷口，回望"天山大峡谷"红褐色的山体一重一重直插云霄，在阳光直射下，此时，犹如照亮世人前进的一簇簇火焰……

圆梦西双版纳

这个梦，一直在做。

甚至想，自己能有双翅膀，飞向那遥远的地方。

对西双版纳的期许，缘于她的风情：热带雨林风光，氤氲着湿气；原始的植被，隐藏着亭亭玉立的槟榔，张扬着婆娑的椰枝，伫立着翠绿的油棕；在古朴的竹楼里，演绎着绝妙万千的傣民族文化；还有傣家少女婀娜、柔美的舞姿……一切都令人遐思和沉醉。终于，在新年的爆竹声里，带着对版纳无限的畅想，走进她的怀抱。

清新与神秘的"西双版纳"

夜里10点，飞机降落在空荡的停机坪，瞬时倍感清幽。伴随人流走出机场大厅，接机人群中一个中等个儿、身着筒裙的女子漫入双眸，导游，傣家女孩？心中掠过一丝清新美好的情愫，依稀感到了版纳的风情，不免问自己：版纳，我来到你身旁了吗？

夜很幽静，带着异域风情的曼妙，从四围向我们袭来，挑逗出所有人的兴致和喜悦，人们都目不转睛地盯着两旁的风景。我们向版纳州政府所在地——景洪市行进，借着汽车发出的微弱亮光，可见沿途两旁青翠的油棕榈，高挑的椰子树，如茵的草坪，简单而古朴的竹楼……无不透出淡淡的神秘和古老的南国神韵，嗅着这恬静气息，心随之飘飞，梦幻之旅随之荡漾……

快乐的"猫多丽"与"少多丽"

伴着版纳旖旎迷人的自然风光，也赋予男人和女人一个多情的名字——"猫多丽"和"少多丽"。"猫"指男性，"少"言女性；"多丽"为多姿多彩，意为美丽动人的；"少多丽"就代表美丽活泼的姑娘，"猫多丽"即阳光率性的男士，引申为勇敢而坚强、富有魅力的男子。在版纳，无论男女老幼，陌生人之间称呼就这俩。踏上这片热土，也入乡随俗起来，身和心融入其中，便也摇身变作了一位"少多丽"。导游的声音刚落下，车内便交合着大家开心的笑语，"少多丽"和"猫多丽"的话语混杂在汽车行进的声响，简直就是一曲合奏的交响曲，那么融洽、和谐、逗趣。"重庆十二团开心之旅"的名号也新鲜出炉，伴着12位少多丽和猫多丽的悠游之梦，在未来的四天行程中将在版纳的辽阔大地飘逸起来。

美丽的橄榄坝和多情的傣家人

第二日清早，我们向橄榄坝前行。沿途可见二十世纪六七十年代知识青年们栽种的橡胶林，此时树枝高大茂盛，一个个割胶工人，正虔诚地施展着割胶工具，收获着他们的希望。看他们劳作的身影，心中不免赞叹这些知识青年们，是他们把自己的青春和热血埋藏在这里，把文明的火种引向了这里，才有了今天这生机盎然的动人画面。

橄榄坝，这个傣家人聚居的村寨，澜沧江的精华所在。看傣家的生活习俗，参民族宗教信仰，观浓郁的热带雨林风光，体验"泼水节"的欢快，就在这美丽的地方。

极目远眺，青和绿充盈人的双眸，造型典雅别致的傣家干栏式竹楼，一家一幢。四周篱笆，房前屋后果树成林，繁花掩地，人与自然和谐相处，完美融合，仿佛人间仙境，世外桃源，令你感觉是走进了傣式花园别墅。

在橄榄坝，时时可见身着筒裙的傣家女子，从一幢幢竹楼里，肩挑竹箩，摇晃着纤细的腰身去赶摆（赶集）。游人在婀娜的傣家少女引伴下，缓缓走进不同的傣家竹楼做客，每人都严格遵从傣家的民俗，来个：一脱二摸三不看。一脱鞋，二摸屋内顶梁柱以祈求福寿安康，三不看傣家人卧室。游客均撇开民族、身份、信仰，把自己完全融入傣家人的纯情、朴实生活里，叫人身心无不清爽畅快。

居橄榄坝高处，嗅着家家户户竹楼前后散发出的水果香气，仰看槟榔、椰树的挺拔，观佛寺佛像和白塔，思天然鱼塘的奥妙，你定会惊叹眼前的风光旖旎如画。品着这秀美的景致，听导游娓娓讲述，把人的思绪带入电视剧《孽债》的传奇画面，浮现出当年的少多丽和猫多丽在这里发生的一个个凄美的爱情故事，使人不得不感慨：橄榄坝是美丽的，美丽的坝中人是多情的，知识青年们是多情的，遗留在这片热土上的许许多多"孽债"们更是多情的。

神秘的"热带植物园"如伊甸园

来到版纳的第三天，我们就游览富有"植物王国"之称的"中国科学院西双版纳热带植物园"。

该园坐落在勐腊县境内，是我国最大和保存生物种类最多的植物园。900公顷的面积，积淀出西双版纳热带雨林的精髓。植物园内绿树成荫，百花争艳，瓜果飘香；奇花异草，稀奇物种比比皆是；参天古木、千年老藤、毒草毒花、神奇药材随处可见；越南、老挝、柬埔寨等国国花招手含笑。蔓椤萝的娇艳，腊肠树的奇特，见血封喉的直挺，酒瓶椰棕的逗趣，千年铁树王的稀奇，跳舞草的张扬，萝芙木、美登木等药材的名贵，香蕉、菠萝、芒果、蛋黄果等热带水果的诱人，橡胶、剑麻、油棕榈、咖啡等经济作物的闻名……无不显示自然气候赋予的灵韵，处处彰显南国植物王国的风采。在园内，还可看见党和国家领导人亲手栽种的珍稀树木，也可目睹植物园创建人蔡希陶教授生前种下并将自己骨灰埋藏其根的名贵树种——龙血树。

漫游园中，梦幻与奇丽总浮现眼前，一驻足，一抬眼，都能感受到热带雨林的气息与丰满，阳光的直射，绿林的葳蕤，藤蔓的飞扬跋扈，树木的高大怪异，花草果脯的诱人与芳香，土地的潮湿与温暖，仿佛在触摸自然的脉搏，嗅着大地的芳菲，一切都透露出葱郁与生机来，真正验证着"植物是绽放生命的源泉"的名言。

看着分布规整有序的棕榈园、榕树园、龙血树园、苏铁园、民族文化植物区、稀有濒危植物迁地保护区等众多的专属园，深知：自然与科学的融合，无疑就是现实版的神秘"伊甸园"。

梦幻般的"勐巴拉娜西超级歌舞秀"

白天的景点游让我们眼花缭乱，思绪飘飞，晚上丰富多彩的民俗文化和歌舞晚会让人留连忘返。

"勐巴拉娜西超级歌舞秀"是一台以版纳民族风情为题材的大型歌舞晚会，"勐巴拉娜西"意即"神奇美丽和谐的地方"。歌舞秀用超现代的舞台布景、三维数码、华丽服饰、柔美舞姿尽情演示版纳丰富多彩的民族民间文化。只有身临其境，才能体会出大型歌舞带给你的巨大震撼：时尚动感、民族特色、现代舞美……在一个华美的三维时空营造出令人震撼的声色盛宴。

"版纳神韵、孔雀吉祥、泼水欢歌、圣洁祝福和一江春水"五个场景，就是这片土地上五个华美的生命篇章。

等待大幕拉开，傣、布朗、哈尼、基诺、彝、苗等十多个世居少数民族的帅男靓女，他们衣着亮丽，激情满怀，或舞或歌，或器或乐，成双也成对，独舞也群舞，众唱也独唱，演绎着版纳的风情。一首歌，一段舞，一个场景，都在深情地表达：这里的山川，这里的历史，这里的文化，这里人民的勤劳与勇敢，这片土地所赋予的神奇与美丽。

歌舞展现到高潮，傣民族世世代代传唱的叙事长诗《召树屯》出现，这是歌舞晚会精华，也是整台晚会的点睛之作。

当布景中展现出神奇美丽的热带雨林时，走出一个俊朗帅气的男子，他是王子召树屯，阳光且激情，紧接着一个清丽俊俏的傣家女子娓娓而出，她是美丽的孔雀公主楠曼诺娜。他们在鲜花铺展的热带雨林相识，相知，再慢慢地相爱了。正当他们憧憬着美好未来，意欲结为百年之好时，世事却阻隔着他们，分离着他们，一场悲欢离合凄凄美美的爱情故事上演，于是，有了悲伤，有了叹息，有了不甘……

还沉浸于王子与公主凄美爱情故事中的观众们，被一阵激越的音乐声拉回到现实来。傣家"泼水节"，其欢快与喜悦，是傣民俗文化的魂魄。一个婀娜窈窕的傣家小仆哨肩挑水筒从舞台中款款走来，进入傣家人"泼水节"的欢快场面，舞台上空的雨丝真实地徐徐洒落，正惊叹舞台布景的真实引人入胜之时，观众席突然沸腾起来，只见坐在前排的观众惊慌失措地用遮挡物挡在头上，不免暗自窃笑！"唉呀……！"不好，背心怎么透凉，回头一看，身后的贵宾席上有人泼水，"妈呀！泼水节真实地呈现啦！"

紧接着那古代傣族王宫中的长甲舞、金刚舞、腊条舞在荡涤污垢、为人祈福……版纳千年的民俗民间文化，全在这台气势恢宏的歌舞秀中展现。

"孔雀、荷花、黑色"傣家三图腾的神韵自始至终贯穿于歌舞秀整场表演，也正是它们的永恒魅力伴随着傣家人的生生息息，体现着傣民族民俗文化的源远流长和博大精深，有着神奇与精深的艺术魅力。

"歌舞俘虏耳朵，舞蹈释放身体，节奏引导灵魂"，万般风情，全在超级歌舞秀"勐巴拉娜西"尽情展显。

激情的"澜沧江·湄公河之夜"

如果说"勐巴拉娜西"歌舞秀俘虏了你的灵魂，那又一台"澜沧江——湄公河之夜"篝火晚会，将会俘虏你的身和心。这台晚会在景洪市曼听公园内进行，这里原为傣王的后花园，后为全景开放的4A级旅游景点。

整台晚会分场外和场内两个部分进行。场内是展示西双版纳及澜沧江·湄公河流域各国民族"歌舞、风情、服饰"艺术为主的一台激情盛会；场外为篝火互动舞会。晚会独特的构思、精巧的编排，无不是彰显西双版纳这块浪漫温情的土地的动人画面，是旅游人夜间活动的一个灿烂亮点。

场内舞台为傣家建筑风格，开场鼓乐声骤起，傣家各种器乐交替尽显其长，音乐在各种器乐之间随之变奏，在听到由宽广深邃的傣族葫芦丝变成节击明快的木琴敲打乐时，那乐曲分明是在表现一种流水的节奏，表现那源远流长的"澜沧江·湄公河"。在音乐变奏的同时，舞台上延展出两条象征澜沧江·湄公河水的巨大彩带，在那友谊的寓意中，在那五彩的"江水"间，舞台中走出了一队队身着中、老、缅、泰、柬、越六国民族盛装的靓丽少女。少女们在优美的音乐中移形换步、漫舞弄影，舒秀姿、展笑眉，顿让人觉得是天上飞仙下凡来。

接下来是展示西双版纳各少数民族风情的舞蹈节目。在版纳有"会说话的就会唱歌，会走路的就会跳舞"的民间妙言，来到版纳就等于走进了歌舞的海洋。如孔雀舞、象脚鼓舞、烛光舞、哈尼舞、布朗舞、基诺舞、甩手舞等舞蹈无不展示着版纳人的轻曼舞姿。

月光如水、夜色朦胧。刚看完舞蹈表演的观众在雄浑悠远的铓锣声引导下，走向曼听公园古老的林中小道，成百上千游客手捧"烛光水灯"，静默地排成长队向河边蜿蜒前行。此时，空气停滞了流动，人们停止了呼吸，思想集中在手心，没有话语，只有颗颗跳动的心，没有鼓乐，却那么协调一致，唯脚下挪动那"沙沙"声响在告诉世人，这里将演绎一场盛大的祈福。夜色弥漫了人们的身姿，却无法遮挡烛光映照出的一张张祥和的脸庞。那种静默、那份虔诚、那份神圣，似乎对每一个捧着"烛光水灯"的人来说，都是一次心灵的洗礼和升华。

"烛光水灯"放完，人们的心愿和祝福也述完祷告完，宽阔的河面布满了星星点点，星光发散，将朦胧的夜色装点得斑斓璀璨，同时也装点出了一个灿烂的西双版纳之夜。

晚会的最后是场外篝火舞会。在公园大门正对着的周恩来总理纪念碑前，两堆熊熊燃烧的篝火蹿出高高的火焰，散发出浓烈的柴火气息。刚放完水灯的游人，被引入了篝火的热烈氛围之中，伴随着"傣族团结舞曲"和"云南三跺脚舞曲"的欢快节奏，游客们手拉手围着篝火飘然起舞。男的女的老的少的国内的国外的，会不会跳舞都无妨，无论是谁，都不愿放过这个释放热情的机会。火光中人们在尽情舞动，欢快洋溢在脸上，欢呼回荡在夜空。此时此刻月光是清淡的，篝火是熊熊的，围着篝火跳舞的人们热情是高涨的，人们抛开烦恼丢掉牵挂，以一个最真最纯的自我，无所顾忌地享受快乐、享受精彩、享受西双版纳这个梦幻般的、充满激情的、灿烂的"澜沧江——湄公河"之夜！

月光清淡，夜色沉沉。带着对"澜沧江——湄公河"流域灿烂文化的无限眷念，离开这美丽多情的地方。

新疆印象

原直飞新疆的打算被沿途扑朔迷离的自然景观打破，于是改乘火车经三天三夜一路跋涉到达目的地，感受这里的风土人情及自然景观的魅力。

踏进这片土地，倍觉气候干燥得让人窒息。原本还算滋润柔滑的肌肤没两日就水分尽失，很快起皱干涩，鼻梁开始干裂，两鼻孔的呼气频率明显加强。可空气中超低含量的水分子仍是让人干呛透不过气，喉咙也似被干哑，仿佛唾液在口腔中也难以打转，身体似有被蒸发成木乃伊的恐惧感。加之不适带来的口腔上火，嘴唇溃烂，整个人面目全非。为防干燥，强制地不断喝水，又为清热降火，也破例喝起本地产的"统一绿茶"，但这样的应对仍是徒劳。

习惯了风风火火的我们难以适应这里慢节奏的生活，总感觉新疆的人生活是慢悠悠地，与北京时间相差两小时的作息制也让人适应不了。上午 10 点上班，中午 2 点下班，下午 4 时至 8 时上班的作息制度，总将我们这样的外地人搞得无所适从。

初到这里时，要与相关单位谈合同的签订，由于不清楚这样的上班制度，没少走冤枉路。更为恼火的是太难掌握这里吃饭的规律，总是没有办法地把早餐与午餐拖至下午两三点才吃，至晚上九十点又才吃上晚饭，这样的折磨让体内本就储存不多的脂肪没几天就替补燃尽，剩下竹竿似的身躯，白白折腾掉 10 来斤肉，想起就心疼得牙痒痒。

但新疆有着 166 万平方公里的辽阔疆土，占着全国总面积的六分之一，其物产丰富，素有"瓜果之乡"的美誉。来到这里，有让人"不到新疆，不知中国有多大的"的强烈认识。无论站在何处，放眼一望，"壮阔"是最好的形容词。有时坐上整天的汽车，也难以见着冒炊烟的人家，视野里随处是冰雪消融后激流冲刷而成的干沟、石漠、小陡坎及远处连绵圆滑的秃山，它们构成一幅苍茫辽阔的灰黑画卷。有时会看见沿途茫茫戈壁，其光秃秃的表面和干涩的景况会让人悲怆得难以呼吸，壮阔之词逐渐隐退，苍凉一词重又浮现。遇上运气好，会邂逅大片的绿地，其总纵横交错，整齐划一被农作物覆盖，葡萄园、各种瓜果及泛着白花花棉球的棉田，这时你又会叹服新疆这瓜果之乡的美丽，脑子里立即会浮出"咱们新疆好地方"这首传唱已久的歌谣来。

说起新疆的好，这里的道路建设那算得上顶呱呱的了。新疆网状的交通脉络，依然是纵横交错延展开，高速路、国道、省道、乡村道遍地开花，许是地域广大而道路建设成本低廉才有的成就吧。总之，到了这里，放眼都是路，尽管在很多道路上运行的车辆极少，有时守候半天也见不着一辆公交或是机动车辆，但它们仍是那么坚强地守候着。

在新疆这片苍茫的大地上，孕育出 43 个具有不同民族风情的少数民族，其独特的民俗民间文化，博大精深，源远流长，这可说是新疆辽阔疆土永恒的魅力所在。无论是维吾尔族的善舞、喜歌，还是哈萨克族的多才多艺，以及其他优秀文化传承的各个少数民族的民俗文化，无疑是新疆这片辽阔土地上熠熠生辉的奇葩。乌鲁木齐市中心的"新疆国际大巴扎"（意即商贸中心），这里独具异域风情的建筑格局，独特的民间器乐弹唱和独具特色的地域物产，穿着各种民族服饰的世居少数民族，他们总悠然、热情地招呼着客人，热情地向客人兜售着自己的特产，热情地拉客人走向民俗文化表演场所，这时真有出使异域，辗转异国他乡的幻想。这里的人们，许是受大漠高远深厚所孕育，他们有着宽广深厚的情感，他们的性情，他们的情思，一如大漠的豪迈，暴露无遗，也正如马奶子葡萄一般，晶莹剔透，透表入里，显得率真和真切。

新疆由于是多民族聚集地，其各民族的饮食文化也极其丰富多彩，这里的煎、炸、烧、炖、烤各种烹饪手法，演绎得淋漓尽致，精妙绝伦。手抓饭，串串烧，烤羊肉串，清炖羊排，大盘鸡，馕……以及各种叫得上名，叫不上名的风味小吃，随处可见，叫人目不暇接。走在乌鲁木齐大街上，跻身"大巴扎"，待你选购好一切特色物品之后，总有羊肉串的膻味在燃起你的食欲与梦想，总有那么一股煎烤的味道在牵引着你的嗅觉和神经。于是，过地道，来到大巴扎对面的"二道桥"，寻一清静处，安然地坐下，来一杯马奶或是羊奶，点上一两道风味食物，手持一"馕"细嚼慢咽着，感受着这独特的美食滋味，慢慢地自己也成了一位世居少数民族。

新疆不仅饮食文化丰富，旅游资源也丰富宽广。新疆地处亚欧大陆腹地，陆地边境线 5600 多公里，周边与俄罗斯、哈萨克斯坦等八国接壤，是古丝绸之路的重要通道。独具特色的地理位置及地形地貌造就自然景观丰富多彩，国家级风景名胜甚多，境内自然景观神奇独特，冰峰与火洲共存，瀚海与绿洲为邻，自然风貌粗犷，景观组合独特。天池、喀纳斯湖、博斯腾湖、赛里木湖、巴音布鲁克草原等都是游客的好去处。这里人文旅游资源也极为丰富，其中，坎儿井、交河故城、高昌故城、楼兰遗址、克孜尔千佛洞、香妃墓等蜚声中外。新疆这个多民族聚居地，各民族的文化艺术和风情习俗绚丽多彩，还有更多道不尽的自然景观及人文景观让人魂牵梦萦，加之这极具魅力的西北边陲透射的神秘美感，大漠的苍凉豪迈，戈壁的宽泛深远，无不让人向往和留恋。

来到新疆的 20 天时间里，虽说没能踏遍这片土地，未能对这里的风景名胜及人文景观一一瞻仰，但对这里的风土人情及经济文化社会秩序各方也有所了解，旅游开发与管理中出现的漏洞，窗口行业服务态度的傲慢等问题仿佛影响了此次新疆之行的心情，但瑕不掩瑜，终究无法否决新疆是大美之地这一真实存在。

回渝后，依旧恋着新疆的瓜果和美食，还有那取之不尽的文化源泉，也热切希望咱们的新疆人能把那首"咱们新疆好地方"的歌谣唱得更真更响。

石林山情

冬日，太阳破出海平面，和煦、暖融融，大地生灵，万物生歌。清晨，旅游大巴载着我们飞驰在高速公路，阳光慵懒地射入车窗，倍觉暖意浓浓，与车厢内张张灿烂的笑容相映成辉，顿感神清气爽，精神倍增，欢快和喜悦洋溢在脸上，荡漾在车内，飘逸出车窗外。

到达目的地——离春城 78 公里处的云南石林，大家欢呼雀跃，兴致盎然。此时明媚的阳光瀑布般自天宇倾泻，沐浴了云南石林山的每一个角落。那山涧怒放的花、摇曳的草、水波荡漾的湖、熠熠生辉的石，都折射出一片瑰丽的色彩，撼住了我们的心魄，不由得惊叹前行寻觅芳踪。

跟随地导踏入石林境界，远远地看见大大小小的石块，或尖或圆或弯或曲，或勾肩搭背，或抚眉搂腰，或牵线搭桥，或低眉弄影，高高地耸立在山涧、在沟壑、在溪谷、在平坝、在林间，形成万千姿态的自然奇观，感受大自然确乎有超出人们想象的神工妙笔，让本性生硬、呆板的大石块，生就了魔幻般的灵性，也变得多情起来，制造出一个个美丽的传说和至善至美的人间佳话，千古绝唱、经久不衰。

走进石林，就犹如走进石林灿烂辉煌的历史文化博物馆。200 万年前大自然勾勒出的一幅世间绚烂多姿的美妙图景，诉说着沧海桑田的变迁与沉浮，同时也赋予这里的神奇与富足。紧随导游的足迹，徜徉在石林的山石、幽谷、沟壑、溪水之间，或穿越、或跨越、或翻腾、或攀爬，仿佛绕迷宫，探仙境，尽情地领略百态千姿，千变万化、有着万般风情的奇峰异石，有的单立如笋，有的矗立如林，有的峻拔如墙，有的锋利如刀，有的凝重似柱，有的高耸如塔，有的似高僧，有的似仙女，还有的如一首歌，一个故事，一个传说，总之石林里的每个石块，都任由你以多情的比拟，赋予它一个多情的名称。

的确，如若说大自然是多情的，也比不得人们那多情的遐思。俗语说：三分形象，七分想象。正因为人类有缜密的思维，丰富的情怀，完美的想象，才能给停止不动的石头描绘出一幅幅无与伦比的图画，编写出一个个神奇而美妙的传说，注入思想和情感，让这些山间的石头有了灵性与风骨，也有了鲜活的生命力与光华。

你看：那猫和老鼠不正在上演一曲《猫捉老鼠》的动画片吗？对面山峰上一高大威猛的老猫，正虎视眈眈地瞄着侧面矮峰上一小老鼠，吓得鼠仔瑟瑟发抖，只得躲藏在峰岩后面，颤颤惊惊地唱着"为什么受伤的总是我……"。还有那身着小背篓，久久凝视远方，守望着自己爱情的阿诗玛，谱写出了一首千古绝唱的至真至美的爱情故事。看着她美妙的身姿，想象着她曾是金子一样的姑娘，用曼妙的舞姿，点燃了多少人眼中的火把，用甜美的歌声沉醉着多少个山林的夜晚……是她在人们离去的时候，静静地守候着石林，看护着石林。人去林静之时，阿诗玛只能独立唱着思念的恋曲，述说着外人永远不明白的思念之情，哪怕无人倾听，无人理会。幽幽山林是否学会了欣赏她的自言自语？听着一声声荡气回肠、凄美的述说时，你有没有潸然泪下？面对她多情的眼睛，我无法抑制地对她说："在你的述说和传奇里，爱情永不谢幕。"

走出石林，走出了撒尼人大三弦优美的旋律，体味着阿诗玛那深情的回眸，在心底默默地祝福：永远的石林，永远的山情，愿你与天地共存，与日月同辉。

仰　视

那一月，我转动所有的经筒，不为超度，只为能触摸你的指尖。（仓央嘉措）

——题记

很惊叹红尘世界那无形的渗透力，以润物细无声之势，将世间人俘获、熏染得铅华尽显，浮躁难安。

人无疑是这样的动物，时而，凝望镜中的自己，难免心生讨厌与唾弃的厌恶感，于是，很想寻一处安静、自然之地沉降浮躁之气。

做主编的妹妹极力推荐金佛山，且信誓旦旦地：“金佛山是原生态风景区，去了肯定喜欢，一定会找到回归自然的真实感觉。”如此地，没完没了地吹嘘很多。知姐莫过妹，听罢这番介绍，哪能抑制那份向往。崇尚山水喜爱自然是今生所爱，由此，金佛山之行便成心中一个愿。

世间事，往往如是，未行先设想，金佛山似乎已是心中钟情的女子，她静谧与秀美的姿容就在脑中肆意地闪现。甚至，还想她肯定与“金佛”之间有很深的渊源，否则为何得来如此禅性十足之名，无端地，就有诸多联想。

西南的山峰，受温湿多雨气候影响，丛林密布，多显清秀与温情，对此深信不疑。加之，妹妹还说"冬天时，金佛山有积雪，山上还有很大的滑雪场"，这又增加了一份诱人的向往。想想，不需劳神费事地到遥远的北方，仅在离家门不远的地方就可亲临雪境，那感受定是惬意与美好。再者，对金佛山的幻想，神秘而神圣，疑惑：山上的大佛到底有多大？佛是不是金光闪闪？"金佛山"此名如何得来？以至于想会不会如妹妹说的那样山顶定是仙境悠悠，佛事鼎盛？既有佛事，如能邂逅一场，亲身感受一下禅意空灵般的生活，岂不美亦！尽管，之前到过不少佛教圣地，但却从未亲身涉过佛事，只源于一直对之存有一种尊崇与敬畏，以至于才不敢轻易地言及涉佛之事，这种"敬"与"畏"纠结的情愫只因佛的仁慈与觉慧。

那日到渝东南出差，回程正好经南川区，于是向往已久的那份冲动再次萌发，金佛山不正在南川境内？于是一行七人，邀约好暂住南川一晚，第二日就向山上进发。

天明，按照计划顺利实施，只是临出发时，市里的雾气很重，锁住了来去的一切路途，万物都朦胧在诗意的氛围之中，似有仙气弥漫，佛境悠悠之感，尽管有担心高速路封道，但也义无反顾地前往。

出了城，天际的太阳像被封尘许久的鸡蛋黄，终于破壳而出，再悠然地升上高空，路两旁很重的雾气也慢慢地退隐，道路开始明朗，心也豁然顿开。周围的景象又是撩人的双眼，更增强了一行人的信心，虽路途遭遇些许周折，却也如愿地抵达山脚。

才到山下，金佛山钟灵毓秀的风光便勾起人喜爱的欲望。山确实很美，明显感受到特殊地理和气候条件装扮出的景观尊容。原始的生态——清雅秀丽；喀斯特的地貌——让山、水、石、林、泉、洞频频交错出现，有了雄、奇、幽、险、秀的曼妙，一种"仁者乐山"的情思迸发而出。身处其中，真如进桃源，感觉就如进了一个干净空灵的世界。"很适合修行嘛"，有些自嘲地默想。此时，仿佛看到佛家修身时的清净世界。但，俗身一尊，浮躁难耐，欲静修，实属登天，欲越尘世与佛界那道门槛，有如徒步翻越大山，不敢多想，依旧被山间的美景和山顶间的神圣牵引着向前。

到得北坡的索道口，时值九点，太阳已升得老高。索道口在西，更高更险更峻的峰在北，太阳从东面的峰口直射而来，如万道霞光，肆无忌惮地闪着金色的光辉直逼人的面容，奇妙般地有了佛光映射的幻境。此情此景，顿时让人有了肃穆之神圣感，"要上峰顶去"的想法更强烈地萌生出来。

正筹划着上山顶，电话恰好响起，江津的一位同学说不管怎样都要去那吃午饭。推算一下时间，上山游览至少也得三至四小时，再下山还得一小时，然后再到江津，怎么也得五小时以上，这样一算，那仙境寻幽也好，参佛拜像也罢，都只能是过眼云烟，可望不可及。推辞不行，山又不能不上，正犹豫着，在巴南的同学又紧逼一个电话，说他们也去，我们三路人马一定要在江津会合。接完电话，心以加速度跌入深渊，瞬间感受到空旷无底，一种万般无奈，万般艰难的思绪涌上心头，让人进退两难全，实难有个完美的策略。江津必去不可，去了那，又只得与金佛山擦肩。此时，有些恨自己的俗不可耐，还恨世间那处处荡漾起来的让人颓废的人情世故和繁文缛节来。

久久地凝视北坡，脚步如铅，怔怔地幻想起峭壁之上那山的世界，还有我早已向往的金佛模样。脑子里，电影镜头般放映出在峨眉山报国寺佛学院游览时那参佛胜境，就现在，山上的佛祖也是那般在超度众生？沙弥们依旧是手持经卷，微目虚眼，似静非静地在朗读经篇？为何我依旧无缘与他相见。所谓缘生，便是此时的境况么？突然想起佛的一句话：前世500次的回眸，才换来今生的擦肩而过。

莫非，此景是印证么？

犹豫又犹豫，踌躇再踌躇，山顶的太阳升得更高，映射起四周的景象更加灿烂，金光更加的逼入心田，仿佛佛缘仙境般，在无限地、漫无边际地延展。一个盛大空旷的佛殿里，佛柱，青灯，古佛，虔诚的信徒；闭目，合掌，叩拜，心无旁骛，周围寂然，唯有佛祖默默在超度；圣洁一片，心境顿开，幽深，神秘，庄严，有若将自己托立于佛山仙境之间。佛祖此时正用他仁爱的双手，轻轻地抚慰着我的头，微目合掌在不停地祷告，心灵在缓缓地涤荡，随心读的节奏，我飘浮而起，随佛而去，身和心在进行着一场涅槃，一切尘世都已抛去，净化，纯粹，已然融入清澈的世界，自己已是那超凡脱俗的净土，置身于净土中，超度，修行，仿佛触摸到佛境圣地的边缘……

突然，耳畔传来"走，转去（回去）！"犹如一声惊雷，扰乱虚幻的思绪，又仿若佛祖在说：施主，回去吧。张目，发现依旧站立山间的我，依旧是凡夫俗子一个，在无法摆脱红尘的纠结时，依旧只能徘徊、游离于佛门外，无法走进那清净的世界。既无缘佛境，便只能对此敬而远之，以不可亵渎的心态接受今生尘世的安排，于是，我有了目标：在不久的将来，要重返此山。

带着这份期盼，钻进车门，调转车头，沿来时山路，以一种仰视的心态与金佛山幽雅的风景、慧觉的佛境擦肩而过，继续行驶于陡峭崎岖的山路，继续混迹于凡尘俗世，继续着"为"与"不为"的矛盾生活。

织金洞的妖娆

一

初闻织金，无端地与《西游记》相连。

中学时，家里文学名著甚多，本就学习马虎成绩不佳的我更谈不上对文学书籍的品味研读，只得像翻小人书那样囫囵吞枣几下翻完。

尽管读书如此囫囵，却偏爱看《西游记》，一本书翻来覆去读了一遍再一遍，不知是喜欢孙悟空的正义勇敢还是爱看妖精的变化多端，对书中的某些元素总是迷恋。

读到七十二回"盘丝洞七情迷本，濯垢泉八戒忘形"，知有七个蜘蛛精住在盘丝洞。盘丝洞"峦头高耸，地脉遥长：峦头高耸接云烟，地脉遥长通海岳。门近石桥，九曲九湾流水顾；园栽桃李，千株千棵斗秾华。藤薜挂悬三五树，芝兰香散万千花。远观洞府欺蓬岛，近睹山林压太华。正是妖仙寻隐处，更无邻舍独成家"，如此远离尘烟，孤境绝地，按今天人们的去游观念，正是佳处。

盘丝洞的七个蜘蛛精，号称"七仙姑"，经常变美女兴妖作怪，祸害人间，她们用这个法术捉住唐僧和八戒，想吃圣僧的肉长生不老，以葆青春美貌。

明知妖精给人灾难和痛苦，而且少年时只流行白衬衫，花布衣，两条光溜溜的辫子，这样的穿着打扮风靡全国的时代，让我这样青春年少的姑娘家对"七仙姑"妖娆的形象总持几分艳羡和欣赏，并一直坚信：妖精就生活在那样的深山峡谷，幽偏静谧的洞穴里。

几年前，友人相邀去贵州毕节游玩，友是重庆人，在贵州修公路，夫妇俩很骄傲地说：他们承包了织金县内的几条公路，几个亿的工程，并告诉，再过两年，我们一定会经过他们修的路去看织金洞的。我一听有洞，脑子立即浮现"七仙姑"的模样来，向往之情也悄然增长。

二

今年七月，与朋友两家欢喜相约贵州游玩，一为躲避重庆酷暑高温，二是受其美丽山川再度诱惑。

出行之前，我在百度地图上规划着路线，第一站黄果树瀑布，第二站西江千户苗寨，第三站荔波大小七孔……每天的行程安排紧密有序，详细周全。

到贵州第二天，从遵义经贵阳往安顺的高速上，看到标识前方几公里处有"织金"下道口，便想起友人所说的话，立即有去看溶洞的欲望。便对夫说，要到织金看溶洞。夫说，溶洞有啥子看头，就是一个洞子！我却坚持，并及时与相差几百米远的后车联系，并说明要去织金看洞的理由，通过短暂沟通说服，走织金进溶洞的事顺理成章地落实下来。

入织金地界，一行七人看着公路两旁的美丽景象，对我英明决定深加赞叹，并一致表达：不来织金，枉来贵州！

一个以喀斯特地貌为荣的民族自治县，仡佬族这个古老民族的神秘本就让人迷恋，外加山形地貌的独特魅力，真有开阔眼界，享受人间鬼斧神工的超然。甚至还想：这里是否上古所传的盘丝洞所在，为《西游记》里七仙姑所住的地方？

都说：巴山蜀地，山高路陡，亿万年的地壳运动，在巴蜀留下千娇百媚的奇山异水，有着瑰丽的自然遗产。

说起看"洞子"，重庆有出名的"张关溶洞""芙蓉洞""雪玉洞"等，哪一个不是 4A、5A 景区？曾经也看过重庆发布的《重庆溶洞地图》，溶洞作为喀斯特最主要的景观之一，在重庆不仅分布广，还多与天坑、地缝、竖井等结合，独具特色，美轮美奂。43 处的喀斯特地貌啊，有如此多的洞子可看，还用跑老远到贵州来？这也是当初规划时未纳入计划的重要缘由。

　　到了织金，整个区域里溶洞分布的广泛程度，让我们这群巴渝之人深感诧异，作为"溶洞王国"的骄傲感，瞬间被织金的峡谷峭壁所击碎。

　　不到这里，不知真正摘冠"溶洞王国"的地区在织金，尤其是距县城 22 公里的织金洞，让我们的"张关溶洞"、"雪玉洞"那些 4A、5A 级溶洞都有屈居小家璧玉的挫败感，织金洞是溶洞王国中的大家闺秀呢，称其"天下第一洞"一点不为过。后来从导游口中得知：这里早摘冠"国家重点风景名胜区""中国旅游四十佳景区""国家地质公园"称号。

　　"规模宏大、气势磅礴"是织金洞的标签，"五彩斑斓、柔和亮丽、洁白透明"是织金洞的衣衫，"随处流淌出汉白玉"是吸引中外游客赞不绝口的招牌。

　　据地质专家称，洞内的碳酸钙沉积物堆积类别达 40 多种，囊括了当今世界溶洞堆积物的各种形态类别，构成了多角度多层次的复杂画面，使整个洞内呈现出画作色彩丰富，造物逼真，具象优美，精妙绝伦的奇观。

　　那些石笋、石柱、石塔、石鼓、石盾、石花、石芽、钟旗、卷曲石、月乃石、鸡血石、蛇皮石、松子石、晶芽、云盘、云碟、穴罐、谷针田、梅花田、珍珠田和边石坝等，在七彩多变的灯光映照下，很难让人相信它们是碳酸钙堆积而成。

　　在织金洞这场繁盛华丽的幕剧中，岩和岩层，搭建成千姿百态的幕布，主角，配角组织严密，严阵以待。碳酸钙是幕剧的主角，那些配角石峰，流水，水塘，地下湖泊时常陪伴左右，高大的石幔、从天而垂的石帷，一下成为舞台的幕后推手，由此，才创造出溶洞中的"瑰宝"，地下的"宫殿"，不愧为"织金天宫"。

三

既是天宫，定是神仙所造，仙女所居。

难怪，这里有着如此的迷幻和妖娆。

许，亿万年前，那个宇宙万物的造物主，突然来了脾气，在织金的土地上愤怒地踩一脚，震颤人心，翻山倒海，引发出一场地壳运动，把秀美无比的山脉狠狠地从地心踩空，在那空旷的山体内，山石崖岩承受不住他的威猛和力量，慢慢坍陷和撕裂，形成奇特的山洞、岩壁、栈道、暗河、天池……天上的仙女不忍心造物主对世间的暴殄，忍不住伤心落泪。她的泪散落人间，便凝结成美如钟乳，白如雪玉的珍馐，它们慢慢堆积融化，形成众多的地象物观，随世间万象的再度修饰完美，便有了织金洞。随后有了织金洞浩如烟海、色泽如玉、千姿百态、美不胜收的沉积物。

后世人贪恋这些美景和奇异，用上比拟的各种华丽语言，给予定义和比喻，不管是鹅管、钟乳石、石笋、石柱、石旗、石带、石幕、石幔、石瀑布"鸟兽鱼虫"等，都给予一个形象逼真，恰如其分的赞誉。如此多的美丽景观感动了上苍，天神下令命正在赎罪的"七仙姑"降临人间，守望庇护这一脉山体。七仙姑不敢违抗旨令，下到人间，住进了织金洞，夜以继日地修炼行善，慢慢地，七仙姑褪去一身妖气，蕴得浑身的仙气与温暖，赢得仙女的真正称号。她们在人间不再兴风作浪，结缘行善，帮助百姓积财纳福。亿万年过去，生硬的石头也感染了她们的灵性与仙气，石块便有了万物的灵性，成物成器、成宫成殿、成鱼成鸟、成旗成盾、成花成池、成仙成人……由此也灌注着仙女的思想和灵魂。

自然本无意，缘于人多情。

既然是仙女所居，定是宫殿和秘境所在，于是织金洞内的碳酸钙沉积物，被人们巧妙地据"三分形象，七分想象"的美学理由划分为迎宾厅、讲经堂、万寿宫、望山湖、广寒宫、灵霄殿、雪香宫、塔林洞、十万大山、江南泽国、黄土高原和金鼠宫12个大景区、47个厅堂。每一景区每一层每一块以其独具魅力的姿容展示着她的柔情与美丽。

不知不觉来到迎宾厅，宏大宽广，难以抑制你的思绪，长200余米、宽50余米、高80余米的洞穴，却在山体之间地底之下呈现，不是龙宫胜龙宫，不是宫殿似宫殿，这定为当年龙王爷所造。可当洞口的阳光射入，厅内长满苔藓时，又觉当初的想法是多余。龙王不是在海底吗？怎会生存于人间，何能见到如此明媚的阳光呢？不信，放眼四周吧，岩溶堆积物形如巨狮、如玉蟾、如松树，顶部一侧那直径10余米的天窗，阳光一览无余地直射洞底，泛出丝丝的光缆和晶亮，那是因为天窗边沿有水珠成串滴落，在阳光照耀下折射出万千金线、如撒万千金钱，难怪有曰"圆光一洞天，世间一钱牵"，好一个"落钱洞"！

落钱洞的巧妙与美好侵蚀着人的思想与灵魂，边惊边叹，不知不觉，宽广的迎客厅穿行而过，经旁侧小厅，小厅中立一棵10余米高的钟乳石，状如雾气升腾，能量四射成蘑菇云，而云下的石柱，如原子弹爆炸后那一发射塔，既称"蘑菇厅"，定能有其爆发的威力所在啊。

突然，脚下一个踉跄差点跌入一水塘。噫，洞中竟有清澈的水镜，人影尽显，四周景象全有，正惊魂未定，站立塘边之时，周围石笋和天窗的倒影，一下冒在眼前，"影泉影泉"，能照映出影像的泉水，想想真是惬意，愉悦的心境陡然倍增。

带着这样的心境穿行，前方虚掩的门帘内，传来"哗啦啦"的流水声，水声时而急促，时而缓慢，像是有人肆意在嬉水。原来这是七仙女沐浴之所在。金碧辉煌，帷幔垂垂，若隐若现的仙女倩影，七位婀娜多姿的仙女正酣畅淋漓地冲洗着她们的玉身，她们的身影，挑逗起游人贪婪的神情，白皙的肌肤，光华耀人，长发髻挽，俏丽，柔情，拭目，让人欲罢不能。

无数的景观让游人流连忘返，一步生奇观，三步出妙景。被称为"岩溶博物馆"的织金洞，如果用"黄山归来不看岳，织金洞外无洞天，琅嬛胜地瑶池景，如信天宫在人间"确实不假。

四

织金洞归来，多少天后，《西游记》里盘丝洞的妖精彻底从脑中隐去，取而代之是织金洞的美好形象，此时方才明白，与仙女同样拥有美貌的妖精，为何一直被人唾弃和侮骂，而仙女却被人尊崇怜爱，缘于，妖精给人痛苦和灾难，仙女却在帮助人们摆脱痛苦，给予人们无尽的怀念与美的享受。

由此，不得不说，织金洞美得仙气，美得妩媚，美出了仙山秘境的妖娆。

三江水暖育英豪

　　春天，万物复苏，江河水暖，所有关于世间美好的事，均能给予一个温暖的称谓——"春天的故事"。

　　在中国人民革命军事博物馆古代战争馆，置一沙盘，这是一个重要战役的模型，也是历史的典藏，此战役发生于"重庆合川钓鱼城"。

　　这座城，很小，2.5平方公里土地，地图显示，仅一小圆点，但每一个到此观瞻的人们，都无比崇敬和景仰。每一处城垣，都有一个撼人心魄的典故，每一块基石都有一个动人的故事，每一块青石板都有一个美丽的传说……那炮台，那水军码头，那兵工作坊，那帅府，那军营以及护国寺，忠义祠，钓鱼台，插杆石等远古遗迹，都是一个个镌刻着灵魂与血肉的雕像，与它们对视，便会探密发生在这里一个又一个春天的故事。

　　都说，这座城很传奇，有骄傲的过去，有英雄的脉承，她是嘉陵江、渠江、涪江三江孕育的孩子，在丰沛水脉的滋养下，是合州2343平方公里的土地培植的精华和精神高地。居城中钓鱼台，环视三江，会感受到江水暖融融的温度和浑然天成的气魄，他们是相亲相爱的三兄弟，也是三个即将奔赴疆场的勇士，此时，在此汇合，握手拽拳，仿佛在结义，也仿佛在立誓。只是，他们在合州这个"锁

赴三江的巴渝要津、蜀中屏障"之地，会誓下什么样的豪言壮志？其实，自古英雄多担当，三兄弟的血液早已在沸腾，灵魂在出鞘，保家卫国，誓死血战疆场。

青山可视，流水可鉴，历史可来述说。

翻阅书简，把目光移向公元 13 世纪，宋，四大发明中的火药、印刷术、指南针正如火如荼地运用于社会为广大民众服务，有先进的科技便有先进的生产力，也造就出时代的繁荣、经济的发展，更培育出灿烂的文化、正义的精神，此时，人们尽可幸福安康地享受，平静地生活。可是，繁荣的背后却暗藏着岌岌的危机，欧亚非列强狰狞的目光眈眈虎视，一个尚古就栖息于草原的帝国，那鹰隼的双眸更是贪婪地盯着大宋的疆土。

1257 年春，春江水暖，享受着三江哺育的合州人，休整一个冬季，急不可待地撑船出江，撒下渔网，披蓑戴笠，套起犁铧，盘计着他们一年之计的桑麻渔耕之时，石炮的巨响击碎他们素朴的梦想。被欧洲人奉为"上帝之鞭"的蒙哥大汗挥鞭过来，时值两年，战事至合州钓鱼城，守护、僵持、劝降、杀使、进攻、还击……硝烟弥漫在三江，厮杀振荡着钓鱼山，鲜血染红了江水，正义之精神激荡在城内，惨烈的事实让所向披靡的蒙哥大汗恼怒，叫嚣着亲临城下，然，战事的胜败仍未扭转，且还殒命于三江之上。

战事持续 36 年，200 多场战役，钓鱼城依然伫立，从此，这个只有 2.5 平方公里的弹丸之地天下名扬，并光荣地载入古战役"以少胜多、以弱胜强"的世界史册。

历史之于我们，重在精神。岳飞慷慨赴死，坚信"天日昭昭，精忠报国"，文天祥浩然正气，"留取丹心照汗青"，林则徐，左宗棠……他们的精神永放光芒。而在合州这个地理位置上，理学家周敦颐、"天下廉吏第一"于成龙、人民教育家陶行知、无产阶级革命家赵君陶、川东蚕桑之父张森楷、被毛主席誉为"中国民族工业四个不能忘记"之一的卢作孚、新中国第一位少年英雄刘文学等杰出人物，无不是三江抚育的英雄豪杰，他们的事迹，如一股煦风，震撼着中华大地。改革开放初期，小平同志一席南方讲话，由此，世界的东方，树造出一个又一个"春天的故事"。那么，公元 13 世纪发生于中国西部重庆合州钓鱼城的战争史诗，上演的却是永远的春天的故事，这故事的内核，赋予着中华儿女向上，正义，坚定，勇敢，不服输，永远向前的精神坐标。

钓鱼山不高，有魂则名，钓鱼城虽小，却浩气长存，由此才给合州这片土地注入生生不息的血脉与灵魂。

悠悠三江水，潺潺哺育情。今天，156 万合州人民，在三江暖水滋养中，正奔赴"打造成渝经济区重要制造业基地和知名旅游目的地"的新战场，去谱写成千上万"春天的故事"。

鸟瞰，风景在脚下延伸

　　下午 3:40，飞机准时从江北机场起飞，又一次感受到雄鹰般轻盈的庞然大物在蓝天白云下翱翔的悠然与畅快，一种期待与向往之情油然而生。

　　此行目的地，遥远、神奇而神秘。西域，一块被众多学者及考古工作者乃至探险家们终不愿舍弃的热土，今天又是那么强烈地如磁铁般吸引着我们前往。不管是天山以北还是天山以南的广袤大地，无论是游牧民还是屯垦的戍民，在历史的长河中，总渗透出源远流长的民族风情，还有那绵延不断的山脉，冰川，雪峰，戈壁与沙漠，都给予我们无限的遐想。

　　飞机在跑道滑行数分钟后，腾空，起飞，博云，上升……此过程反复多次，从身体的几次三番失重迹象便能得知。待飞机飞行高度相对稳定，解开安全带，侧身，脸贴机窗前，屏气凝神，努力将身心融会，紧盯万米高空下，不错过时机地搜寻着令自己愉悦的景象。

　　白云，很抢眼地映入眼帘。洁白如絮，有乳制品般的嫩柔与丝滑，略显晃眼，大块大块，大缕大缕；不，抑或是大簇大簇，或像小狗，或似丝絮，或若花枝。总之，云，变幻莫测，耍着手腕，扮着鬼脸，努力展现着身姿，把自身的美与内涵尽情地暴露，但无论以何种姿势、何种面容高挂于蓝天，都将人的心绪提到极致，有些让人情不能自已。

从包里摸出相机，来不及调整光圈与焦距，对准煞白的一团，不停地摁快门。随摁快门的声响，脑海里不断创造各种物象的身影，想象着这片或那团是花朵，是彩绸，是汪洋……此景唯有这样地畅想。

一小时，窗外的景象有了变化，云悄悄隐去，仅丝丝缕缕般挂在眼底，伴随而至的是高高低低，大大小小，深深浅浅的浅褐色的沟壑。这些沟壑总是从山尖高处顺山势延展，似龙脊，肋骨与经脉清晰可辨，力量之美尤其凸显。龙脊间或有些淡薄又稀散的绿，很不均匀地散布于高山峡谷之中，又将一种生机般的活力渲染出来，不至于让人一眼望去有焦躁与讨厌之感。眼的尽头分明有了皑皑的白，是雪峰。若隐若现地浮于深蓝的天际，深邃且静寂，高远又高洁，清凉与纯净直袭而来，让人有了一些向往，真怀疑这是不是神圣的天山山脉，想象便是吧，因为心中一直向往着。待云退得更尽的时候，看清楚了，姑且就认定是天山山脉吧，其实真正的天山也不过如此，那浅褐色的沟壑，应该是积雪消融后冲刷而成，真惊叹大自然有如此的妙手，巧夺天工地画出如此优美的曲线来。曲线有些不规则，但又仿佛很规则，按亘古不变的规则，如人体走向不同的血管，不断走低，一路向前，散开，分布，延伸，以至于才创造出如此神奇的景致。这也正如历史，过往与消失，终是勇往直前！

雪山过后，眼底是漫漫的黄。朦朦胧胧，灰暗消沉，将镜头拉得近些，终于看清——沙。满眼的黄沙，苍茫辽阔，一望无边，脑海中马上闪现出，"沙漠"。也立即有了"渴！渴！渴"的忧怨，没有生命的迹象，但仿佛又看到了生命的遗迹。因为沙中分明有了风的痕迹，层层叠叠，一浪一浪，迂回千转，或细腻生动，有山丘的横亘，有沟渠的延展，这仿佛就是千年历史的再现。想象着：这一望无涯的沙漠中，哪块是米兰国故地，哪块是楼兰国遗址，哪条经脉又是古丝绸路的旧址，便武断地规划起古三十六国的地盘……如此的想象，甚至于想象出"楼兰美女"是不是在此时脚底的这片土地发掘而出？这里是不是彭加木失踪之地？罗布泊是不是被掩埋于这片黄沙之中？看到黄沙，想到了很多，很多至今都会让我们不解的谜团，黄沙掩埋了这片神奇的土地，也掩埋着这里千古的文化历程。

约三小时之后，脚底的景象由黄变成了浅灰还是深灰，细腻的沙已由沙砾替代，是戈壁。戈壁滩上有了一些看似星点的物象，也有条状、线状、块状的景物，这定是人类的杰作。对于戈壁，已经不陌生，前几年在去敦煌的路上导游说过，戈壁分三类：灰戈壁，黑戈壁，白戈壁，而眼底的戈壁就是那导游说的灰戈壁吧。这样的戈壁是可能有生命存在的，还好不是黑戈壁。于是努力找寻生命的踪迹，终于，伴随飞行的继续，生命迹象也越来越明显，成方成块，成片成圆的绿就在眼底呈现。从天空俯视，分布均匀，块状明显，像卫星云图，有些苍凉之下令人为之一振的美感，也涌出生命、生机、力量、创造等之类的词语来，便由衷地赞美起人类：好伟大，在这不毛之地能创造出如此景致来！

巴渝：乡村雪

　　在巴渝，乡村雪落乡村时，很是优雅和纯粹，更显个性和风情。

　　夜间，黑挤压着黑，眼被黑幕蒙住。乡村静谧，人们早早入睡，分不清哪是村庄哪是田野，哪是路面哪是河流，乡村迷乱着雪花的眼，迷失着她们的脚步，但雪凭借深厚的功力，展开优美的舞姿，优雅地掀开美丽的"六出"裙衣，悠悠然地飘，坦坦荡荡地舞，舞出自我灿烂的飞花姿态，不张扬，不惊扰，稳稳地降落在原野，在村庄，以堆积之势，拥挤之态，铺满乡间的犄角旮旯，旋即将整个世界彻底包裹起来，如一袭白衣少女冰洁与纯美，然后静静地等待。

　　她们堆了一层再一层，堆积的尺度很高很厚，很有风姿，把山的形，路的宽，水的静，树的高，瓦的厚，沟的棱，坡的斜，田的清凌凌，村庄的曼妙静寂，呈得宏伟盛大。北国风光的气韵，千里冰封的壮美，浑然天成，乡村除了线条和弧度，就是白，纯粹的白，不染纤尘和浮华的白，放眼一望，乡村处处是一幅幅瑰丽的美景。

　　原野茫茫一片白，乡野世象被雪切分成不同形状。田里的冬水，清凌凌，水汪汪地映照着周围雪的姿态，高高低低，起起伏伏。那些错落有致的树，不管是乔木，灌木，枝丫都被雪缠绕着，紧紧地，密不透风地，仿佛在谈一场刻骨铭心的爱恋。

高大的乔木，枝干受地心引力的作用，在雪美人的紧紧簇拥下，似塔形的华盖，默默地垂向大地，垂向生养它们的厚土，那虔诚和静默，似在接受一场洗礼，庄重，肃穆。这场盛大的祈祷之后，树的娇身，没了浮华的惊扰，没了尘土的纷争，以谦谦君子任我行的豪气，压过风啸，掩埋住尘埃，以干净而空灵的气度迎接乡村人们的检阅。

相比高大的乔木，低矮的灌木们来得更为实在更为直接一些。要么匍匐，要么低爬，要么昂首却手舞足蹈地踩着高跷，身心都贴近着地心，以俯首甘为孺子牛的献身精神，赴向大地，那份坦诚，如乡村人的豪爽与耿直。小院门前那株千年矮，扇形的枝干，细碎的叶片，密密扎扎，着实为雪搭建着密实的爱床，一朵，两朵，无数朵雪花用她们的热情倾情于此，以积压之势，覆盖之美，千年矮不再有常绿的姿态，似磨姑顶固状物伫立着，优雅又风情，低首又不失风度，紧紧拥抱着雪美人，迎来她们积攒了25年的思念之情。

纯洁的爱来自冬水田，雪义无反顾地奔涌而来，但冬水田仍不改持重与谦逊的本性，不紧不慢，不舍不弃地悄悄把她们拥揽入怀，用其睿智与心性，慢慢与雪融为一体，以自我牺牲的大无畏精神，释放出清澄澄，蓝凌凌的纯净和优美，以无名英雄的气韵映衬出田埂的俏，山峦的美。

还有旷远的原野，绵绵延延，无形无貌，无边也无际，博大和静谧，"海纳百川，有容乃大"的空与远，展示出包容世间万物的胸怀。尽管高大的树冠，挺拔的竹枝，弱小的麦苗，青葱的菜蔬，远眺的山峦，在原野的陪衬下，都很渺小和微不足道，但在雪的映衬下却更显妖娆和静寂，更显干净和透彻，有了深厚和高洁。

原本，乡村景致纯朴自然，不雕不琢，这样的场景在乡村人心里，稀松平常，但当雪来访时，哪怕是目不识丁的乡间老人，雪的素雅与干净，美丽与妖娆，也会击碎他早已麻木而混沌的神经，对雪的喜爱，不亚于舞文弄墨的骚人，也会惊颤，也会以略带嘶哑的尖叫把家里大大小小全呼啦啦地叫醒起来。

一时，整个乡村，便有了"下雪了，下雪了，下——雪——了——"此起彼伏的呼叫。

乡村的宁静，被彻底打乱。

纯净的雪地，终于等来喧闹的人们。他们，先是畏缩，再是试探，最后是抑制不住跃跃欲试的急切，都要投身到与雪亲近的行列，堆雪人，打雪仗，滚雪球，你追我赶，一幅雪景图自然天成，动与静的结合，演绎出天地人和的祥瑞，

这是自然之图腾，也是万物之灵韵。

等在雪地释放完燃烧的热情，乡间人开始沉默，静等积雪融化，待原野重新崭露出厚重的乡土，乡村人扛起锄头，再次投入新一轮的农耕生活。

经过冬雪洗礼的原野飘着冰冷的寒风，乡村人却亢奋地念着"瑞雪兆丰年，瑞雪兆丰年呐"的农谚，沉稳而熟稔地安排着农事，任庄稼菜蔬在雪风里招展，任土地欢喜地吐故纳着新。

雪洗万物，更洗乡村人率真的心灵。

有了乡村雪的降临，乡村总呈现得空灵和祥和。

蕉美人，你怎能如此娇嫩

数九寒天，冬的气息强势入侵人的躯体，羽绒服，防寒衣把自以为强大的人类装饰得肥硕粗壮。

放眼一望，万物灰涩，了无生机。

我们七八个人向一处据说是用湿地来净化水质的"污水处理厂"行进。

"宝兴场"，二十世纪八十年代就熟知的地方。只是随时间的推移，社会的发展，现"场"已更名为"镇"，是一统领着三万余人口社会经济发展的乡镇级人民政府所在地。

印象中的"宝兴场"，典型的川渝地区农村场镇，房屋建设散零，基础设施落后，经济不发达，社会事业落后，不太成形的街道和泥土填埋的路面晴天尘土飞扬，雨天泥泞不堪，生活垃圾和污水横流，这里能有大足区运行得最好的污水处理厂？

我们在乡级油化公路前行，不时被道路两旁美妙景象感染，"蕾竹基地，花卉苗木的长势，漂亮的小洋楼"都在颠覆我的意识，有些惊奇美丽乡村建设的推进成效，作为"三农"服务人员，内心顿有几分自豪和得意。

满目翠绿，水声潺潺。

人未到，视野外的绿意早润浸着视网末梢，春的况味从冬的阴冷中调皮地展出笑靥，合着刚才自豪的心境，瞬间让人心明媚起来。

"美人蕉！"

我几乎有脱口而出的冲动，但立即抑制住快到嘴边的话语，只在心底有了这样的呼喊。

"对，是美人蕉。"

但，随后又纳闷起来：这时节，美人蕉不是枝枯叶烂了么，为何却长得这般鲜嫩欲滴，一些娇艳的花朵还从顶尖儿直直地张扬开来，她娇弱的身躯能耐住寒冷的摧残么？……无数疑问停顿心间。

车刚停稳，就急不可耐凑近一看，无数美人蕉像亭亭玉立的少女青春靓丽地挺拔在两长方形水池里，水池的污泥油黑脏秽，更不明白原以为只能生长在旱地的美人蕉为何长在了水池里？虽对花卉苗木懂得不多，但美人蕉这类在西南地区平常易见的花卉品种，大多数人们对她们"喜温暖和充足的阳光，不耐寒"的生理习性都相当了解，此时的气候条件下，美人蕉能保持这样葱郁实属稀奇罕见，甚至可以说是奇迹再现。

待我还在冥想美人蕉为何如此鲜嫩之时，迎面走来一人就与我们招呼着。原来，这里就是传说中大足最引以为傲的村镇级污水处理运行得最成功的项目。

来人叫石风，负责这里的全部管理事务。

几句话之后，石厂长遂带领我们从污水处理厂的收集池逐一观看起来并不失时机地介绍着这个厂的生产流程和管理现状，污水如何滞留、过滤、沉淀、微生物分解、转化、植物遮蔽、残留物积累、蒸腾水分和养分吸收等一系列过程，最后才说到刚进厂区时看到的那两个一上一下的长方形池子，他说：别小看这两个池子，它们可是"天然污水处理器"哦！

听完介绍，感慨于湿地的强大功能，都说"湿地是天然的养生地"，之前对这句话，也仅停留于概念性认识，更不知道它们对人类的功绩，是生态环境的保护神呢。

试想：一个常年覆着水，水池不像水池，陆地不像陆地，仅介于陆地和水体之间的池子，却能一年四季生长着翠绿的挺水、浮水和沉水植物，这些表面看似普通平凡的植物，她们却能在其组织细胞中吸附重金属和一些不易被自然分解的氯、二氧化硫等有毒有害物质，通过吸收、代谢、分解等作用，最终实现水体净化达标排放。

看着石厂长自信的表情，无不透着新时期环保建设者们的自豪和热情，我们也在石厂长的讲解中，慢慢由之前的不理解到理解，到感叹，到唏嘘，甚至佩服起自然界的生灵们，有了她们，人类才得以在寒冬时节享受到嫩绿枝叶带来的曼妙，才能尽享清澈甘甜的清洁水源的滋养和庇护。

用湿地来处置污水的事例，曾经，只在电视看过，耳濡目染，还是有些惊奇于自然界的神奇，尤其是像美人蕉这样平凡普通的植物们，她们表面看似柔弱，其内质却强大包容，择污泥而栖，饮污水而生，既能抗击风寒，又能抵抗高磷，高氮，重金属对她们的侵扰，视污秽为山珍，食毒物为海味，笑看娟娟清流踏歌而去。

走出大门，回望美人蕉们在寒风中的婀娜身影，高贵，坦荡，不管不顾自己出生的贫贱，出污泥而不染的高节品性从她们神采奕奕的外表展现而出，一个个"蕉美人"的风貌脱胎换骨而成，于是，我就风雅地送她们一个"蕉美人"的雅号吧。

这些生于宝兴，长于宝兴的"蕉美人"，得三千宠爱于一身，集"美丽乡村示范区"庇佑于一体，如此，怎能不娇嫩青翠呢？

华夏，因有无数这样的"蕉美人"，我们才得以在蓝天白云下安然地生活，幸福地呼吸。

美丽的雪玉洞

出丰都鬼城，驶上蜿蜒曲折的山路，嗅着龙河文化的精髓，游离于青山绿水的怀抱，穿过险峻陡峭的岩壁栈道，慢慢地进入一个美丽、神秘的洞穴——雪玉洞。

初入雪玉洞，这个美丽而年轻的少女以她曼妙的身姿吸引住人的心魄，慢慢地撩拨开美丽的面纱，以她纯情、洁白如玉的少女般的柔情牢牢地吸引住人们的双眸，令你目不暇接、思绪万千。

亿万年前那场震颤人心的场面缓缓地漫过脑际，一场惊天动地的地壳运动，把秀美无比的龙河山脉狠狠地从地心掏空，在那空旷的山体内，形成奇特的山洞、岩壁、栈道、暗河、天池，把你的思绪牵回沧桑的历史画面，但同时又不得不惊叹它的神奇与美丽。正因为这场雄奇的地壳运动，才赋予雪玉洞浩如烟海、色泽如玉、千姿百态、美不胜收的沉积物景观，这里有大量鬼斧神工的鹅管、妩媚动人的钟乳石、昂首待哺的石笋、精美绝伦的石柱、薄透如纸的石旗、迎风招展的石带、气势恢宏的石幕、凌空高悬的石幔、从天而泻的石瀑布、繁星灿烂的流石坝、不可思议的石毛发、万千姿态的卷曲石，还有洞壁溶蚀后形成的众多妙趣横生的"鸟兽鱼虫"等。历经悠悠岁月的洗礼，让本性生硬的石块成物成器、成宫成殿、成鱼成鸟、成旗成盾、成花成池、成仙成人……她们洁白如雪、质纯似玉、晶莹剔透、弹指欲破，若美少女冰清玉洁般深深地迷恋着你的思想和灵魂。

大自然是多情的，用巧夺天工的神手，巧妙地把雪玉洞划分为三层切分为六块，形成天上人间、步步登高、群英荟萃、北国风光、琼楼玉宇、前程似锦六大景观，每一层每一块以其独具魅力的姿容展示着她的柔情与美丽。

慢步溪水潺潺的过道，让悠悠的山风吹拂着面颊，让切肤之凉沁入心脾，使你瞬时忘却人世间烦躁的尘缘旧事，仿若这柔情的美少女用纤弱的双手轻揉着你，爱抚着你，身心清爽，不知不觉便来到当年王母娘娘因玉镜摔碎而形成的神奇景观——五彩瑶池。她似盘尤盆，色彩斑斓，池面波光盈盈，池底溪水潺潺，池顶玉珠垂落有若大珠小珠落玉盘的美妙之感。

徒步云梯，穿行在浩如烟海的云山之中，突有峰回路转又一村的真切感受。

在你喘息未定，目不暇接之时，一点兵台突兀面前，耸立之上，似有国庆大典首长挥手阅兵之势，仿佛首长那一句"同志们好，同志们辛苦了"的亲切问候响彻耳环，俯瞰沙场上密密麻麻的勇士，亲点着那飒爽英姿的将率，感受到军人闪射出的无限魅力。

正畅想着军人的刚强与英勇，远处一水帘洞内传来哗啦啦的水流声，临近一看，这里琼楼玉宇，富丽堂皇，分明是仙女居住的处所。洞内一位婀娜多姿的仙女正羞答答露出袅娜的身姿，背对着贪婪的游人畅快淋漓的沐浴，她是那么地柔情似水，那么妩媚动人，让人爱意瞬间而生。

一步生奇观，三步出妙景，还有那堪称世界级奇观的规模最大、数量最多、美丽无限的"塔珊瑚花群"；晶莹剔透、最薄最长的"石旗王"；直径达四米、冰清玉洁的"地盾"；傲雪斗霜、长达二点五米的"鹅管王"，洞内景观数不胜数……真可谓美景不绝，游人不断，让人流连忘返。

信步雪玉洞，观"亿万年前的飘雪，万亿年后的美玉"，聆听天籁悠远之声，让人体味到雪玉洞震撼之美，著有中国最美丽洞穴之称的雪玉洞正以其青春般的活力、少女般的柔情吸引着世人的眼眸。

第六辑 土之厚

　　我们的土地上有高原，山川，河谷，丘陵，盆地，平原，湖泊和海洋……我们的五十六个民族，站在这样的土地之上载歌载舞，繁衍生息，创造出文字和一个又一个的传说。一个传说就是一首诗，一段情，一个光辉的历史，一个文明的象征。随意捧一抔黄土，都能嗅到母亲温暖的气息，感受到她胸腔里流淌着的血脉，这是五千年积淀起来的情怀。

鹤年堂，那些不老的传说

一座山门，古树密拥，悬半山而仁，面河而居。拾台阶而上，便可推门而入。

门是朱漆大门，对开，沉重敦实。几声沉闷的"吱呀"，门缓缓开启，也开启这里传奇的历史与厚重的文化。

山叫黑石山，河是绿溪河（垆溪河）。门是景区大门，也是学校大门。

景区是著名的黑石山风景区，学校又是著名的聚奎中学校。为何景区是学校？学校又是景区？初入者，很难说清。当步进山门，古朴，清幽，历史的厚重和书香的气息迎面扑来，看过"事不避难，志不求易"的聚奎校训之后，如一块滋石，被深深吸引。慢慢走完这里的山石与小径，仰望过参天古木，轻抚着雕花门窗，踏上众多会说话的青石板，跻身于"一夫当关"的雄奇与壮美，穿过聚奎书院和石柱楼，便看到耸立在一块硕大石包上的"鹤年堂"，端坐堂内听一席演讲……所有的故事，都从这里开始。

鹤年堂的位置，居黑石山深处，也是最高处，她占据黄金分割的显要，是黑石山的魂与灵。

之所以命名"鹤年"，因在 1928 年至 1930 年历时两年由当时江津名绅邓鹤年捐资 1 万银元修建而成。从外观看，鹤年堂为中式建筑，长方形土木砖石结构，重檐歇山顶，青瓦白墙，条石为基，窗户房间呈轴对称设计，但走进，却发现里面竟是仿罗马歌剧院的内部构造，分上下三层，雄伟独特，并运用光学与声学原理极好地解决了大型建筑物内阴暗、瓮声之弊端。这种中西合璧的建筑风格，有一种进步与兼容，很大程度上融合了中西方文化的思想与精髓。也折射出近一个世纪以前，江津这里西学思想已经渗入，当地的乡士文人，思想开明，思维活跃，乐于接受新生事物，体现出繁荣的乡绅文化与殿堂文化的交融。如那时邓鹤年之父、聚奎书院创办人邓石泉，因自小家贫读书甚少，不仅全力支持和敦促子孙读书接受教育，还极力推崇进步的思想，用国外先进教育理念办学，就命次子邓鹤翔将书院改为洋学堂；把邓鹤年的兄弟邓鹤丹送往日本留学，使其学到诸多新潮文化用于为家乡发展服务。也许，正是在这样的家庭氛围熏陶下，邓鹤年捐资修建的鹤年堂也大胆创新，取长补短，有了外来文化的符号。

因鹤年堂的唯一，被冠"川东中学第一大礼堂"的称号。有了这名号，文人志士，民族英雄等各路豪杰，他们从四面八方来到黑石山上，走进鹤年堂，推行他们的见解和主张。

如若有闲情，找一座位，体验一番听者的惬意和畅快，再缓步登上讲台，环视左右，历史虽然远去，但影像依旧可呈现，仍能感受到那些杰出人士登台演讲时的慷慨激昂与豪迈情怀。

"台高三尺引来遐迩方家显达，座满四厢成就古今奎宿英雄"，讲台两侧木柱上书写的这副对联，依然醒目，依然耀眼，它如一部影像机，回放着曾经的豪情万丈。

陈独秀，他的一生，充满传奇和坎坷。晚年陈独秀避难江津时，鹤山坪石墙院成了他栖身的主要场所。

1939 年夏，重庆出奇地炎热，石墙院的屋瓦经过太阳一天的烘烤，室内如桑拿一般，到晚也无法退凉，贫病交加的陈独秀度日艰难。于是，邓鹤年、邓燮康叔侄知晓后相邀他到鹤年堂避暑疗养，他应允前往。

鹤年堂正门内右侧的小屋，便是当年他的居所。10 余平方米的屋子，小巧紧凑，一张挂着蓝色蚊帐的老式木榻床摆放于墙角，长方形木质书桌临窗靠墙，上面搁置的砚台笔墨，原样摆放，其外除了一把靠背椅，再无别的家什，他便在这样简朴的房间小住几十个时日。

国难何以为家。随抗战全面爆发，西南成为大后方，二十余所中央学术机构和大中学校纷纷迁至白沙，一大批外地文人也同行入川避难，而鹤年堂这个川东中学第一大礼堂，相应地成了研讨、讲学和传播思想最热衷和首选阵地。

其中，著名思想家、国学大师梁漱溟就曾多次在此传播革命思想；加拿大国际友人文幼章作为第一个到白沙公开发表演讲的外国人，他用英文全程讲演；身经百战、叱咤风云的冯玉祥，着装简朴地站在学生面前，用抑扬顿挫的语调号召大家捐钱买飞机抗日……数十位中外名人在鹤年堂里讲学、讲演。著名史学家邓少琴、爱国诗人吴芳吉等作为当年优秀学生代表，也曾几度登堂演讲。

鹤年堂，总站在时代前沿，成为传播思想的重要战场，也成为思想碰撞的圣地。

一所百年老校，有着"川东第一大礼堂"之称的"鹤年堂"，为何能择良木而栖在黑石山上？

既为黑石山，定便有山石。的确，黑石山的石头，很多，很大，很黑，顾名思义为"黑石山"。这些石头硕大独立，外形光滑似球体，表面布满墨绿色的苔藓植物，远望黑漆漆的。多数石头独自成小山，也有成器成物，成花成峡的，怪异奇特，造就黑石山独特风貌。对于山石何以那么多？没有人能道清说明，大致认为是五六千万年至两亿万年前，湖泊的造山及地壳运动改变出这样的山形地貌。我暂且称她们是亿万年前的天外来宾吧，她们经受过翻山倒海剧烈疼痛和折磨，终于苦尽甘来，飘落到地球，因江津这里丰厚的水脉和瑰丽风景，最终落户于绿溪河畔这个幽静的山头。

有了山石，便有了树木花鸟，她们是相亲相伴的姊妹。黑石山上的树，多为古树。大门左右两侧，各有一参天古木，吊牌上有她们的年轮，四百余岁，四个成人才能合围的树杆，有"树王"之称谓。树为川蜀常见的香樟树，高大挺拔、经脉清晰、树冠开阔茂密，一拨又一拨来访者，她们是亲历者，也是风景区和学校的庇佑者。五百余棵古香樟，八百余棵的各类古木，跻身国家级保护树种名录的就有六十余棵。有如此多的树中长者和佼佼者，重庆市单位团体古树之首就非黑石山莫属。还有一个更为稀奇的植物王国的传说，为立于书院后门的一棵罗汉松，五百多年树龄，原本夫妻相对的两棵，年岁相当，他们夫唱妇和，相濡以沫五百年，几十年前，妻子经受不住顽皮孩子的折磨，含恨而终，只留下右边老鳏夫独自相守，后人为不让年老的夫君思妻心切，给配置一棵年轻貌美如花的小罗汉松，从此，他们过上了老夫少妻的甜蜜生活。

古树入苍穹，鲜花织罗衣。五六千株的奇花异草，又给黑石山织造出一件美丽衣衫，这里成了密林幽境，生态环境极好，是鸟类和珍禽的家园，猫头鹰、黄鹂、白鹤、翠鸟等珍禽鸟类栖息山林，攀枝附叶，筑巢繁殖。至春夏，成千上万的鸟儿回归朝门，满山鸟粪白茫茫一片，似大雪覆盖，形成"六月飞雪"的奇丽景观。爱好清修的文人雅士，喜林木葱茏，繁花沁香，鸟声啾啾之地，在丛林深深的宁静与安逸中，寻幽纳凉，吟诗作画，如方吉诗人生前所言："吾死后，将我葬于黑石山上，任听树声、鸟声、书声。"天长日久，读书育人的书院，后成名副其实的一所森林学校，也有了一所百年老学校，更有了享誉中外的"鹤年堂"。

时至今日，鹤年堂里"江津聚奎大讲堂"已成文化品牌，为一个文化传播和繁荣的重要阵地和指代，名家讲学和授课，他们的思想和光芒，正通过鹤年堂发扬和光大，致使"奎星永耀"。

古语曰：山不在高，有仙侧名。黑石山有了鹤年堂，不老的传说定会代代相传。

客过李庄

留存一段记忆只是片刻，怀想一段记忆却是永远。

——林徽因

一

于李庄，我为过客，而李庄于历史，也如此。

长江边上，游人如织，喝茶的，打牌的，摆龙门阵的，小孩子家家在四处跑玩的，甚至还有拖娃带口地依附江岸而下，去到江边捡贝壳的。人，各种心境，各自玩法，都努力地寻求着自己喜好的乐趣。

江水，一刻不停地奔腾而下，哪管流过的是何种地方。当站在李庄最宽阔的江岸看浩淼的江水时，看着江水湍急而去，听着奔腾咆哮的怒吼声就知它们没有丁点停留的意想，也许它们从来也不知道自己流过的是李庄。李庄于它们，意味着什么呢，会是这"万里长江第一镇"的名号，还是这里曾经有过的货运码头和物资集散地，甚或是这里曾经的辉煌文化史？历史就是历史，过去了，就没有重复，而今，辉煌不复存在，怀想，是留给后人的依恋，那么江水，仍旧一泻千里地注入大海。

树，有些李庄的影子，生长上百年上千年的都有，现在还在源源不断地栽种。有些参天大树，偶尔还可见它们腰身挂着一个蓝色的小牌子，上写明何树种，树龄几何，让人一看就明白，这是古树木，得受人保护；有些树木，虽说不如古树那样让人钦佩，但那蓝牌牌上却特地注明是曾经的某某栽种，让人霎时陡增几分崇敬，显然它们就成了名树；还有些为名贵树木，突兀的半截枝丫，粗大而壮实的树杆，光秃秃的头顶，一下就明白它不是李庄的土著，也不知它们经历多少艰险从哪个山头还是哪个植物园搬迁得来，更不知到底适合不适合李庄的水土。羸弱的身躯还需支架扶住，像人打点滴样的袋子在滴滴答答、慢慢悠悠地往体内注入。据说这点滴液里，内容很丰富，促生根，抗生素，各种微量元素都有，也许，树也是通人性的什物，能感觉得到它们也在积极认真地融进李庄这生活氛围之中。你看，新嫩的枝芽不正从树干枝缝间旁斜而出？

长江边的一开阔地，一坝坝的竹椅，密集而井然地掩映在树荫下，三五几张，十几二十张的摆成一个圈子，便是一户人家所承包的地块，由此也有个正当的来由——茶园。我，夫，妹妹，妹夫，以及我们两家的孩子一儿一女六人就找寻一个能坐下的位置，来了一壶不算好的峨眉竹叶青茶，分成六杯，每人手捧一杯，悠然地喝起来。喝茶的间隙，我们依然不紧不慢地闲聊起龙门阵，谈得最多的，依旧是自家人的幸福，然后才是这李庄的旅游。茶桌下的小布丁是妹妹家的宠物狗，活泼机灵地像守候家似的守候，与我们不同的，它自始至终都怀抱一根没有丁点肉的腊肉骨头，啃来啃去，看它满足又得意的模样，让人很恬静地觉得动物也能那么美丽地融进李庄这样的氛围之中。

二

间或，看着你来我往的游人，把李庄的古街小巷填充个够，有的脚步匆匆，有的踌躇，抬头抑或驻足，眉宇间都透出凝望与关注。

而李庄，从古至今地一路走来，有过了辉煌，习惯了喧嚣，也习惯了安宁，更习惯了对于战火纷飞的日子以平静的心态来兼容。融合，已是李庄海纳百川般的气度，不管客从何方来，北方，南方，东方，或者是遥远的国度；也不管客是商人，士官，达人，知识分子，工人和农民，李庄都以微笑的面容，静候客人的光顾。

"东有江苏昆山周庄，西有四川宜宾李庄。"可见，李庄从古至今一路走来，背负的历史与名望。由此，过客，李庄自古以来都不稀有，她恬淡，清幽，深厚，雅致而好水的秉性，终成人们追逐的地方。

与周庄一样，长江边上的李庄，因水而兴，因水而发展，因发展而闻名，因闻名而客人拥趸。1460 年的历史，像一个蹒跚学步的孩子，一步一步地走过历史，走至今天，步伐沉重又笃定，发展的历程艰辛又曲折。

作为国家级历史文化名镇，有着深厚文化底蕴和厚度，那川南民居集群的独特魅力，便是李庄展示的宽度。因濒临长江，为明清水运商贸重地，也有了"万里长江第一镇"的美誉。随商贾船运的发达，李庄也由古时的一小渔村逐渐演变成古村镇，古驿站，文化名镇。而今，千年发展历程，留给李庄文化遗存丰厚，走过大街小巷，映入眼帘的多是文物古迹，文化遗存。川南民居、庙宇、殿堂等建筑人文景观荟萃，古建筑群规模宏大，布局严谨；青石板铺陈的街道上，青砖黛瓦粉墙檐廓，风火山墙，雕花门窗，酒肆茶楼，名吃老字号，繁华热闹，有着明、清风貌和格局的李庄，古色古香的古镇风韵直扑屠面。

在众多文化遗存中，"九宫十八庙"，为李庄精华之所在，无论是明代的慧光寺、东岳庙、旋螺殿，还是清代的禹王宫、东狱庙、南华宫、天上宫、祖师殿、文昌宫、慧光寺、张家祠堂、罗家祠堂、四姓大院民居、肖家院民居等，以及被著名古建筑学家梁思成先生称为古镇四绝的"旋螺殿""魁星阁""百鹤窗""九龙碑"，这些文化名片，为李庄无数过客所造，为千年古镇增添着靓丽的容颜。在和平岁月里，她们总是庄严而热情地等候着来自四面八方的客人前来瞻仰临摹，可在战争岁月中，她们却肩负着承担共和国抗日战争大后方文化中心教学、学术研究、科研实验、培育人才阵地的重负。

"白日里千人拱手，入夜后万盏明灯"的景象仿若云烟，轻漫于脑海，客人匆匆而来，又匆匆而去。但在这千千万万过客与迁徙者中，有一批人，他们至诚至信，他们刻苦努力，他们把国家的危难作为己任，他们以赤胆忠心报效祖国的牺牲精神，让人们至始难忘，直至永远定格于历史长河。

三

1940 年，中华民族处于水深火热的岁月，日寇侵占东北、华北之后，以蚕食整个中华的狼子野心继续南侵，西南大后方的中心城市昆明、重庆也不断遭受日机的"疲劳轰炸"，混乱的战事，不安定的社会局面，已无法保障我国文化命脉的生存与发展。学术机关，高等学府，人才，文物……这些国家命脉将面临新的考验，他们与世无争，胸怀天下，但动荡的时世却无法还给他们一寸平静的天地，哪里才是著书立说、培育后人的清净之地？躲避，逃难，颠沛流离，不断地迁徙，是他们夜以继日享受的生活。僻静、安全、包容和大度的栖身之地，何处才是这样的避难场所？

此时，在遥远的川之南边一个古老的小镇，一名叫钱子宁的同济大学校友接到来自母校的一封信函，上面明确表明：有迁这个小镇的意图。

同济与李庄，天壤之别；商贾与学府，差之千里；且仅容3000人生存的古老小镇，怎能担当如此的重任和使命？于是，李庄，有着奔走的脚步，有着游说的脸谱，反对，讥讽，争论与担忧……万全无策之下，名士罗南陔知晓此事，其睿智和果敢的品格，承载起动员、说服李庄民众的重任。一切，都敌不过中华儿女保护与牺牲的情怀，终于，一扇大门为"她"打开，最后李庄用开放、包容的心态，用博大、宁静的胸怀，向远在昆明的同济大学发出"同大迁川，李庄欢迎。一切需要，地方供应"的呼唤。

十六字电文一出，犹如天籁之福音，热烈，果断，如万里长江哺育出的浩然正气，如滔滔江水奔腾而泄，这是同济的希望，也是中央学术机构的期冀。而此时的李庄，我们分明看到"九宫十八庙"在悄然发生着的变化，寺庙里的诸神隐退了，张家祠堂的神位搬离了，镇民各自疏散了，投亲的靠友的……凡是能腾出一席之地的场所，李庄都勇敢而坚定地奉献而出，誓死为即将来此的1.2万远方的客人留个安身之所！

同济迁入，中央研究院、中央博物院、中国营造学社、金陵大学文科研究所等10所有名的文化学术机构和学府相继迁入，客人蜂拥而来，再次掀起李庄波澜壮阔的生命历程。从此，李庄，这一偏僻小镇，这个水运码头，过去因水运和货物集散地而闻名的商贾重地，转而变成后方文化中心的显赫之地，她不再局限于"万里长江第一镇"的名号，跃身变成了"中国的李庄"。而过往李庄的客人，不再只是商贾和搬运工人，也不再只是物流和货运，而是多了些穿长衫，举此儒雅，谈吐不俗，处处洋溢着学者气息的文化名人，傅斯年、李济、梁思成、林徽因、梁思永、周均时、童第周……纷至沓来，"抗战文化大西迁"由此慕名。

故而，林徽因说："背上行囊，就是过客；放下包袱，就找到了故乡。"

李庄，是无私的，也是大度的，所谓"风过留声，雁过留影"。千年李庄，给我们留下了些什么？正如刚进李庄那状如中国版图的硕大石头上雕琢的"中国李庄"一样，四个大字，在太阳光的照射下，熠熠生辉，李庄是中国历史上光辉灿烂的一页，一如她千年水运码头的属性，客人不断地来，又不断地走，迎来送往，但李庄都终在那里。那么于历史来说，1940至1946年间李庄历史上最大的文化大迁移，留下的是什么呢？"付出与退让，牺牲与保护，文明与进步，传承与发展"，李庄诠释得极为精妙。

李庄闭塞，僻静，条件艰苦和恶劣，但这里局势安定，环境清幽，给学者们提供了治学科研较理想的场地。撤退到李庄的专家学者们，不以客居他乡而沮丧，不以物质匮乏而颓废，以大度，谦逊，融合的品格，以主人翁的献身精神和责任意识，很快融入李庄的学习和工作之中，由此，学术研究也终于有了一方平静而简陋的立身之地。紧接着，李庄的历史因他们而改写，李庄，因他们而前行，学术因他们而辉煌，从而在国难当头之时守望着中国学术的命脉，使李庄一举成为抗战时期大后方的四大文化中心之一，形成了独特的"李庄抗战文化"。

同时，由于李庄的兼容与并进，李庄阐释出了更多更精深的内涵：爱国主义的精神，抗战必胜的信念，矢志求真的毅力，民族复兴的壮志。这些，都因李庄热情好客而获得。

当国家政权岌岌可危之时，当侵略者遍地燃起战火，李庄接纳的学者，谁说他们是孱弱的，谁说他们手无缚鸡之力？此时，他们早已是保护和发展文化命脉的战士，学术研究是他们战斗的方式，而李庄则是他们战斗的阵地和圣地。

李庄的过客们，用事实证明：中华民族在任何困苦中都会保护好我们民族的文化命脉，外强熄灭不了中国文化绵延传承的火种的！

四

梁思成，林徽因，一对我们深爱和追思的学术爱侣，他们留给世人的成就令人瞩目，但回想他们在李庄那段日子，无不清泪潸然。

李庄月亮田，中国营造学社曾驻迁之地，梁思成、林徽因故居的门楣上，挂有对联一副："国难不废研求，六载清苦成巨制；室陋也蕴才情，百年佳话系大师"。简短几十字，把这对苦命夫妇当年的生存困境和卓越成就跃然而写。那

时，李庄条件艰苦，缺医少药，徽因重病缠身，贫病交加，夫妇俩的薪水多用于医药，生活极度地困苦，典当衣服，典当家什，是他们不得不做出的艰难选择，甚至连陪伴了梁思成几十年的派克金笔和手表也难逃典当厄运，但换回的不过是区区两条草鱼。即便如此，梁思成夫妇仍然不改其乐观豁达的生活态度，当两条草鱼拿回家，梁思成还非常幽默地对徽因说："把这派克笔清炖了吧，这块金表拿来红烧。"

梁林的窘境让朋友们伤心，都想伸出援手帮衬一把，但那时的条件，谁的境况又能好到哪里。思来想去，傅斯年便瞒着两人破例向中央研究院领导写信求助，申请困难救济。梁、林一生挚友费正清和费慰梅也多次来信劝他们去美国治疗、工作，梁思成和林徽因谢绝了他们的诚意，并坚定不移的回信说："我们的祖国正在灾难中，我们不能离开她，假如我们必须死在刺刀或炸弹下，我们要死在祖国的土地上。"当面对亲人问及的"如果日本人打到四川怎么办"？林徽因平静而果断地答道："咱们家门口不就是扬子江吗？"一个纤弱的女子，一代中华民族的学者，在困难和死亡面前，却是那样决然和超脱，他们就是李庄无数过客中普通而又神圣的一员。

这样的过客，却书写着一个又一个奇迹在李庄发生。

一本有着十万字的《中国建筑史》，是我国第一部详细阐明中国建筑历史的学术典籍，它的诞生，却是梁思成用生命在撰写。那时他患有严重脊椎病，必须穿上铁马甲才能扶正身体，身体虚弱，营养不良，超负荷的工作和学习使他的体重降至四十余公斤，对一个大男人，这样的体重就是夺命之魂；而徽因却在日日咯血的生死线上挣扎着，短短几个月就让她的美丽不再有。没有电，没有自来水，每日伴随他们的是臭虫和油灯，落日孤夜，梁思成潜心编写，徽因精心校阅和补缺，夫妇俩共同完成了这部历史巨著。

《中国建筑史》写完，梁思成又和其他人一起编印已停了几年的《中国营造学社汇刊》，当地没有出版社，没有印刷厂，纸张缺乏，便自己绘图、编排，自己印刷、装订。纸是土纸，画在药纸上，写在药纸上，然后自己去石印，从折页子、垛齐、订孔到裱装封面都是自己动手完成。另外，在李庄的时间里，梁思成还完成了五台山唐代建筑佛光寺的考察研究报告，并把它译成外文介绍到国外。

李济，董作宾，陶孟和，罗尔纲，芮逸夫，还有在一台旧显微镜下研究生物胚胎学的童第周……不胜枚举的专家学者，他们无不是在青灯苦读下做出巨大成就的李庄文化大迁移的匆匆过客。

李庄，一个文化和历史遗迹沉淀的古老小镇，一个诉说着抗战风云和沧桑的古老小镇，一个能折射中国文化、涵养民族精神的古老小镇，就这样迎来送往着一批又一批成就斐然的过客。

五

今天，我们慕名而来，舍弃烦琐的船运，选择最为简洁和通畅的自驾出行，一路欢歌，看过了李庄的风貌，品尝过李庄的白肉。此时，悠然，恬适，幸福地坐在江边喝着茶，风，轻柔地从江面飘拂而过，历史却沉重地走过昨天。

午后暖阳从树叶罅隙穿透而过，映射到茶杯上，与茶水的琉璃影像天然融合，折射起斑斓的光点，映射出时光的影像，历史虽已过去没有重复，但场景却有着诸多的相似。脑子里，幻化出无数过客身影，从古至今，有些模糊，有些清晰，有些高大，有些猥琐。那些高大的身影，他们在70年前的生活影像，似电影镜头不断闪现。

梁思成，林徽因也是爱茶的吧？他们是否也如今天的我们，能有此心境享受着江风的吹拂，享受着惬意的家庭之乐、亲情之乐、生活之乐？

今天我喝着茶，谈论得最多的是如何建设自己美好的生活，未来的方向，我们可以充分做主，国家之忧，生活之痛，压根没有。他们呢？

"有朋自远方来，不亦乐乎"，正是这样乐观，豁达的积极奉献精神，李庄故而载入史册，成为千古传颂的佳话。

看着李庄而今葱郁的发展，还有不断栽种的名贵树种，新发的嫩芽，如李庄迎来的又一个康乾盛世的新起点，正在建设以"旅游开发区，大物流区，高档住宅区和新型工业区"为发展目标的李庄，未来的道路，笃定又宽阔，我不明白，我走后，李庄又将迎来什么样的客人？但我明白，李庄，依旧会客来客往。

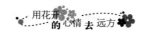
阆中，我该怎样品味你?

一座城，历史的足迹踏过，总会给人留下深厚的印迹，走进她，尤如走进一部历史教科书。

——题记

以前，对阆中，一直不甚了解，骨子里总认为那是贫穷落后的代名词，以至于妹妹反复再三地说：姐，去看看阆中吧，那里如一本书，得慢慢地品。我总是取笑，认为是她又在极力为自己打造的"西瓜"寻买家……

近年，有幸几次亲临阆中。初次是 1997 年 6 月重庆直辖 10 年大庆的大假期间，由妹带着踏入；随后是作为川北考察时路由此地，便由当地导游带着游览；最近一次，是作为区作协采风跟随而至。再次的踏入，总感觉少了些许的韵致，一是旅游升级打造后各种硬件设施的完善至游人如织的强势扰乱了古城的安宁；二是不少缺少观赏性的历史景观，旅行社根本不涉入，一些营利性的人造景观倒是频频踏入，内心总感寡淡不充实，不免有些许的担忧：如此下去，阆中这座"巴蜀古建筑的实物宝库"和"历史文化名城"能否散发出她那夺目的光彩？这种变味的推崇，取悦了游人，却丢失了古城原有的风貌与韵味。不知不觉脑子里便回荡着妹妹总说出的那句话：如果有时间我愿待在古城里，慢慢地品这座城。

于是，便也回味着第一次游古城的美好来。

阆中·山水相依的古城

作为中国四大古城之一的阆中，其具有悠远的历史和文化底蕴，无论是其山水相依别具一格的造型，还是伴随三国故里以及革命圣地而演绎出的历史背景，总散发出熠熠的光彩。

刚进入地界，矗立嘉陵江大桥桥头的"飞马"雕像就指明了这座城市的发展方向——旅游城市。据说，中国，只有优秀的旅游城市，才能雕塑这样的像。不错，阆中，保存完好的中国古城，中国历史文化的名城，历来就有"阆苑仙境、风水宝地"之美誉，站在这座桥的桥头，环视整座城，就会发现：其三面环水，四面环山，水在山中，城在水中。《中国国家地理》曾经对阆中风水作过这样的描述："'千水成垣，天造地设。'阆中四面山形如高门，因名阆山；嘉陵江流经阆山下，因名阆水；城在阆山阆水之中，故名阆中。"古城中山、水、城如镶嵌的唇齿相映相衬，风光钟灵毓秀，如一叶轻舟，泊在远山含黛的天地之间，如诗如画，其独特的风格在中华古建筑中不失为一朵绚丽的奇葩。

阆中·展示建筑文化的古城

阆中，有着深厚的历史文化影响，从古至今，多少文人志士对之赞赏，连唐代杜甫也曾称颂道："阆中胜事可断肠，阆州城南天下稀"，可见，阆中这一历史文化名城，留下多少韵律横溢的文化奇迹。

雨中，踏着青石铺就的街面，看古城在细雨中轻述，看纵横交错、别有韵致的青石瓦檐的古建筑，透出沉重古韵的古街、古院、古屋、古镂空雕饰以及点缀着沧桑历史画卷的古树，繁复中透出别致，玲珑中凸显精巧，让人想到"城中飞阁连危亭，处处轩窗对锦屏"的佳句。至今，这里有保存完好的古街60余条，古院落数以千计，总面积达2.1平方公里。如果有闲情，随便站在一间门厅前，盯着斑驳陆离的窗户格子看看，便能看出其间的故事和韵味：那窗户格子的形状，要么圆球形，要么长矩形，要么方，要么椭，再细细地端详，里面的雕像，指不定就是一幅人间生活图景，要么就是寓意吉祥如意的世间图腾……如此，花

的造型，草的长势，树的枝丫，动物的攀爬。雕刻的技法，千变万化，栩栩如生地招你的眼。难怪有人说，阆中这座巴蜀古建筑艺术宝库，其间蕴藏的古建筑技法为现代多少建筑学者提供出宝贵的参考数据。在那悠远的历史年代，先祖们就用巧夺天工的神手和超凡的智慧，建造出如此完美的古城风貌，想想，便情不自禁地钦佩和赞誉。

阆中·清悠迷人的古城

入夜，古城沉入静谧的夜中。入住古城"水码头"客栈，明清时期的"串珠式"四合院建筑格局，民居式的木房，古色古香的家具，木板铆钉而成的楼梯，踩着发出"咕咚，咕咚"的声响，如果不是房内有着高科技含量的水式灭蚊器，真以为跨越了时空，仿若置身于明清年间。

走出客栈，让自己被浓浓的夜幕包裹，环顾左右，古城的人家也早在趁夜色来临之前，孩子就如归巢的鸟儿飞回了家门，上班的大人便似归航的帆船靠了岸。此时夜色凝重，各家各户镂空的窗花射出祥和的灯光，还能嗅出各种饭菜的清香，古城一派祥和、安宁，这也是最让人心醉的时刻，之后，猜想他们定将做着各自的事直至熄灯就寝，等候第二天晨曦来临。

街道也那么安然地沉去，唯阶沿上挂着的仿古路灯透出昏黄的辉光，昭示这里依旧住着人家。偶尔在一家屋主人的门房内透出几声原汁原味、字正腔圆的川剧唱词，俨然地向路人证明他们也在建设着自己的精神文明。透过门缝的光亮，窥测屋内横摆的几把兹竹编制的躺椅，三五个中老年人正在一把二胡的伴奏下，聚精会神地编排剧目，吊着自己的嗓子，正是这时隐时现的川剧唱词，激发了我们骨子里就好奇的那根神经，妹说：姐，阆中城，得慢慢去看，我带你们去看皮影和清真寺。

冲破夜幕的屏蔽，找到古城最负盛名的王皮影家中。作为川北皮影艺术继承人的王彪一家正待熄灯就寝，见我们虔诚地来拜访，很是惊喜和感动。于是，作为当家人的王彪，又急忙招呼一家大小穿戴整齐，启动家居艺术团里的各种影像设施，特地为我们表演了川剧《霸王别姬》《白蛇传·断桥》《贵妃醉酒》《穆桂英大破天门阵》等剧目中精彩片段。一小时多的表演结束，皮影艺术的强悍感染力仍在脑海回荡。阆中皮影，作为非物质文化遗产，恰如其分地利用川剧剧目同雕刻、剪刻、剪纸等艺术完美地融合起来。阆中的王皮影其剪刻艺术，博采众家之长，形成独特风格，他那生旦造型的秀雅，净末的威武雄壮，丑角的生动滑稽无不深深地印入脑海；再看那头饰服装，形态逼真，脸谱光纹，透光照亮；飞禽走兽，花草虫鱼，山水楼阁，莫不声情并茂，惟妙惟肖。他的表演艺术更独具特色，不仅能熟练地使数个皮影协调动作，并能兼唱生旦丑末多种唱腔，达到炉火纯青的境界，把人引入皮影艺术的精彩与优美之中。

接近晚10点半，妹兴趣盎然，又说：我们去清真寺！

阆中，是一个多民族聚居地，少数民族中尤以回族人居多，全市有6万余人，所以在这城中建有一座清真寺，就不足为奇了。妹找着市民族宗教协会会长的家里，请出这位看去精明强干的会长，让他当了一回导游。通过这次的清真寺之游，又对回族以及伊斯兰教有了初步的了解，以前总认为他们无论春夏秋冬头戴白帽似乎有几分傻，现在终也明白，伊斯兰教徒不傻也不呆，其名副其实为一优秀民族。其善仁、喜学、善武、讲洁净。同时伊斯兰教是一个科学的宗教，它鼓励人们通过真科学对宇宙、对世界进行认识和思考，从而奠定了其在世界宗教信仰中的重要地位。

晚11点半，结束全天活动，回到"水码头"客栈，躺在旧式的木床上，闻着邻家院落里发出的拖鞋踢踏声，窥听着小夫妻俩窃窃私语的俏骂，想想这世界真清纯得干净，美得阑珊满地。也许，这也是古城中一道挥之不去的亮丽风情吧，人们至纯至美，邻里间相映成趣。不免又回想起妹妹的话来：得细细地品这座城，我想也包括这里的人们。

这样想着，脸上不知不觉露出疲惫的笑容，不知多时，便沉沉地睡去。

阆中·阐释谜团的古城

第二天，天刚亮，邻家阁楼传来"咚咚"声响，把我们从睡梦中扰醒，只得伸个懒腰，念叨着："起床啦，好想尽快去领略桓侯的祠堂，瞻仰英雄人物的风采啊！"

蒙蒙的雨从高空飘洒而出，天阴霾而湿润，透出凝重的沉闷，让人心疼得喘不过气来。雨在古城屋顶停顿片刻便顺阶檐滑落成滴滴的小水球，这好似天公散泪的景象许是孩子最喜的风景。小侄女蹦跳着跑到天井边，双手接着从空而坠的水珠，开心但又不解地自语，仿若又是在问：姨，这水滴好像眼泪啊？！我无语，只和妹妹做着前行的准备。

顶着朦胧的雨雾，径直迈向古城西街。在这里，三国英雄张飞长眠于此，并占据着古城一万多平方米的"宝地"。张飞——这位家喻户晓的三国蜀汉名将，曾在阆中镇守达 7 年之久，为当时的古阆中及以后的经济社会发展做出卓越贡献的历史人物，后人为纪念他，在此修建了距今 1700 余年的"汉桓侯祠"，俗称"张飞庙"，其名缘由张飞死后，追谥号为"桓侯"而来。

桓侯祠主体建筑均沿中轴线布局，由南向北主要由山门，敌万楼及左、右牌坊、大殿、后殿、墓亭及张飞墓和墓后园林组成。

参观完张飞庙，才知小说和历史开了个很大的玩笑。

自古以来，人们心中的张飞是一介武夫，世俗认为他是有勇无谋的虎将，其长着方脸、大额、留着满腮胡须，俨然一位猛烈之士。而阆中张飞庙则对张飞进行了全新的阐释，让张飞的形象在人们心中注入了新的内涵与新的定式。

原来张飞不仅是位武将军，而且还是名副其实的"文人"，称"文武双全"，其是一名书法家，也是一位善于刻画美人的大画家。庙中所塑的张飞石像，把英雄的威猛彻底淡化，显露出一个眉慈目秀、文质彬彬的白面儒生来。

对于张飞，在历史很多记载中也曾记述"张飞喜画美人，擅草书"。清代《历代画记录》记载："张飞，涿洲人，善画美人。"据说涿洲鼓楼北墙上的"女娲补天图"便是张飞所画；张飞故里石佛阁的壁画也出于张飞之笔。陈寿的《三国志》也记载：当年张飞以少胜多，把曹操名将张郃打得大败而退。因胜利而喜悦，他当即便以石代纸，以丈八蛇矛作笔，在八蒙山上书写了"立马铭"两行隶体大字，其笔力雄健，功力深厚，其书法造诣之深，如果王羲之老先生在世，又当何以评之？

不到阆中，不到张飞庙，也许张飞将军的英雄形象将永久定格在演义小说的范例，如此一行，把英雄人物的崇高形象更完美地置于脑海深处，让其更鲜活更栩栩如生起来，确有不枉此行之快感。这位勇谋双全而又不失铁骨柔肠的真性情男儿，他爱憎分明，对民爱如子，对敌毫不手软，对身边人是那么苛求严厉。但就是这样一位铮铮铁骨英雄，生命不是殉烈于战场之中，而是葬送于自己的卧榻之下，夺去他生命的又恰恰是自己的两部将。

据导游讲：当年关羽战死，为替关羽报仇，张飞从成都奉命回到阆中，限令所属部将范疆、张达两人为自己置办 1 套白旗白甲，挂孝伐吴。而范疆、张达却把张飞的话听成"100 旗 100 甲"。范疆、张达心里就想，三天之内要做好 100 套旗甲是不可能的，如果不能如期完成，依张飞的禀性，一定会被斩杀，那样还不如先杀了张飞然后投吴请功。歹毒的主意打定，于是，两人便趁张飞酒后躺身床榻之际，带刀潜入张飞帐中，将英雄杀害。范疆、张达得手后，便把张飞的人头割下，准备投奔于吴国。他俩带着张飞的人头在途中路过重庆的云阳县时，却听到不少人说，蜀国与吴国又合好了，听到小道消息，他俩便想吴国与蜀国合好，送上门也许是死，便顺手将头颅扔于长江之中夺命而去。张飞的人头在江中飘浮一天后，被一渔夫拾得，安葬于现今重庆云阳县的凤凰山上。这样阆中张飞墓安葬的仅为英雄的身躯，而在云阳的凤凰山上安葬的则为英雄头颅。一位三国时的精英人物，就落得这样一个"身葬阆中，头葬云阳"的惨烈境地，怎能不让人悲天泣地！这天悲人痛的惨烈史实怎能不让世人扼腕叹息！

悲哉，壮士一去兮不复返！

阆中·生机勃发的古城

张飞虽然死了，但他的精神、他的丰功伟绩永远"活"在阆中，"活"在阆中汉桓侯祠，"活"在阆中人的传说里，也渗透在阆中这座古城的生生息息中。无论是战争年代还是和平时期的今天，"张飞后裔"们正是沿袭着张飞当年的发展思想，红红火火地建设着自己的家园。徜徉在古城的古街古巷子里，时时可见丝织品的踪迹，大到丝绸缎被，小到女子用丝绸刺绣的唇膏盒，无不展示着这座城与蚕丝有着千丝万缕的关系。是的，再看，在一间不起眼的古屋里，绣娘们吱吱地绣着丝绣，那柔滑的丝帛在她们手中似翻云履海般地摆弄，过不了多久便是一幅美丽的画卷。再游弋到洗丝纺，游人们一丝不苟学纺线的专注神情都充分告诉人们，这里是盛产丝绸的地方。可正是这世人都极爱慕的丝绸，就是当年张飞号召阆中人大力栽桑养蚕才发展而来的，是他的英明，他的正确决策，才奠定出今天的这座"千年绸都"。

穿越古城大街小巷，张飞的英灵总是不离不弃，"张飞牛肉""张飞水饺""张飞醋""张飞锅贴"还有许许多多"张飞"这，"张飞"那的品牌，试想今天的阆中人不正是沿袭着张飞智谋双全的发展思路么？他们今天用其所长，不是用于当年的三国争雄和解决庶民温饱上，而是用在如何建设自己的小康社会之中。这些"张飞们"滋养了阆中旅游，发展着以丝绸、食品加工为支柱的产业，滋养着这座城市的生灵，传承着张飞的思想与魂灵。

阆中，千古绝唱的古城，你的美，你的韵，你无时不在散发的熠熠光芒我如走马观花般无法全然领略，但张飞的魂灵将永远让人魂牵梦萦。走出阆中，回望泊在山与水之中的阆中城，在雨丝轻拂下，透出更加凝重的古韵，耳旁又萦绕着妹妹老说的那话：有时间愿待在古城里，慢慢地品这座城。

石龙门：一个名门望族的落寞老人

一

我姓陈，叫陈洪佑。

每次面对一张张期待的笑脸，这个清癯，俊朗的老人嘴里会反复不厌地自报家门，然后记忆的闸门缓慢开启，他则安静地讲述。

二

重庆江津塘河镇石龙门村，山形逶迤，山凹深处，远观可见植被茂盛，树木参天，在五月的天际中，生命气息浓郁。待到近视，谁也想象不出盎然的生机下却隐藏着衰败与落寞的惆怅。一些荒草，肆意生长；一些房屋，任意坍塌；一些墙基，布满青苔；连那些本该被梳理得流畅呈现出优美线条的瓦棱屋顶，也横七竖八地夹杂着一些零散瓦片，时不时地冒出几棵杂草和一些残败枝叶，给人一种凄凉凋敝的世事风貌。

一个古庄园——石龙门庄园，便掩藏在这样的乡村景象里。

灰尘满天，残垣断壁，旧式家具四处散零。粗看，没有庄园的气象，只有农家的房舍和农人生活的轨迹；细详，轮廓虽不在，但厚重威严的影迹却依旧。

陈洪佑便是与这个庄园有着血脉相连的唯一一家人，从小受过良好教育的他，也许自始至终都在思索，这个曾因他的高祖陈宝善创建的庄园，怎样地一步步发展，一步步壮大，又怎样地一步步走向辉煌灿烂，如今又为何这样地破落和凋零。

历史终将成为过去，记忆对老人来说却长久不会流失。

与乡村别的老人一样，83 岁的他已属耄耋老人。通常情况下，这样高龄的老人，早已是儿女成群，子孙满堂，可他却孤独一生，孤身一人。他每天的生活便是低着头，背着双手，从自己住的那间柴屋出发，沿着朝门的方向向上爬几重石梯上百级台阶，默念着左右两边该有的廊檐、亭院和厢房的数目，然后来到前院的大厅等候。这个过程几乎会枯尽他的体力，时常让他上气不接下气，甚至每爬一重石梯都不得不停下歇上半晌，但他依旧不止地坚持这样的行走。

晚年的庄园行走已成他生命的全部，或许这样的行走，能让他的心灵得到慰藉、得到安抚，他的精神便有了寄托。

三

但他的脚步永远也无法与时代同步，他的大脑更是容纳不了现代信息的与日膨胀，他这个解放前夕的南山中学大才子，早已没了方向和思想。他的思维，他的记忆被大山、荒草和瓦片阻隔，记忆的储存，大多只是关于这个庄园。

无论他怎么坚持，总是无力和无助，更多的还是无奈。庄园的归属早就改名换了姓，她的姓氏不再是——"陈"。

66 年前，不管是朝门、碉楼、廊檐、天井、小姐楼、门厅、客厅和厢房，这些曾令多少人艳羡和惊叹，象征着庄园权贵和富有的辉煌建筑，按着结构和房间数目的不同被分配，同时给安置进不同的贫下中农，这样，整个庄园就有了五十余户主人，每一户主人，便有了一个相对应的户主姓名，如白老太，王二叔等。

都说，人生最美好的年代是幼年到少年，这时期，想法最纯粹，思想最单纯，没有纷争的烦恼，没有奸与恶的龌龊。

0—15 岁，人生中黄金的岁月，这样一个短暂的人生旅程，陈洪佑老人是龙石门庄园的大少爷。正如历史上的"陈"是以地名来命名的姓氏一样，她的诞生，就标志着陈氏门宗的高贵和显赫一样，陈洪佑的出生，同样为"名门望族"里的添丁加口，有着"贵族"的身份和地位，过着无忧无虑，富贵金足的生活，如果用"含着金勺长大，伴着财富成长"来形容，再恰当不过。

三岁上有专门的先生，跟着先生便可摇头晃脑地读书、识字、背三字经等；六岁便离开家门走天涯到重庆等大城市接受正规的学堂教育；到中学时，就读当时重庆贵族学校南山中学；15岁那年暑期回家，从此他的命运注定多舛，少爷生活注定走向坟墓。

他的回归，不同于古诗词里描述的"少小离家老大回"那种游子回乡的境遇。游子们归来，有衣锦还乡下的兴奋和了愿，有意气风发和光耀门楣的情愫散发；可陈洪佑老人的回归，却是无奈境遇下的被迫，标志着老人一生痛苦、落寞、孤独生活的开始。

很长一段时间里，还是懵懂少年的他，就经历了家人流离失所的苦痛，将他的少爷秉性和优越感彻底粉碎。父亲在一个夜晚，忍受不了屈辱跳堰自尽，叔伯堂兄们一个个相继离世，家族中那些幸存下来的，也四处逃离，一夜之间几百年的家业破败，家族没落，家破人亡。他，很迷茫，很彷徨，以致很颓废。

这以后，庄园便与他成陌路。

由此，石龙门庄园，过去曾给他带来富足生活的家园，成为他的罪证。那年他16岁，一顶"地主崽子"的帽子给他戴着。让他抬不起头，他背后总被人指指点点，他时时处处总被人看不起，他尽管高大帅气有知识有文化，可仕途的大门总是为他关闭。十年过去，二十年过去，三十年过去，终于，他那顶帽子摘除，成了一名普通的中国农民。可青山依旧，流水已远，他生命中光华的时月，已经远去，其中还包括他的婚姻，从此他孑然一人，曾经的柴房是他的栖身之地，家徒四壁是对他的礼遇，孤苦、落寞、窘迫是他的人生旅程。他若一个苦行僧，彳亍在荒漠之中，开始漫长的修行。

四

是金子总会发光，哪怕是埋在深山里的珍宝。

石龙门庄园，作为民族优秀的文化遗存，此时，她不仅仅是封建制度下地主的家园，也是整个中华民族的文化珍宝，她的光彩，光荣绽放。

此时，追忆和行走，不仅仅只有陈洪佑老人，也包括全江津、全重庆市、全中华的人们。

居渝、川、黔结合部大山深处的塘河镇，依山傍水。塘河，作为长江支流的重要水脉，自古是长江水运干道，因河而兴的古老集镇——塘河古镇，以其光辉灿烂的古建筑文化，朴实无华的民风民俗，风光如画的幽雅环境，被建设部、国家文物局册封为"中国历史文化名镇"。而石龙门庄园，则是古镇上一颗璀璨明珠。

当我们伴着朦胧的细雨来到庄园，陈洪佑老人正坐在大厅的长条凳上，似乎冥冥之中安排的那样，他知道我们要来，像极了是在等候。经过塘河镇文化站工作人员的介绍，很快与老人搭上话题，起初担心老人年岁已大，表达不清，并未寄希望于在他身上得到什么满意的答案，可看他目光炯炯，思维敏捷，口齿清楚，语言组织能力强，表达流畅，面对我们一行人东拉西扯的提问都能一一回复。

"庄园的第一道朝门，已经不见了。"他说，"朝门是20世纪80年代被拆毁的。"他又说。提起这个庄园，老人兴趣陡然，表面看他神情从容，但内心的兴奋已觉出，所以话匣子也打开得快。

他的讲述，从曾经几里路远就可见的第一道朝门开始。并以向导身份带着我们在庄园行走。

据老人说，石龙门庄园前身是一康姓的老宅，雍正年间，陈家先人花钱购买过来进行适当扩建，其规模和占地也不大，只能居住数十人。到乾隆初年（公元1740年左右），陈家高曾祖陈宝善主持家业。他头脑灵活，经营理念强，不仅大量购买土地收地租，还经营船运业、盐业和开办银行，财富积聚很快，然后大兴土木，高规格修建庄园。庄园扩建之初，陈宝善便请来四方能工巧匠，当中不乏身怀绝技的，通过反复设计确认，最后庄园以八卦阵图思路进行，以九道中门九重关来体现，形成庭院深深的"龙门阵"；同时左右两边设计出两厢十八天井，院壁合珠联成"八阵图"，奠定了石龙门九道中门九道关和十八个天井的格局；还造屋五百二十余间，间间穿堂叠殿，每根房梁，每根柱，每扇窗，每间屋，都配以雕刻，工笔，彩绘等民间工艺，雕梁画栋，富丽堂皇，整个庄园成就一个艺术的天堂，也如一个巨大的迷宫。此后，为防寇盗，在庄园筑起了两层高高的院墙，在后山上建起了碉楼。扩建后的庄园规模超过30亩，建筑面积达13200平方米，才形成能容纳上千人居住的显赫庄园。

走到第一道朝门口，曾经的辉煌已不再，但朝门的凹槽仍历历在目，向上便是几重的石梯，还有两边青石为基的围墙。

"庄园外围建有两层土围墙，在两层土围墙间，有很宽的绿化带，视野宽阔，栽满松柏林木，奇花异草，鸟语花香的，是平时大家人休闲玩乐的大花园。外边还修有养猪房、牛栏、马厩。北边的小山腰建有网球场、操场、跑马场。我小时候，经常看到父亲与叔伯们在网球场打球玩。"

站在高高的石梯上，老人指着朝门的方向说："朝门进来有四重门，一重比一重精致富丽，然后有八条平行的屋脊，都是镂空雕成，有屋盖，既壮观又威严。刚才见面时的主客厅门前有个小天桥，辅满方石和大石块，其中有块一两米长，一米多宽，如果天气变化要显出'犀牛'来，大家都叫'犀牛石'，也有人叫'天气石'。那时，我回家来，无聊的时候，就在这小天桥上跨来跨去，那会儿身体好，体力也好。"看着老人略显佝偻的身板，但依旧硬朗高挑，这话，我们确信。

最后，来到朝门右侧的廊檐角，同行的赖永晴老师指着一处仍有污水流出的下水道说："小邹，快看，以前的建筑，排水系统做得相当完善。"赖老师这一说，才注意半墙上的污水口，仿佛神来之笔点缀于半壁山火墙上。

塘河镇志载：石龙门庄园内排水设施非常讲究，无论大雨暴雨，下多久的雨，天井从未有过堵塞，至今仍是如此。

有了切身的观察和志书记载，也不得不让人关注起庄园的山形地貌来。庄园依山而建，按建筑风水学讲究其占尽了"左青龙、右白虎、前朱雀、后玄武"聚财敛气的要素，真正达到了山环水抱、藏风聚气的目的，故此，庄园内积雨面积也相对较大。下雨时，周围几个山头的水都向这个庄园灌注，没有良好的排水设施，庄园要保持百年之久定是天方夜谭。

为感受庄园当年的气象，我们从第一道朝门折还，向上走几重石梯，站在大厅中间环视左右，狭长的檐坎将层层叠叠的房屋区分开，似连非连，房屋又间间相连，繁复中透出简洁，简洁中凝聚典雅。尽管已是破败不堪，但亭台楼阁，雕梁画栋的精工细作清晰可见。如抬眼可见的小姐房的雕花门窗、观景楼等。此时，仿佛耳旁传来昔日大宅内高朋满座的声息，雅士会聚，品茶吟对，听戏赏乐，一派歌舞升平；而在背静的书屋内，则有稚嫩的读书声，先生戒尺拍击书桌声，孩童的讨教声……高堂大院当年的风采一下如影像机回放。

五

当问及陈家发家史时，陈洪佑老人断断续续地解，说当年自己年幼，对家族发展史不那么明了，只是从三岁时，便会背陈家祖训：守成不易，创业犹难，子孙勿自奢华。

从陈氏家族的祖训来看：陈氏家族尽管是封建地主家庭，其本质也是一个矛盾体，一方面靠剥削农民发家，另一方面作为华夏子孙，民族的魂魄也没遗忘，也遵从着勤俭持家的传统美德。

江津县志记载：陈氏家族从清朝开始发家。到 1949 年解放时，已经历七代，约 200 年历史。极盛时期是陈宝善当家时。他发家主要靠几种渠道，一是占有相当数量的土地，面积约 22000 亩，比如今整个塘河镇耕地还要多，每年可收租 12000 多石，号称"陈半县"。陈宝善对土地的购买欲望不可思议，但又从另一侧面反映出历朝历代人们依恋土地的那种情怀，都说土地是根本，土地是命脉，对一个大地主来说，对土地的绝对占有，仍然是他稳定家底的重要手段。有这样一个传说，当时从陈氏住宅石龙门庄园到赶稿子场近 30 里路，只有一根田坎是别人的地界，陈家为将这一寸之地购买过来，不惜血本和重金，竟想出法子用银子摆满了那根田坎，以此引诱欲把它买过来，但却未尽人愿。二是从陈宝善时起，陈家开始经营盐业，包揽了当时江津县的盐业专卖权，沿长江上游从石蟆、朱沱，下至江津仁沱都开设有店铺，实行垄断经营。三是在重庆、江津还开设有银行，以信贷为主，专供商贾借贷。

正因为陈氏家族有强大的经济作为支撑，能修葺出石龙门这样的庄园便不足为奇了。

六

作为民间建筑博物馆，石龙门庄园呈给世人的，并不仅仅是厚重、大气、富丽的建筑。还有因其建筑带来的各种艺术成就。那些木雕石刻，精致深刻，花鸟人鱼，组合在一个极小的平面里，却是一个有血有肉的生活故事，情景再现，仿若身临其境；那些彩绘艳丽清秀，栩栩如生，有山野之灵、自然之生机，毫无刻板匠气之故作；重重叠叠的房间，就采光、消声、承重等错综复杂的问题恰到好处的艺术性处理，不能不说凝结着多少工匠聪明才智和智慧结晶，他们对光学、声学、力学、几何学等基础自然科学在庞大庄园中巧夺天工的运用，又不能不说是萦在世人心头的谜团……无论是浅显的，深层的，普通百姓能见或者看不见的，古老的石龙门庄园处处谜团，处处玄机，处处惊奇。

至今，被人津津乐道的庄园三大谜团，更是吸引着一批又一批远道而来的行者。我们作为《江津探幽》撰写者，对此也有莫大的兴趣，于是也趁机问询起老人。

谜团一：从来没有人数清庄园内有多少扇房门？

高低不等，错落有致的庄园中，到底有多少扇门？如果从庄园进门左侧保存较好的房间数起，十余间顺向而行的房屋后，开始出现了纵横交错的格局——每间房内有一到两扇门，而每扇门又通向另一间房，尚未走到"小姐楼"，房门数量就开始混淆。几次三番，仍没结果。"数不清，最后要搞得你晕头转向。"老人说，"当年庄园完好时，都没人弄清过房门数，何况现在房屋倒塌那么多，弄清房门数就更是不可能了。"

他回忆，那时家族人丁兴旺，灯火辉煌。"我经常在庄园里到处乱跑，每次进的房间布局、结构都不一样。"最终，老人都没有一次性走完庄园所有的房屋。

那么，以此推断，数不清房门数，定是庄园大，房间多，一般人连房间都没踏完过，何来数清房门？

谜团二："小姐楼"下为何有艾子香？

"小姐楼"位于庄园的最高处，1951年土改时，庄园被分裂成五十余份，住进了两个生产大队的五十余户人家，而这小姐楼，被分给白老太一家居住。楼内有小客厅，厅后是主卧室，布局格调讲究，极尽优雅高贵。至今房内残留的家什中仍有前主人使用过的两层雕花板牙床，雕花文柜、三用折衣柜、镂空雕花梳妆台等。

"小姐楼"下的过道，偶尔会散发艾子清香，味道很浓，老人也证实。

对这一说法，民间越传越神。老人说，"艾子就是艾叶"。老人的话，让人瞬间顿悟，艾子在西南地区普遍生长，在民间又流行用艾子泡脚泡澡清热除湿去瘴，女子用可活血散瘀，尤其是对月经期的痛经有疗效。那么，既是小姐楼，住进的定是女子，故此，小姐楼里偶尔会散发艾子的香气，便不是那般神秘的了。

谜团三：天井中隐藏一头预知天气变化的"犀牛"？

庄园中天井里那块大石板，平时看去与普通石头没有不同。但久旱之后要下雨，或久涝之后要天晴，石板上就会出现犀牛的图像。如此玄妙的情景，当地村民也证实。

江津区塘河镇文广中心主任罗江荣说，他于2005年调至塘河镇工作，先后多次到石龙门庄园走访。"第一次听说，我认为是大家把这事吹悬了。"但两年前，罗江荣终于目睹了犀牛慢慢显形的传奇。"先是身子，然后是头、角和四条腿。"罗江荣回忆，当时已大旱数天，图像出现后，一会儿，雷声震天，便下起倾盆大雨。

对这一谜团，老人也有说词，他也客观地认为是光影在作怪，天井里由于采光及遮蔽物阻挡，产生的一种视角效应，当然，也不排除工匠故意炫技制造的一大玄机。

……

石龙门庄园的鼎盛，随着时间推移已渐行渐远，但它留给后世的谜，却越来越凸显……

七

今天，我们跟随着陈洪佑老人的脚步，一步步地走过庄园，走过那段辉煌的家族发展史，这样的行走，有了更为广阔的精神层面的文化探寻。石龙门庄园不可复制的文化遗迹，让我们着迷，让我们追思。

故此，陈洪佑老人的后半生，便是当前人们探索石龙门庄园谜底不可或缺的一股精神力量。

民族的就是世界的，根植大地的便是有生命力的。在全面挖掘民俗民间文化的当下，探秘过去祖辈的生活，探秘曾经的发展历史已成专家学者推崇和行走的重要课题，众多慕名而来的思想者，他们的目光已盯上这颗散落人间的珠宝。于是，这座深山里，有了众多外来者，他们的行走与陈洪佑老人的行走从本质上有了默契。

老人的一生坎坷，也经受着非凡的精神与心灵的折磨和嬗变，终于，他的灵魂有了归属。如今，他的腰身已佝偻，脚步已蹒跚，但他的面容很平和，他的心很热烈，他的讲述很认真很坦诚。面对这个老人，分明看到他孤苦一生那种默默期待的眼神，期待着庄园重新焕发光彩，为了这一天尽早到来，他的思想甘愿为庄园而沉寂，而封存。

当茂密的植被把过去的繁华掩埋，当时光把曾经的辉煌摧残，在一些残垣断壁和芳草萋萋的草丛中，石龙门庄园这颗文化珍宝的神秘面纱，终究会在人们的探索中慢慢呈现。

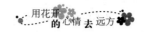

松溉，最后的清幽时光

一

松溉（jì），走进她，纯属有些不经意。

看着公路牌上标识的地名，在汽车 GPS 的指引下，沿着一条幽静的水泥路蜿蜒而去，道路两旁自然的乡村风貌，这样的景致给人新奇和期待。

刚踏进古镇地界，目光被大大小小标语和横幅锁定，墙上，公路中，屋檐下，都醒目地招展着，显然有些亢奋游人意念的催化作用。才知，这里入列"重庆十大名镇"，且刚被评为"重庆历史文化名镇"。

最吸引人的还是那"一品古镇，十里老街，百年风云，千载文脉，万里长江"的横幅，是否：这就是对古镇最恰当且最具诱惑的宣传定语呢？

汽车在不断前行，古镇的清幽与古朴便越显浓郁。左前方是古朴迷人的小镇风貌，大小宽窄的街巷及明清建筑醒目抢眼，房顶青灰色小青瓦顺势排列而下，棱角分明地将屋脊与屋檐、街巷与院落区分开来，蒙蒙地散发出古韵，显出几分素朴；时不时还会从一处房檐屋顶挤出一些黄葛树丫子，墨绿，向上，勃发出生机与盎然。右前方则是旅游带来的开发项目建设，现代气息也是扑面而来，也有些蓬蓬勃勃。

186

二

　　下了车，便问起十里长街口的一位大妈，古镇哪些地方有看头，从哪进街能尽可能地少走路多观景？大妈是位热心人，在我们问路的同时，也聚拢来几位古镇老人，你一言我一语给指明了方向。千恩万谢后，我们游览开来。

　　眼前的古镇，幽静、清冽、古朴。就像一幅穿越历史的水墨画卷，让人感受着清幽的环境、清洁的石板路、清新的江风。此时，早已忘却尘世的喧嚣，屏气定神，凝望着，真觉出古镇就是一本民风世俗的历史书，要慢慢地看，细细地品。

　　古镇的清幽，一踏进便知。长且窄的街巷，低而旧的街面，大且茂密的黄葛树，精而细的雕塑，悬而稳妥的吊脚楼，古老又沧桑的穿斗屋，厚重又大气的四合院，还有不知从哪家巷道中透出的幽静与深邃，都在述说着一个个古老的故事，传递出素朴与纯情，淡然与宁静，这分明让人在欣赏一幅画，而我们，便是那画中人。随便走进一间用圆木柱子搭建起来的穿斗屋，坐在陈设简陋的屋内，看着一块木板紧挨一块木板镶嵌而成的墙壁，揣测着有几分古色古香的桌子椅子凳子，端起一碗冒着热气的盖碗茶，听着邻座几位老人慢条斯理的闲谈，真有一种被超脱净化的快感。心也慢慢恬静而虔诚起来，不觉更想深入地探寻古镇。

　　筒子似的十里长街，总依势而建，静谧又悠长。横亘，绵延，穿越而去。一块紧挨一块的青石板铺展开，繁而有章，杂而不乱，尽管被岁月打磨得凹凸不平，但却显光滑油亮，甚至有些还显缺失与破损，但依然忠贞坚强。他们井然有序地迎面而来，又井然有序地落寞而去，招手与挥手间都留着清洁素雅的颜面，留给路人原汁原味、素而不俗的喝彩。

　　伴着长且净的青石板街面，一座座带有历史痕迹的建筑也应运而来，为古镇注入更多更深的内涵。

　　祠堂庙宇是古镇中颇具数量和特色的建筑，是古镇大家族兴旺发达的重要物证。当中，最具代表的是罗家祠堂，处于长街临江的一小巷中部，居高位显，是现存较好且是最具气派的一座祠堂。据说修建该祠堂时恰逢康熙皇帝派出的八府巡按从重庆逆江而往泸州，行到松溉，得见建祠，认为尊师，值得彰表，赠匾额"罗府宗祠"四字。纵观罗府宗祠，正殿八根大柱气势非凡的支撑着整个祠堂，有大气、威严、肃静之感。柱脚圆柱形的石磴上精细的雕刻有花草、鸟兽、石龙、人物，栩栩如生、惟妙惟肖。正殿两侧是古砖所砌的高风火墙，两侧风火墙外边正中，各有一个大白圆圈，这是经皇帝特批建祠的重要标志，以此说明这祠

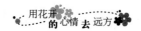

的来头不小。正殿房顶四角斗翘，每个翘角塑有一条龙，权力与富贵由此显现。正殿前面是长方形大石坝子一块，顶正中设木质戏台一座，两旁由大柱子分隔着，想必这是当年家族人中观戏的包厢所在吧；顶上悬挂"普天同乐"匾额一块，现想来难免有几分滑稽可笑，试想当年穷苦的人们处处为填饱肚子在拼命，哪时才能感受到这份骄奢与喧嚣。据说，现该祠堂是众多影视剧拍摄取景地。置身祠堂坝中，感受着来自远古的气息，真想时光倒流一回，也暂且当一回罗氏旺族，体味着那番得意与傲慢，真是仿如隔世。

古县衙，是青石板铺陈下又一具有历史参考的古建筑，古遗址。它坐落于正街上鱼市口处。沿石梯拾级而上，便可俯视到全貌，尽管破损残败得厉害，不过气势依然。整体建筑由四个厅组成，前厅，后厅，两侧厅。厅内最醒目的仍是石板，厚实，青灰，光亮，还显圆润，能很清晰地看出岁月磨砺的迹象，或许它也想急切地告诉游人，自己也是几百年历史的老人吧。衙门内的两棵大黄葛树，古老又葱绿，虽经沧桑但却茂盛，这不能不说是古镇这块温润土地的滋养。站在古县衙前厅环视，有气象万千的豪迈之感：观长江对岸的山峦起伏，葱茏青翠；看江水浩浩荡荡，奔腾不止；望古镇人家炊烟缭绕，斜阳西下；听古巷中鸡鸣狗吠。此时，让人不得不嘘唏——小镇如此美妙，古镇如此多娇！

沿青石板街面向江岸靠近，直抵松溉码头。码头依旧，船只却少，都为短途货轮，最远也只达下游的白沙镇。偶尔有"突突"的马达声替换了船工号子的呐喊声，旧时重要物资集散枢纽被高速公路和铁路运输取而代之，甚至于让现在的大足、荣昌、隆昌、内江、泸州等地的人们忘记了松溉，使码头显出几分苍凉与孤寂……江风扑面而来，江水滔滔而去。伴随江风悠悠的吹拂，松溉也被历史沉淀磨砺着。走过千年的古镇，漫长悠远，而生活在这里的人们便也生出多少可歌可泣的人间佳话。尽管当年那"车水马龙，商贾往来不绝"的景象不复存在，但破败的"松溉旅馆"、巨石上纤绳切割的"凹槽"及宽阔的江面依然可证，这里曾经有过的繁荣与辉煌。

三

松溉是"千载文脉"沉积而成的古镇，其历史悠远，那自不必说，但至今，对于松溉起源却无法考证，只根据四川清嘉庆《四川通志》记载：南宋陈鹏飞，因秦桧诬陷而贬，偕妻在松溉设馆授学，死后葬于松溉，据此推断当时此地已有场镇，故而推出松溉有上千年历史。

时空倒转，南宋的某一天，在松溉的一家院落，"呱呱"坠地一男婴，从此，这个男孩注定了命运的富贵与传奇动荡的一生，他就是宋代著名经学家，诗人陈鹏飞。借助松溉的秀美与清丽，丰满了一个饱读诗书的贤士之人。他九岁读《易经》，特别对晁说的古《易》有独特见解，著《晁氏诗解》《五经通解》。与苏东坡、张子昭在江淮一带享有极高声誉，被称为注经"三杰"。当年，带着一腔大展宏图的凤愿，通过松溉的水运码头一路辗转江南，他走进了皇宫，做起了皇帝的传经授学之师。当金兵入侵，他慷慨陈词，上书高宗，请诛奸臣，要求出兵抗击。同时其在万言书中也写道："大臣不言，小臣言之；小臣不言，书生言之。"措辞严正不阿，激怒秦桧，被诬陷。而后，这位忠肝义胆的爱国之士被贬惠州，而后再遭指责诬陷。许是家乡的山水与众不同，将一个读书人铸造得是那样坚贞与刚强，以至于身处逆境时竟也难舍心中的一片乡情，毅然决然地携家老小回到家乡——永川松溉。

回到家乡的陈鹏飞，自号"潜溪散人"，开馆授学，勤勤恳恳，风雨无阻地为家乡人民传授知识与礼仪，深受家乡人们的爱戴与敬仰，以此传承和书写着松溉这座小镇的历史。

如果说陈鹏飞来自远古，那另一位革命志士却生就当代。

陈文贵，也许多少人不知其名，但凡说出著名影星"陈冲"来，那可是家喻户晓、耳熟能详，这便是陈冲的叔伯，一位出生在清朝末年，成长于革命战争年代，贡献于新中国时期的军队医学专家。清光绪二十八年（公元 1902 年）出生于永川松溉一个书香门第的医学世家的陈文贵，从小受家庭熏陶，聪明好学，6岁进私塾，先后进入江津聚奎小学、江津县中、重庆私立求精中学求学，20 岁进湖南雅医学院，25 岁参加举世闻名的南昌起义，1940 年揭露"日本在我国进行了细菌战"这一事实，成为史前第一位揭露日本该罪行的人。1941 年，成为日军进行细菌战的最早目睹者和控诉人。1952 年向世界控诉美帝使用细菌武器罪行。解放后，为祖国和科学卫生事业做出特殊贡献的国家一级教授、中国科学院生物学部委员。

也许是松溉与众不同的地物特性，把这里的读书人铸造得格外与众不同，又格外地让人钦佩。

古镇自古多贤士，此行无法一一探访述怀，无论志士们是离去仍还健在，唯一对他们要表达的是：追思和敬仰！

四

喧嚣的古镇已然远去，遗留的清幽与宁静就在眼前，徜徉在古街小巷，平静地听时光流逝的声音，有些依恋与不舍。眺望着远处的铁架高塔，还有那攀比而上的楼群，心想：留存与剥夺互不相干该多好！看斜阳西下时分割的斑驳光影，若隐若现，若即若离，似乎如此行若有所获，又若有所失……

多年后，松溉——能否守住你的清幽与素朴呢？

邮差一停，便为"邮亭"

一

只要提及故乡，走南闯北的人便会异口同声地说：那里的鲫鱼很好吃哦！

说起鲫鱼，本不稀奇的一种淡水小鱼类，在我国，凡是有淡水资源的地方，都有鲫鱼的身影。而在故乡，鲫鱼却成外地人眼中羡慕的美食佳肴。

不起眼的小小鲫鱼，身板小，细刺多，全国生，遍地长，如果以"物以稀为贵，物以众为贱"的虚浮心理来衡量的话，应该是被人遗忘的鱼种，但在故乡人手中，鲫鱼却能产生出舌尖与食物的极好融合，还演绎成"重庆市非物质文化遗产"了。

故乡好吃的鲫鱼，造就出一张美食名片，也推动着一个饮食文化品牌的发展，便有一个固定的称谓——"邮亭鲫鱼"。

邮亭鲫鱼鲜香麻辣，运用西南地区特产的作料辣椒、花椒、胡椒、八角、姜、葱、蒜等，煎炸煮炖，让中国饮食文化的烹饪技艺来个大碰撞，然后才有了口感上的鲜香酥嫩麻辣回甜，极适合南来北往的旅人尤其是重庆人的口味需求。

说起这道美食的起源，还离不开旧时的一种职业。

这便是邮差。

故乡地处成渝经济带，有丘陵的美丽，有山脉的逶迤，更有峡谷沟壑的奇峻，茶马古道，川东丝绸之路打这儿擦肩而过。如今，高速公路，高速铁路，长江水运，四通八达，时常被外人戏谑：我们坐拥交通网络中。

交通如此发达的故乡，由于属巴川蜀地，古时受"蜀道难，难于上青天"的地形地貌限制，故乡人们的通行被阻隔着，远古的乡亲，走不出蜀地，走不出被山峦和沟壑阻挡的丘陵坡地，也就走不出故乡的视野。如此严峻的交通现状，斩断着人们的思想与发展，更是无法知晓外界的讯息。这样的格局，被初唐时期的某一天，在大足龙岗山上敲出的那一声清音打破，从此大足这片土地，有了人来人往，有了外来人口，有了天南地北的众多旅人，差递行业崭露头角，邮差的从业者众，其影响和规模空前，很快发展独成一产业，直到今日，我们广泛受益的快递行业，其起源就在故乡所在不远的地方。

二

故乡有一条老街，取名"邮亭铺"，也就是最初的"邮亭驿站"，后来我们叫"邮亭老街"。

"驿站"，顾名思义，就是你来我往的路人停歇之地。史载，自唐以来，这里繁荣达鼎盛，处于水陆运输干道十字交叉点的邮亭铺，如果用"摩肩接踵，车水马龙"来形容其状，最恰当不过。

明代大足的一位张养性知县，写有文章《邮亭行署馆记》一文，文字详细阐述邮亭老街曾经的历史与荣耀。既为行署，顺理成章就被认定为"行政公署"，是方圆之间的政治经济文化中心，为守政一方的官吏行使职能办公之地，其热闹和兴盛理所当然就具备。既为老街，就有老的故事与典籍，从影影踪踪的点滴记载可窥视，那时的邮亭驿站影响有多深远！

历史的足音踏过这里，就会留下璀璨的文化，所谓"风过留声，雁过留影"，那么邮亭铺这个古代繁盛的差旅停歇之地又给我们留下些什么？

儿时，喜欢听老辈人讲故乡的历史，故事的开端，便是我们知晓的"邮亭老街"，然后是家门前的那条石板大路，老人说这是条"宗大路"，宗大路从邮亭铺来，路长石板厚且宽。在家门前的小河上，建石桥一座，厚厚敦敦，结实无比，桥面2米来宽，约1米的厚度，6块桥板两两相排，连接着桥两端的大路。小桥桥面虽然很光滑，但桥心有一条深深的沟壑，老人说这是铁蹄踩踏的结果。

小桥的两端，各有一棵大榕树，树下，分别建有明清风格的小屋一间，屋内沿墙基建马蹄型石凳一圈，他们又说，这是供邮差歇息之用。在当时的乡村步道中，宗大路无论是从构造还是设施来看，都是条繁华的"大路"。宗大路到底见识有多广？老人说，乾隆皇帝下江南，经过这里去了宝顶大佛湾；安史之乱时，千军万马走了这条乡村步道；还有成千上万的信众从云贵黔经宗大路到宝顶参拜，也经过的是这条道……如此理解，宗大路的过去该是无比地辉煌。

后来，经查证，宗大路，自唐以来就是一条官道和商道。

而邮亭铺这个驿站，便是链接这条大道的重要站点。

三

古时的故乡所在地，是一个佛教鼎盛的地区，从遗留给我们的那么多儒释道三教合一的世俗化理论及摩岩造像来看，老辈人的口碑资料及历史典籍真信力可见一斑，否则，何来今天的"大千大足，佛国天堂"之美誉。

据传，唐初年间，有一位皇帝来到大足，看到此处风光旖旎，政治稳定，民心安宁，物产富饶，打算迁都于此，便找来风水先生卜测风水，风水先生用罗盘看尽了四方八面，最后说：这里不是皇家驻地，倒是块佛教宝地。消息四传，周围寺庙庵堂再次不断修葺，僧侣斋戒盛事接连不断，造像拜佛鼎盛不绝，故而，大足"千年佛都"的盛名由此奠定。

"上朝峨眉，下朝宝顶"的民间传说也声名远播。

兴盛的佛国胜地，伴随而来的是佛像的不断开凿。

从公元 9 世纪末至 13 世纪中叶在大足境内建成了以"龙岗山、宝顶山、南山、石篆山、石门山"等"五山"摩崖造像为代表的"大足石刻"世界文化遗产。

从邮亭铺出发几公里经家门口向北方向一直延伸，然后到达离家五十里之地的"大足石刻"。起源于初唐时期的大足石刻，就这样历经晚唐五代的发展，至两宋时期达鼎盛，余波延续至明清，历时 1000 余年，形成中国石窟艺术史上又一次造像高峰，在方圆 1436 平方公里的大足土地上有了规模宏大，气势磅礴的石刻群，摩崖造像 5 万余尊，遗存石雕造像 70 余处。5 万啊，如此庞大而精细的工程，依今天发达的科技和生产力来说，也该集聚多少的人力，财力和物力？

由于大足石刻是北方石刻没落后在南方的又一文化胜迹，而来此造像的匠人又多为北方迁徙而来，如此一来，这些北匠南移后亲朋之间的通信往来，只能依

靠信使的传递。石刻造了1000余年，工匠走了一批又一批，来了一批再一批，大足成外来人口聚集的重要场地，于是大足与外界的联系，亟需一条畅通且发达的邮递专道来承载信件和物资流通，此为邮亭铺繁盛原因之一。

四

距离邮亭铺南面二三十里地有个叫"永川"的行政公署，很长一段时间为川东行政总署，其临长江而生，此地有一个重要的川东物资集散地，为宗大路的起源，与茶马古道和川东丝绸之路相携，那里有个重要的水码头——松溉。从茶马古道、川东丝绸之路和长江上下游水运转来的物资和旅人，在此停留，歇息，装卸，分拣，包装，然后经邮亭铺这个枢纽中心站，发散和走向四川的川南和川北所在的泸州，遂宁，南充，大足宝顶以及渝西的十几个区县。

在成渝之间，有条被誉为"川东丝绸之路"的古道，自古就是连接东西方向成渝两地的重要通道。在唐宋时期，昔日民间的行商通道，正式成为官方的驿道，邮亭铺又是这联系成渝之间古道上的一站，从今天西南地区重要的运输动脉线成渝高铁、成渝高速等几条交通要道的经过，便可领略再三。

松溉与宝顶，因宗大路相连，成都与重庆，因川东丝绸之路相扣，连接东西南北两条运输通道的十字交叉点，便是邮亭铺了。故，在邮亭这一地理位置上，承载着上承成都，下达重庆，南接长江水运，北连川北和宝顶佛教胜地，成水陆交通运输的核心，各路邮差们集中在邮亭铺接送南来北往几条道路转运的物件与货运，久之，便有了房舍与街市，有了人来人往的热闹与买卖。

因邮差往来不绝，全国各地奔忙，他们不仅运送货物和信件，还起着传播各地民俗文化与饮食习惯的载体，慢慢地，鲫鱼这种全国各地随处可见的小鱼种，在故乡这个地方，南北东西方烹饪手段有了大碰头，加上蜀地温润潮湿的物候特点，佐以大量花椒，辣椒，姜葱蒜等辛辣调料，有着除湿去瘴的食疗功效，也符合川渝地区人们饮食保健习惯，长久，便流传至今。

五

近代及新中国成立之后，邮亭铺不再是邮差停歇和外来旅人打尖住宿的旅站，而成为热闹喧嚣的农村乡场，老街的居民，是吃着国家供应粮的城市人。到改革开放初期，此时的中国，因了惠民政策土地大包干的落实，于是，祖祖辈辈与土地打了几千年交道的故乡人，有了自家耕种的土地，他们辛勤地耕耘，解决了温饱，家中有了余粮，手里有了余钱，有了自由支配生活的愿望与理想。

由此，也有了我直接与邮差面对面说话与接触的机会与姻缘。

那时，邮亭铺老街最繁华最热闹的地方是"猪市坝"，这里进行着等价或者说公平的交易，买或者卖，都是自家说了算，打破了计划或者统治时期的物价规律。有了这样的定律，同样作为农家人的我家，也受益不少，家里的粮食一下堆满了仓，自留地上种出了能变成商品的蔬菜，池塘里有了活蹦乱跳膘肥体壮的各种鱼类，这些，就是我家各种费用支出的直接来源。等到赶场天，大哥二哥，就会将它们挑到猪市坝，用以换回各种开销的零花钱。而两个哥哥开销最大的，便是去到老街中段的一绿色油漆门面里，对照着报刊订购的条目，写上《人民文学》《十月》《莽原》《小说选刊》等的本数，或者每个赶场日都会从那个绿色邮筒下的一个穿着绿色帆布衣服的男子手中接过各种书籍和杂志，由此，也让我从少年时代就知晓了鲁迅，老舍，茅盾，朱自清，张爱玲，王安忆等这些影响着我国文学事业发展的名家。

二十世纪九十年代，我大学毕业，结婚生子，夫在遥远的西藏服役，我在故乡一个较为偏远的乡镇中学从教，我与夫的交流，便是信件来往。夫给我的家信，慢慢地翻过山岭，走下高原，走进我教书的学校，中途的耗时，刚好一整周的时日。信的内容都是说的家长里短，但在艰难的岁月，是信念的支持和困苦的慰安，一日一封，轮换往来，那时却没想，交通还谈不上发达的时代，信使们，是怎样过高原，过冰川，过巴山蜀地的山脉和沟坎，他们经历了怎样的磨难，才得以保证我们夫妇两地之间的信件正常往来。

六

二三十年的时光，一眨眼，随交通格局的改变，成渝高速和成渝高铁拉直改道而行，邮亭铺老街，成为现代交通大动脉的阴面，同时，又受着市场经济大潮的冲击，慢慢地退出历史舞台，邮亭铺老街由之前的繁荣热闹一下变得门可罗雀，衰败不堪，老者和斑驳的穿斗屋，泛起青苔的青石板，一切，仿佛都是传说。

饮食店，供销社，百货公司，中国邮政，绿色的邮筒那些吸引眼球的招牌早已失去生命光彩，只有庞大而独立的古榕树，在破败的老街中段，显出历史的光彩。

如今，信息社会，只需一根网线，一个平台，人与人的交流，亲人与亲人的问候和照面，天南地北，多用网络一线牵，手写的件函，订阅的杂志，被日益先进的科技取代。但我依然时常会从一个穿着绿色衣衫的中年男子手里接过各种报纸杂志和信件，那是样刊和稿费通知单，这种带着生机活力的绿色纸片，往往是我精神的寄托与依恋，就像当初我依恋哥哥每个赶场日从老街那邮筒处取回的《人民文学》等书籍一样，连接着我与世界，世界与我，丰富我人生和阅历的精神家园。

邮差通道，古时的生命通道，当今的精神通道。

七

老街虽已老去，但离老街两里地的邮亭新城拔地而已，有一条崭新的"邮亭鲫鱼一条街"，打着各种招牌的老字店，五光十色，光鲜耀眼，而在全国各地的"邮亭鲫鱼"加盟店，更是闪烁着智慧与诱惑挑逗着南来北往四方旅人的味蕾。

邮差马不停蹄的足音早已消失，他们带来的鲫鱼烹饪方法，在故乡这里落地生根开花，被不断传承和发展成一个有着血脉与精神内涵的文化品牌，绽放着邮递的光彩，那光芒万丈的辉光中，分明看到邮差们疲乏又矫健的身影，接信送信，奔跑，停歇，打肩，传授各地民俗与饮食秘籍……

我佛慧眼开，著有华章来

大足，沐浴着千年佛光，流淌着唐风宋韵的华彩乐章，从此，在世界人们的眼中，绽放出异彩纷呈的光芒。

时光流逝，光阴倒转。1945年春夏之交，一行考古工作者在重庆大足的荒山野岭里，开始他们此生最为激动人心的考察发现，当一篇篇学术报告公之于众，世界哗然，人们震惊，大足这个僻静的小城顿时成为全世界谈论的话题，而这里的石刻也成为人们关注的焦点。由此，大足石刻在沉寂近千年之后，慢慢撩开迷人的面纱。

一

今天，当人们津津乐道地说起大足璀璨无比的石刻，可曾想，这些石刻被历史长河一度湮没淡出人们视野的辛酸与黯然。尽管石刻不会开口说话，但，它们却具有堪与血肉之躯相提并论的思想和灵魂。不管是被遗弃还是被冷落，石刻，都默默地承受着，用它们深邃的思想，高超的艺术成就，默默地在等待。

机遇如同埋藏在时光中的金子一样，终于垂临杨家洛老先生一行身上。当这

行人艰难地跋涉于荒山野岭和悬崖峭壁时，震惊和前所未有的成就感让他们欣喜若狂，之后，是沉着的理智，过人的胆识，渊博的知识促就他们对大足石刻做出大胆而公允的评价，不管是著书立说，还是学术期刊发表论文，都给世界留下无数惊叹号。

作为著名历史学家、学者的杨家洛先生在他的研究文献序言中写道：考察团对大足石刻"编制其窟号、测量其部位、摩绘其像饰、椎拓其图文、鉴定其年代、考论其价值，以为可继云冈、龙门鼎足而三，世亦以家骆之言为不谬，于是大足石刻乃渐著于斯世矣"。他充满自信的声音，向全世界宣言，这是一位对科学，对艺术，对历史文化充满激情的老一辈学者发自心底的呼唤。大足一行，注定给先生的生活掷下重重的波澜，至此，先生一生魂牵梦萦，解放后，先生定居国外，直至终老，牵挂着的仍是重返大足石刻。

历史记住了杨家洛，也记住了梁思成……因为他们，我们的石刻，才注定有波澜壮阔的发现历程。不懈的努力，永不放弃的精神，是石刻雕琢者们也是石刻科研工作者们永保的精神品格。

纵观世界文明发展史，胜迹风景很多，但称得上文化胜迹的风景少之又少，而称得上全人类文化胜迹的风景更是凤毛麟角。大足的胜迹，在石头，沉默的石头原本不说话，但一旦给石头贯注了思想，有了自然界的故事，有了释迦牟尼神像，有了观世音菩萨，有了护法金刚，有了佛、道、儒家的思想……那么，这样的石头就是有灵魂的石头，就是会说话的石头，也是让人景仰的石头。

无数石刻造像师们，把他们的情感，把人们日常的生活，把我们民族的精神和信仰融入石头里，将一处处生硬的悬崖峭壁雕琢得栩栩如生，生动活泼，是人物，便赋予其情感，是神像便赋予其睿智，是菩萨便赋予其慈爱。

在大足，从唐末至宋初乃至以后的明清两代，工匠师们跋山涉水，宝顶山，龙岗山，南山，石门山，石篆山，妙高山……凡是能造像的石头上，都留下他们精湛而美妙的杰作，整整100余处，5万余尊的雕像啊，便把大足这"石刻之乡"的名号给震得叮当响。融入智慧的山野石头会说话，会走路，它们带着自己的思想和灵魂走下悬崖，走出山凹，走出大足，走进人民大会堂，走进了联合国教科文卫组织的殿堂。紧接着，世界声音一致响起：大足石刻，为中国石窟艺术宝库中重要一员，是中华文明的智慧结晶，是中华民族一颗璀璨明珠，是人类文明的瑰宝；与云冈石窟、龙门石窟鼎足而立，与敦煌莫高窟相提并论。如此定论，比杨家洛先生当初的预言整整晚了半个世纪。

1999年12月1日，是个伟大而光荣的日子，大足石刻，终于在沉寂几个世

纪之后，拨开乌云见彩虹，当联合国教科文卫组织的殿堂传出庄严而神圣的声音：大足石刻为全人类的文化遗产！此时，时光定格，我们分明看到了杨家洛先生一行伫立悬崖峭壁上那艰难而激越的心情，也分明看到梁思成先生作为一个古建筑学者，在美国的学术殿堂上近乎呐喊的神圣演讲……

二

古语说："山不在高，有仙则名；水不在深，有龙则灵。"大足，因拥有众多会说话的石头而声名远播，无数桂冠接踵而至，一时之间专家、学者、名人雅士等，络绎不绝地来到大足，以虔诚而膜拜的目光盯着这些石头，内心开始他们心花怒放的求索。疑惑，惊叹，不可思议……

大足的石窟像一座座盛大迷宫，像《十万个为什么》，更像一部《百科全书》，摆在世人面前，也纠结着每位参观者的心房，如此辉煌的石刻是为何造、谁来造、怎样造？

大足石刻，因佛而造。

公元3世纪，佛与佛教，菩萨与雕像同时被人们尊为神灵时，石窟造像与佛教也一并由古印度经西域传入中国，人们顶礼膜拜佛祖释迦牟尼的塑像，笃定于心中的信仰，寄心愿于佛祖。于是，大批拥有百般武艺的手艺人，当中不乏具有艺术灵性的工匠，开山凿像，以祈福祈寿庇佑生灵，因雕刻技术的不断进步和发展，雕像也不断演绎扩展。

像由景生，情因心起。雕琢的像无异于思想智慧的化身，这样，分别于公元5世纪和7世纪前后（魏晋至盛唐时期），在中国北方先后形成两次造像高峰，才有了敦煌石窟、云冈石窟、龙门石窟的灿烂成就。

中原文明发祥早，祸患灾难也不断，无数的争端和战事相继袭来，继龙门石窟后，唐末石像雕琢再无大的突破，辉煌的成就似乎戛然而止，政治稳定也岌岌可危，国家政权受到威胁，尤在安史之乱时，江山社稷再度经受考验，至公元8世纪中叶（唐天宝之后）石窟雕像走向衰落。

盛世修志，清明造佛。此时的长江流域，正是政治经济文化稳定和发展繁盛期，处长江上游沱江水系的重庆大足，水源富足，苍松翠柏，松林掩映，人杰地灵，可谓盛世清明，又为川东地区富庶之地，同时还是一个香烟缭绕的佛教胜地。得天独厚的自然、地理、人文条件，促使当时的统治者、达官贵人、身怀绝技的大批雕凿工匠纷纷南移逃离而来。于此，石窟造像似乎再难有辉煌之际，位于长江流域的大足县境内摩崖造像却异军突起，大批工匠从事起雕刻技艺，甚至发展到家族传承的旺盛态势。从公元 9 世纪末至 13 世纪中叶在大足境内建成了以"五山"摩崖造像为代表的大足石刻，形成中国石窟艺术史上又一次造像高峰，从而把中国石窟艺术史向后延续了整整 400 余年。此后，中国石窟艺术停滞，中华大地再无新开凿的一座大型石窟，大足石刻也就成为中国石窟艺术建设史上最后一座丰碑。

三

辉煌的背后，必有不寻常的发展历程，谁来主持谁来造的问题，是每一位见证大足石刻辉煌成就的人都亟待清楚明白的事情。

纵观大足石刻的发展历程，可脉络清楚地看到这里的石刻造像历经两次高潮期，其分别缘于一位戎官和一位僧人主持。

历史追溯到公元 892 年（唐景福元年），一位叫韦君靖的陕西扶风人，来昌州任刺史（大足古称"昌州"），在县城北龙岗山（今北山）营建"粮贮十年，兵屯数万"的永昌寨，筑寨固守，但因其作战无数，杀人无限，为求心灵庇佑，加之本为佛国胜地，故借凿佛造像以慰魂灵，便主持雕凿大足北山石刻群。此后，州、县官吏和当地士绅、平民、僧尼等纷纷效法造像。直到公元 907—965 年间营造佛像不断，至北山造像数量增至 5000 余尊，形成庞大而鼎盛的造像热潮，促成大足石刻史上第一个造像高潮。

两个世纪以后，当北山石刻建造热潮正待消退之际，离此 15 公里的宝顶山大佛湾里，另一场造像运动正在孕育而起。一位叫赵智凤的僧侣，正兴师动众地组织着造像塑佛。话说这位僧人，为何年纪轻轻，便有如此气魄和胆识组织这样大规模的修造，其答案也只缘一个"佛"。史料载：赵智凤，为土生土长的大足宝顶人，公元 1159 年生于一个普通农民家庭，5 岁时，其母病，便于寺庙求签卦，签意：若母病愈，广仁慈，行善事，结佛缘。不久母病愈，为报佛恩，智凤和母亲广为行善，多于助人。同时，菩萨的仁爱与慈悲更是深得智凤尊崇，当年，便在家乡古佛岩落发为僧，16 岁时外出云游师承密宗大师柳本尊。三年过后，孝宗淳熙六年（1179 年）返乡广传密宗柳本尊法旨，承持其教，首先建圣寿本尊殿，因所处地为宝顶便名宝顶山。一次当地暴发疫病，赵智凤用其所学配制汤药，救治无数当地百姓，由此在民众心中威信倍增。于是，他广为行善化缘，募集钱银用于宝顶山石刻造像。同时，也精心设计，巧妙安排，按密宗道场的格局，在宝顶山"U"形沟中一次性雕琢上万躯佛像。赵智凤一生继承弘扬密宗柳教，清苦70余年，营造了宏大的宝顶石窟密宗金刚部道场，使宝顶山成为巴蜀密宗中心，宝顶石窟成为中国石窟艺术史上的一座丰碑，掀起大足石刻造像史的最后高潮。

宝顶的造像，别于北山石刻群像，也别于北方敦煌、云门、龙岗三大石窟造像风格，独树一帜地用一组一组的雕像来禅释令人费解的佛教禅理故事，往往能将复杂的佛学经论与生活场景紧密融合，体现出佛教理论的世俗化，生活化，现场化。如若你游历于此，仿佛那一个个佛经故事是为你而讲，为身边人讲，达到佛性禅心与心灵相叩击的艺术境界，否则"天府灵山"的雅名怎能获得？

北山和宝顶山两处石刻群的开凿，这种"因佛而造，以造促佛"相辅相成的发展历程，使佛教在大足鼎盛传播，同时，也为"千年佛都"的持续传承添上浓墨重彩的一笔。

四

始于唐永徽元年（公元650年）开凿的大足石刻，拉开大足石刻光辉灿烂文明史的开端，经宋、元、明、清数代不断补充和完善，将石刻开凿历程延续时长达900余年。9个世纪的开凿，9个世纪的沧桑巨变，艰难和困苦，成就与失败，都无以累述，但多朝多代的建造，无疑对大足石刻的建造描绘出绚丽篇章。5万余尊的摩崖造像，10万余宁铭文，1436平方公里的土地上，遍布着100多处石刻群，被列入各级文物保护单位的就有75处。无论是宝顶山、北山、南山、石门山和石篆山，还是妙高山，佛耳岩……那么多的石刻群像，它们都是祖先智慧的结晶，是大足石刻不可或缺的一员。

当站在宝顶大佛湾的一刹那，极目俯视佛湾内任一角，都会被这宏大的气场所震惊，马蹄形的壁岩上，密密麻麻地雕刻着石像，大气恢宏的气魄立即使人置身于佛国的世界。高大的，威猛的，狰狞的，祥和的，善目的，慈眉的，凡是人类所具有的表象，这里均能找到；有的生活化，有的隐喻化；有的躺着，有的站着……姿态万千，丰富多彩，让人目不暇接。这些始凿于南宋年间的摩崖造像，用他们的一颦一笑，举手投足，一挽裙，一舒眉，将世事述说，达到佛事生活化，生活禅理化的崇高境界。长约500米的石壁上，在东、南、北三面，雕刻着巨型摩岩造像360余幅，以六道轮回、广大宝楼阁、华严三圣像、千手观音像、释迦涅槃圣迹图等最为著名。而最为世俗化生活化的组雕牧牛图、父母恩重经变相、大方便佛报恩经变相、观无量寿佛经变相、地狱变相、柳本尊行化道场等，气场十足，光彩夺目。还有表情生动细腻的养鸡女、吹笛女……时时处处，无不体现古代雕刻工艺的精湛与完美。

来到这里，美，会让你惊呼不已；佛性会让你安宁静谧祥和；灵性，会穿越你心灵。原来生硬的石头，也可如此这般地具生命活力，这种活力是种会穿透的力量，直达每个人的心底。

北山，与宝顶山同为大足石刻精华所在。此处为大足城区的后花园，环境幽雅，树木浓郁，有摩崖造像长约三百余米，从南到北形状若新月，这里的雕像主要以龛窟形势呈现，形如蜂房，5000 余尊的造像就蛰伏于无数蜂房内。这些造像开凿于公元 892—1162 年（唐景福元年至南宋绍兴），经后梁、后唐、后晋、后汉、后周五代至南宋完成，历时 250 多年。这些造像在选材上，广泛而深入，有生活化的，有神灵化的，有自画像的，还有心神合一的等，有 50 余种，均为当时民间极为流行的、佛教世俗化的产物，有别于宝顶石窟以佛教密宗为主。北山雕像挥去宏大气势，以纤柔，阳刚，护法神等形式展示在游客面前，以雕刻笔法细腻、艺精技堪、精美典雅而著称于世。如精华作品媚态观音像、水月观音像、孔雀明王像等无不展示出公元 9 世纪末至 13 世纪中叶（晚唐、五代、两宋）中国民间佛教信仰及石窟艺术风格的发展和变化，是我国晚期石窟艺术中的优秀代表。

石刻，在大足，谓之于标志性的产物，还有一处处的优秀石刻群在等候着世人去一一揭示它们的美妙。南山的道家作品、笔法精湛的书法雕刻；石门山的儒道教合一的群像；石篆山的儒、释、道"三教"合一群像等。辉煌的背后，无不展示着精妙绝伦的雕刻艺术，在世界石窟史中都实属罕见。

大足石刻，在我国古代石窟艺术史上书写着光辉灿烂的一笔，为一颗神奇的东方艺术明珠，是天才的艺术，是一座独具特色的世界文化遗产的宝库。

五

人们说：大足 1436 平方公里的土地，都是有灵性的，处处沐浴着圣洁高远的佛光，佛，把他的仁爱、惠觉都普照着这片土地，故，才从唐风宋韵中一路辉煌而来，华彩四溢，光芒万丈。的确，如果身处其中，也许赵朴初老先生的诗行又该有另一番更为贴切的描绘：千载一时事 / 我佛慧眼开 / 悬知千载后 / 著我华章来。那么大足的石刻，无疑在这样地抒写。

佛光普照，才有了北山绝唱，宝顶奇迹，南山，石门山无数处氤氲着紫气的华彩篇章。从晚唐韦君靖下令开山凿斧那一声清音开始，注定，大足这片土地将几百甚至上千年伴随有斧头凿子的声音。

大足石窟造像既追求形式美，又注重内容的准确表达。在任一处石刻群中，其所显示的故事内容和宗教、生活哲理对世人能晓之以理，动之以情，诱之以福乐，威之以祸苦。涵盖社会思想博大，令人省度人生，百看不厌。南山、石篆山、石门山摩崖造像精雕细琢，是中国石窟艺术群中不可多得的"释、道、儒"三教造像的珍品。大足石刻以其浓厚的世俗信仰，纯朴的生活气息，在石窟艺术中独树一帜，把石窟艺术生活化推到了空前的境地。在内容取舍和表现手法方面，都力求与世俗生活及审美情趣紧密结合。其人物形象文静温和，衣饰华丽，身少裸露；形体上力求美而不妖，丽而不娇。造像中，无论是佛、菩萨，还是罗汉、金刚，以及各种侍者像，都颇似现实中各类人物的真实写照。任何一种文化现象，都是一定时期政治、经济、文化的反映，是那个时代综合因素的产物。大足石刻造像在历史上的出现，是与中国政治中心向南流动的历史变迁潮流密切相关的。大足石刻在雕刻技术方面，人物形象重视解剖比例，衣饰器具质感强烈，刀法洗练，线条流畅，细腻精巧，浑然天成，兼具雕塑与绘画之妙，达到了内容与形式的高度统一，具有东方民族所特有的文雅、娴静、内秀美的特征。大足石刻纵贯千余载，横融佛道儒，造像精美，保存完好。其造像数量之多、题材内容之丰富是同时期其他地方所没有的，同时伴随造像出现的各种经文、傍题、颂词、记事等石刻铭文有 15 万余字，而且多为金石史中的佳品，可称得上是一座难得的文化艺术宝库。大足石刻具有鲜明的民族特色，具有很高的艺术、历史等诸多方面的学术研究价值，在我国古代石窟艺术史上占有举足轻重的地位。大足石刻规模之宏大，造诣之精深、内容之丰富，均可与前期各代石窟相媲美，特别是两宋造像风范独具，展示了我国南方晚唐之后的宗教信仰和造像内容、风格的变化和发展特点。这是前期各代石窟所不能代替的。

大足石刻，"凡佛典所载无不备列"，在艺术上"神的人化与人的神化"达到高度统一。大足石刻在文化、艺术和宗教史等方面，都可补晚唐至宋末史上的缺页；它在我国石窟史上占据着晚期石窟代表作的地位，起着正史之贻误，补史之缺页的重要作用。大足石刻被国内外誉为神奇的东方艺术明珠，是天才的艺术，是一座独具特色的世界文化遗产的宝库，这是当之无愧的。（《大足石刻研究文献》用语摘录）

六

1945 年，经杨家洛先生一行考察后，对大足石刻从科技、艺术、史料、宗教等学术上给予高度评价，认为："此行考察，重大之发现甚多。其足在学术史大书特书者，关于北山有五：一、其历史背景，含有军事及政治之作用；二、北山观无量寿经变唐刻，为国内仅有之伟制；三、造像始唐迄宋，足代表一时代之作风；四、体态缨络之美，足与云冈、龙门相颉颃，且有超过之者；五、碑文足补唐书之缺。如关于宝顶山者有七：一、佛湾造像，为宋赵本尊仿唐柳本尊法独镌造，工程之巨，古今无匹；二、为宋密宗道场之仅存者，实我国宗教史及社会史上之重要数据；三、全部之故事性及系统性，极为明了完全，出于有计划之制造；四、佛说十二部大藏经塔价值之发现，本人假定此为赵智凤结集之经典；五、华鲜护口出耀等三经文之发现；六、千手观音长广各数丈，制作精绝，今古所无，金碧辉煌，震心耀目；七、《牧牛证道图》为国内仅有之作。"

故此，大足，因这里的佛而光芒万千，也因佛而华章不断。